대피소의 문학

 P 카이로스총서 55

대피소의 문학 Asylum Literature

지은이 김대성

펴낸이 조정환
책임운영 신은주
편집 김정연
디자인 조문영
홍보 김하은

펴낸곳 도서출판 갈무리 등록일 1994. 3. 3. 등록번호 제17-0161호
초판 1쇄 2018년 12월 31일
초판 2쇄 2019년 4월 16일
초판 3쇄 2019년 8월 8일

종이 화인페이퍼 인쇄 예원프린팅 라미네이팅 금성산업 제본 경문제책

주소 서울 마포구 동교로18길 9-13 [서교동 464-56] 2층
전화 02-325-1485 팩스 02-325-1407
website http://galmuri.co.kr e-mail galmuri94@gmail.com

ISBN 978-89-6195-196-8 03800
도서분류 1. 문학 2. 문학비평 3. 문화비평 4. 철학 5. 사회운동 6. 인문학

값 18,000원

이 도서의 국립중앙도서관 출판예정도서목록(CIP)은 서지정보유통지원시스템 홈페이지(http://seoji.
nl.go.kr)와 국가자료공동목록시스템(http://www.nl.go.kr/kolisnet)에서 이용하실 수 있습니다.(CIP제어
번호 : CIP2018042583)

부산광역시 부산정보산업진흥원 부산문화재단
본 도서는 2018년 부산광역시, 부산문화재단 지역문화예술특성화지원사업으로 지원을 받았습니다.

대피소의
문학

구조 요청의 동역학

김대성 지음

갈무리

일러두기

작품을 인용할 경우 각주에 출처를 밝혔고 이후 가독성을 위해 본문에 쪽수만 병기했다.

차례

공동空洞의 문학

텅 빈 건물을 지키는 관리인에 대한 이야기로부터 시작하고 싶다. 그가 하는 일이란 중단되었던 재개발이 시행될 때까지 건물을 텅 빈 상태로 유지하는 것이다. 사람들이 찾지 않는 곳이 된 지 오래지만, 관리인은 매일 밤 건물의 모든 문을 두드리고 열어본다. 밤마다 어김없이 불안한 예감에 휩싸이며 급기야 건물 어딘가에 누군가의 도움이 필요한 사람의 비명까지 듣는 관리인의 강박, 혹은 신경쇠약은 지금 이 순간에도 참혹한 일이 일어나고 있지만 아무 일도 없는 것처럼 보이는 이 세계에 대한 은유다.[1] 아무도 없는 건물에 상주하며 매일 밤 닫힌 문을 두드리고 여닫는 행위를 반복하는 것은 텅 빈 세계에서 불침번을 서는 것과 다르지 않다. 제 기능을 잃어버린 텅 빈 건물을 바장이며 닫힌 곳을 두드리는 관리인의 행위는 '관棺'으로 기우는 세계를 '문門'의 상태로 유지하려는 애씀이다. 쓸모를 잃어버린 텅 빈 건물이 죽음의 장소로 침몰하

---

1. 안보윤, 「안절부절 모기씨」(『비교적 안녕한 당신의 하루』, 문학동네, 2014)에서 일부 내용을 차용해왔다.

지 않도록 매일 밤 두드리는 일을 반복한다고 해서 그곳이 단박에 다른 곳으로 바뀌는 것은 아닐 테지만 아무런 생산성이 없어 보이는 그 무용한 행위의 반복이 명멸^{明滅}하는 어떤 표지처럼 여겨진다. 명멸한다는 것은 불빛이 사그라들고 있다는 것이다. 동시에 그것은 아직 불빛이 꺼지지 않고 있다는 신호이기도 하다. 곧 꺼지겠지만 아직 꺼지지 않고 있다는 것, 명멸이라는 신호는 구조 요청을 닮았다. 명멸이라는 신호를 수신한다는 것은 구조 요청에 대한 응답의 자리에 서는 것과 다르지 않다.

없앨 수도 없고 기왕의 쓸모를 회복할 수도 없는 텅 빈 건물의 불침번을 서는 행위에서 문학의 곤궁한 지위를 떠올리게 된다. 공동체^{共同體}가 붕괴한 세계에서 텅 빈^{空洞} 건물이 죽음의 장소로 침몰하지 않도록 깨우는 일. 텅 빈 세계에 불침번을 서는 것은 그곳에 아직 지켜야 할 무언가가 있음을 알리는 행위이기도 하다. 지켜야 할 것은 당연히 쭉정이 같은 건물이 아니다. 쓸모를 잃어버린 텅 빈 곳은 죽음이 임박한 빈사^{瀕死} 상태를 떠올리게 하지만 동시에 무너지고 불타 사라진 폐허 위에 개시된 영도^{零度}의 상태를 가리키는 것이기도 하다. 하지만 보이지 않고 들리지 않는 것들을 예감하며 텅 빈 건물을 두드리고 깨우는 행위의 반복이 구조 요청에 대한 응답의 한 방식일 수 있을까. 지금, 이곳에서 체감하는 '세계의 침몰'이 더는 구조 요청에 응답하지 못하는 상태라 바꿔 말할 수 있다면 구성원을 구조하지 않는 시스템의 몰락을 한탄하거나 환멸에 빠지기보다 개별자들이 '현장'에서 행하는 구조 요청에 대한 다종한 응답에 주목해야 하지 않을까. 말하자면 문학을 공동체共同體의 회복이 아닌 공동체空洞體라는 없던 관계망의 지평 위에 명멸하도록 놓아둘 때 종언이라는 선언에 기생하며 반복적으로 회귀하곤 하는 (문학의) 새로움이 아니라 이미 오래전부터 있었지만 아직 알려지지 않은 더 많은 문학'들의 역량과 마주하게 될 수도 있지 않겠느냐는 것이다. 끝이면서 동시에 임박한 시작점이기도 한 '텅 빔'이라는 상태는 현재를 살아가고 있는 개별자들의 공통적인 영토인지도 모른다. 이 책에 실려 있는 글을 텅 빈 영토를 두드리며 관으로 기우는 세계를 문으로 지켜내고 있는 이들의 이름을 부른다는 마음으로 썼다. 빈틈 없이 꽉 차 외부적인 그 무엇도 틈입할 수 없는 공동共同의 회복을 종착점으로 삼는 것이 아니라 공동空洞이라는 다른 시작점을 도약대로 삼아 써나간 글이기도 하다.

오늘의 한국 문학, 그 성城 주변을 서성이고 있는 이들 중에 아무도 없는 건물의 문을 두드리는 관리인과 같은 이들이 있다. 텅 빈 건물에 머물며 매일 밤 '문'을 두드리는 것은 쓸모를 잃어버린 대상의 쓸모를 깨우는 일과 다르지 않다. '문'이 '관'으로 침몰하는 것을 붙들어두는 이 행위로 상실되었던 문의 기능, 그 잠재적인 역량이 지켜진다. 두드리는 행위는 그 맞은편에 무언가가 있을 거라는 희망 없이는 할 수 없는 행동이다. 어떤 작가들에겐 '문학을 한다는 것'이 텅 빈 건물의 '문을 두드리는 일'을 멈추지 않는다는 것이기도 할 테다. 죽음(관)

으로 기우는 세계를 두드려 문으로 깨우는 일. 두드려 깨우는 행위의 지속이 "응급상황에서 문을 부서뜨리는 데 쓰는 도끼"[2]와 같은 것이 될 수 있다고 말해도 좋을까. 죽음으로 기울고 있는 세계에 불침번을 서는 일. 막힌 벽과 닫힌 문을 두드리는 무모함으로, 그런 간절함으로 깨우는 일. 설사 아무런 반응이 없다 해도, 죽음으로 기우는 것을 일으켜 세우지 못한다고 해도, 그 일을 계속하는 것, 반복하는 것, 실패하는 것, 거듭 실패하는 것. 구조 요청에 대한 문학의 응답은 절망의 언어로 점철되어 있겠지만 절망한다는 것, 바라던 것望을 버리는 것絶은 역설적으로 직전까지 희망하기를 멈추지 않았다는 것을 의미하는 것이기도 하다. 오늘의 절망이 어제의 희망을 증명한다. 오늘도 절망할 수 있는가, 라는 물음에 기꺼이 그렇다고 답한다는 것은 내일의 절망 또한 수락할 수 있다는 것이며 그 응답은 희망하기를 멈추지 않겠다는 의지를 다지는 일이기도 하다. 절망하기로서의 희망하기. 텅 빈 건물에서 불침번을 서는 일 또한 그와 다르지 않다.

(한) 사람의 대피소

(한) 사람이 죽어간다. 모두가 그것을 알지만 (한) 사람은 지금도 홀로 죽어간다. 저 괄호, '하나'를 감싸고 있는 것처럼

2. 리베카 솔닛, 『어둠 속의 희망』, 설준규 옮김, 창비, 2006, 17쪽.

보이지만 '하나'에 빗장을 지르고 그이가 '유일하고 고유한' 사람임을 잊게 만들어버리는 저 괄호를 벗겨내야 한다. 하지만 그렇게 벗겨내는 것만으로 사람을 구할 수 있을까. '한 사람'을 그대로 바깥에 노출하는 것으로 사람을 구해낼 수 있을까. 아니다. 그럴 리 없다. (한) 사람 곁에^{be-side} 누군가가 있어야 한다. 빗장 걸린 저 괄호를 풀어 사람을 구할 수 있는 것은 꼭 맞는 열쇠도, 강력한 철퇴도 아니다. 그 곁으로 다가서는 사람의 발자국이 필요하다. 기울어지고 허물어지는 이 세계의 지면에 '한 사람'이 단단하게 서 있을 수 있게 곁으로 다가와 온몸의 무게로 바닥을 다지는 존재의 무게가 필요하다. 곁에서 바장이는 발자국의 애씀은 곁에서 울리는 살아 있음의 박동이자 존재 존엄을 알리는 북소리다. 죽어가는 사람 곁으로 진군하는 사람들의 발소리는 우리에게 긴급한 메시지를 전하는 전령사다. 구조 요청에 응답하라!

(한) 사람이 죽음으로 기울어지는 세계를 홀로 버텨내고 있다. 죽어가는 시간은 죽음을 버텨내는 시간이기도 하다. 그러니 버텨내고 있는 '한 사람'을 살려야 한다. 죽음의 도미노를 멈춰 세워야 한다. 그것은 홀로 할 수 있는 일이 아니다. 다른 괄호가 필요하다. 한 사람을 고립시키는 괄호가 아니라 존재의 존엄과 생명을 지키고 버틸 수 있게 돕는 파수꾼과 같은 괄호, 욕망의 입맛에 따라 여닫는 괄호가 아니라 곁에 있는 사람을 맞이하여 보살피는 관계의 괄호. 대피소^{asylum}라는 괄호. 대피소는 불가항력적인 위험으로부터 몸을 숨기는 곳인 것만

은 아니다. 마찬가지로 견고한 외벽이 대피소의 조건인 것도 아니다. 그곳(곁)에 사람이 없다면 대피소일 수 없다. 곁에 사람이 있다는 것, 주고받음(나눔)의 역사를 이어갈 수 있다는 것, 곁이 버팀목이 되고 울타리가 된다는 것. 그건 곁beside이라는 관계성의 장소가 대피소의 결texture을 만들어낸다는 것을 의미한다.

대피소는 사회적 구속(조건)에서 해방될 수 있는 거의 유일한 공간이다. 오늘날의 사회적 구속이 '살아남아야 한다.'는 생존 명령임을 우리는 잘 알고 있다. '생명'이 '생존'으로 기울어진다는 것은 '함께 살아가는 것'이 아닌 '홀로 살아남는 것'이 삶의 기본값으로 설정된다는 것을 의미한다. 이 죽음의 도미노가 가장 먼저 무너뜨리는 것은 우리가 맺고 있는 관계망이다. 살아남기와 살아가기. 생명은 남는 것(잉여)을 목적으로 하지 않는다. 버티며 밀고 나아가 마침내 누군가에게 가닿을 수 있다는 희망을 내려놓지 않는 것, 그것이 생명이 우리에게 주는 유일한 힘이다. '살아라!'生命라고 명령할 수 있는 시대는 지나버렸지만, 생명이 생존으로 좌초되고 있는 순간에 우리에게 도착하는 목소리가 있다. 구조 요청의 목소리. 구조 요청은 곁에 누군가가 있음을 알리는 신호다. 목숨을 걸고 외쳐야 하고 목숨을 걸고 구해야 한다는 점에서 수직으로 기우는 세계는 구조 요청의 목소리 속에서 수평으로 흐를 수 있다.

하수구와 대피소. 이 두 공간은 닮았다. 세계 문명의 모든 잔해가 모이는 곳이자 부자들의 부스러기나 가난한 이들의 부스러기나 할 것 없이 평등하게 만들어버리는 곳(자크 랑시에르Jacques Rancière)이기 때문이다. 수직적인 위계질서가 와해하는 곳, 몫의 재분배와 자리바꿈이 일어나는 곳. 대피소는 정치의 장소이기도 하다. 그곳엔 바리케이드도, 문턱도, 경계도 없다. 대신 생생한 삶과 유동하는 에너지가 있다. 대피소가 존재하는 것은 하나의 이유 때문이다. 그곳에 여전히 지켜야 하는 가치가 있다는 것, 어딘가에 대피소가 있다는 것은 무언가를 지키고 있는 사람들이 함께 있다는 것이다. 그곳에서 아직 사라지지 않은 어떤 가치가 지켜지고 있다. (한) 사람의 곁으로 다가서려는 애씀과 (한) 사람의 곁을 떠나지 않고 버텨내는 안간힘은 대피소를 만드는 일과 다르지 않다. 대피소를 만들고 그것을 지켜나간다는 것은 낮은 자리에서, 세상의 것들이 평등해지는 자리에서 각자가 지켜온 가치를 보살피고 나누는 일이기도 하다. 이 세계가 추방한 것들, 이 세계가 억압하는 것들, 이 세계가 외면한 것들 곁으로 사람이 다가설 때 우리는 대피소의 벽돌이 단단해지는 소리를 듣게 된다. 차가운 바닥에 온기가 흐르기 시작한다는 것을 느끼게 된다.

언제라도, 무엇이라도, 누구라도 무너지고 쓰러질 수 있는 이 세계에서 절실한 것은 미래나 희망이 아니라 오늘을 지켜줄 수 있는 대피소다. 대피소에선 사소하고 별 볼 일 없어 보이는 것이 사람을 살리고 구한다. 한 잔의 물, 한마디의 말, 몸을 덮어줄 한 장의 담요, 각자가 품고 있는 이야기 한 토막, 소중했던 기억 한 자락. 대피소에 당도한 이들은 그제야 마음 놓고 몸을 벌벌 떨 수 있다. 이러지도 저러지도 못하는 상태가 아니라 마음 놓고 몸을 벌벌 떨 수 있는 곳이 필요하다. 몸을 진정시킨 후 그곳에선 벌벌 떨던 사람의 이야기가 시작된다. 이야기한다는 건 닫혀 있는 세계의 문을 자신의 힘으로 열고 나가 바깥으로 통로를 내는 일relate과 다르지 않다. 그때 대피소에 모여 있는 이들은 회복하는 존재가 된다. 회복은 과거를 지우거나 부정하지 않고도 오늘을 마주할 수 있게 하며, 무엇이 올지 알 수 없다 해도 미래를 향해 기꺼이 손을 뻗고 발돋움을 할 수 있게 하는 모두에게 공평하게 주어진 힘이다. 대피소의 희미한 불빛은 회복하는 존재들의 몸flesh이 어울리며 만들어내는 발열에 가깝다. 누군가의 작은 '두드림'만으로도 금세 깨어나는 힘들이 서로를 붙들 때 그 맞잡음이 온기가 되어 대피소를 데운다. 세상의 모든 대피소는 오늘의 폐허를 뚫고 나아갈 수 있는 회복하는 세계를 비추는 등대다. 이 책은 그 불빛에 의지해 걸어가본 여정의 기록이다.

2018년의 마지막 날
부산 장림에서
김대성

도움을 구하는 이가 먼저 돕는다

한데서 부르는 이름

김윤아의 네 번째 솔로 앨범 〈타인의 고통〉(2016)은 어딘지 알 수 없는 '한데'서 시작한다. 가까운 곳에서 부는 바람, 아득한 곳의 물결, 저 멀리서 내려치는 천둥소리가 44초 동안 흐르면 누군가 들이마시고 내쉬는 숨소리와 함께 노래가 시작된다.[1] "너의 이름 노래가 되어서 / 가슴 안에 강처럼 흐르네 / 흐르는 그 강을 따라서 가면 너에게 닿을까 / 언젠가는 너에게 닿을까" 누군가를 잃은 이는 다시는 그 이름을 부르지 못한다. 이름을 불러도 대답 없는 적막은 그이가 곁에 없다는 현실을 무섭게 짓누르기 때문이다. '내'가 더는 부를 수 없는 '너'의 이름이 노래가 되어 세상에 흐른다면 무거운 바위가 짓누르고 있는 너의 이름이 마음속으로 흘러들어와 내 안에서 강처럼 흐르지 않을까. 그 강을 따라가면 언젠가 '너'에게 닿

---

1. 앨범에는 1번과 2번 트랙으로 구분되어 있지만 1번 트랙은 본래 2번 트랙 〈강〉의 도입부 부분이다. 김윤아에 따르면 라디오나 방송에서 틀 때 노래가 나오지 않는 시간이 너무 길다는 것이 염려되어 트랙을 나누었다고 한다.

을 수 있지 않을까. 김윤아가 한데서 애달프게 노래를 시작하는 까닭은 누군가가 차마 이 세상에서 부르지 못하는 이름을 노래로 부르기 위해서다. 그런 노래는 스튜디오와 같은 정제된 '안'이 아니라 '바깥'에서 부를 수밖에 없다. 진혼곡鎮魂曲이 흐르기 전의 '한데'는 어디였을까? 바람과 물결과 번개가 있던 한데에서 44초간 흘렀던 침묵은 애도라는 이별례離別禮였을 것이다. 그이가 서 있던 곳이 '오늘의 한데', 진도 팽목항 앞이었다면 말이다. 떠난 이의 이름이 '강'처럼 흘러야 했던 이유는 바다에 가라앉아 돌아올 수 없게 되어버린 이들이 노래로 이은 강을 따라서라도 돌아왔으면 하는 염원을 담았기 때문일 것이다. 돌아올 수 없다고 해도 그 이름을 기억하고 불렀던 이들의 마음속에서나마 마음껏 흐를 수 있게 말이다.

그치지 않는 비, 꺼지지 않는 불

발표 당시 파국적 상상력으로 큰 화제가 되었던 김애란의 「물속 골리앗」[2]에서 내리던 긴 장마는 세상을 심판하기 위한 형벌이거나 가난한 사람부터 휩쓸리게 되는 사회적 재난의 은유처럼 보이지만 그 비가 어디선가 타고 있는 불을 끄기 위해 내리는 것이라고 여겼던 이유. 이 땅에 불타고 있는 것, 타들어가고 있는 것이 너무 많아 한꺼번에 많은 비가 내려야 했을 것

---

2. 김애란, 「물속 골리앗」, 『자음과모음』 8호, 2010년 여름호.

이다. 폭우는 2009년 1월 20일 서울 용산 남일당 건물 위 망루에서 타올랐던 이들 위에 먼저 내렸을 것이다.[3] 그러나 끌 수 없던 불, 그래서 계속 내려야 했던 비. 수직으로 하강하는 비는 땅에서 차오른다. 비가 모든 것을 집어 삼켜버린다면 그건 세상에 대한 심판을 의미하는 것이었겠지만 소설 곳곳엔 아직 삼켜지지 않는 것들이 흘러넘치고 있고, 물에 잠긴 세상 위로 떠 오르는 진실도 있다. 유일하게 온전해 보이는 골리앗 크레인이 "전 국토가 공사 중"[4]이었음을 알린다. 그리고 유일하게 살아남은 생존자가 "농성 중이라 살아남을 수 있었던 사람"(121)이었음을. 살기 위해, 여기 사람이 있음을 목숨을 걸고 알리기 위해 더 위태로운 망루로 올랐지만 그곳에서 그이는 세상과 완전히 분리되어 고립되었다. 홀로 매일 매일 바싹 타들어갔던 이, 삶을 태워 '생존자'가 있음을 알려야 했던 이. 그렇게 목숨을 걸고 높은 곳에 올라 구조 요청을 했던 이가 물에 잠긴 오늘의 세상에서 구조 요청을 기대할 수 있는 유일한 희망이다. '구조 요청'이라는 세상의 말을 지켜내고 있던 이는 오래전부터 '구조 요청'을 하고 있던 이다.

구조 요청을 지켜내는 이

---

3. 2009년 6월 9일 188명의 한국 작가들은 『이것은 사람의 말』이라는 작가 선언을 한다. 그 선언들 속에 김애란의 문장은 다음과 같다. "거짓된 빛의 세계, 새는 깃 속 어둠으로 난다."
4. 김애란, 「물속 골리앗」, 『비행운』, 문학과지성사, 2012, 112쪽.

존재의 뿌리가 뽑혀 속절없이 흘러가 버릴 때[5] 사람의 목숨을 구하기 위해 목숨을 걸고 크레인에 올랐던 이는 이제 그곳에 없다.[6] 물살에 휩쓸려 떠내려가던 '나'가 절망 속에서 다시 의지를 가질 수 있었던 것은 그곳에 누군가가 있을 거라는 기대 때문이었다. '구조 요청'은 무기력이나 절망의 신호가 아니

---

5. "그보다 좀 더 먼 곳에서 웬 시커먼 물체 하나가 빠른 속도로 내려오고 있었다. 처음에는 뭔지 잘 몰랐는데 자세히 보니 몸집이 어마어마하게 큰 나무였다. 그리고 그건 내가 아는 나무였다. 내가 태어나기 전부터 집 앞에 있던 거라 모를 수가 없었다."(같은 책, 114~115쪽) 비대한 도시가 모든 것을 집어삼키며 제 몸을 불려가기 전부터 '어마어마하게 큰' 나무는 그곳에 있었다. 「벌레들」에도 잘려나간 거대한 나무에 대한 묘사가 나온다. "어느 여염집 마당 한가운데 억척스럽게 솟아 있던, A 구역의 유일한 나무. 몇 살을 먹었는지 모르는, 하지만 오래전부터 그곳에 살았을 게 틀림없는 고목. 바람이 불 때마다 신령스럽게 출렁이던, 오늘 아침 잘린 나무…그렇게 막 나무의 뿌리 부분을 지나던 찰나, 나는 놀라운 장면을 목격하고 말았다. 엄청난 양의 곤충이, 벌레가, 유충이 떼를 지어 이동하는 모습이었다. 길게 줄이은 벌레들의 행렬은 갈래를 뻗어 재앙처럼, 혹은 난민처럼 도시로-도시로-퍼져 가고 있었다."(김애란, 「벌레들」, 『비행운』, 78쪽) 잘린 나무속에서 기어 나온 무수한 벌레는 불길한 기운을 암시하는 것처럼 보이지만 제어할 수 없는 엄청난 '에너지의 흘러넘침'을 의미하기도 한다. 장마로 불어난 물살로 인해 비로소 떠 오르는 것들처럼 그간 보이지 않았던 벌레들은 근원적인 세계의 붕괴라는 조건 속에서도 여전히 들끓고 있는 알 수 없는 힘의 존재를 의미하는 것이기도 하다. 이제 이곳에 거대한 나무는 없다. 나무가 있던 자리에 크레인이 있을 뿐이다. 오래된 나무를 둘러싸고 있던 정령들은 사라졌지만 크레인 위엔 누군가가 있다. 저 높은 곳에 홀로, 사람이 있다. 한 사람이 흘러넘치고 있다.

6. '목숨을 구한다'는 말엔 두 가지의 의미가 겹쳐 있다. 목숨이 위태로운 환경으로부터 구(救)해내는 의지적인 행위와 혼자의 힘으로 할 수 없기에 또 다른 이에게 도움을 요구하거나 요청한다는 점(求)에서 그러하다. 두 가지 의미를 내포하고 있지만 이 행위에서 '수동'과 '능동'을 구별해내기는 쉽지 않다.

다. 곁에 누군가가 있다는 확신 없이, 언젠가는 가닿을 수 있다는 의지 없이 '구조 요청'이라는 말은 존재할 수 없다. "농성 중이라 살아남을 수 있었던 사람"을 좇아 '나'는 크레인 위를 오른다. 그곳에 아무도 없다는 것을 알게 되었지만 이제 '나'가 그곳에 남게 된다. "누군가 올 거야."(126) 그러나 세상은 물에 잠겼다. '나'가 기다리는 건 '구조대'만은 아닐 것이다. 골리앗 크레인에 이를 수 있던 것은 누군가가 이곳에서 또 다른 누군가를 기다렸기 때문이다. 그렇게 '누군가가 올 거야.'라는 염원이 지켜지고 있었던 것은 아닐까. '구조 요청'은 언제라도 무력해질 수 있는 염원을 지켜내려는 의지의 외침이다. 하늘에서 땅으로 마치 형벌처럼 수직으로 내리꽂던 비는 땅 위의 것을 집어삼키며 차오른다. 차올라 모든 수직적인 것을 휩쓸어버릴 듯, 모든 근거Grund를 집어 삼켜버리고 수평적으로 흐른다. '나'가 기다리는 것은 하늘에서 오는 것이 아니다. 물살을 타고 떠내려오는 무언가를 기다리는 것이다. 튼튼한 뗏목을 타고 올지, 겨우 손만 뻗고 있는 무기력한 존재일지는 알 수 없다. 중요한 건 '나'가 누군가를 기다리고 있다는 점이다. 그렇게 '누군가 올 거라'는 희망이 가까스로 지켜지고 있다. '지켜내고 있다.'고 하지 않고 '지켜지고 있다.'고 한 이유는 이 기다림이 땅에서 살 수 없어 땅위로 올라온 그곳에서 누군가가 아래를 향해 도움을 구했던 이력과 연결되어 있기 때문이다. 응답받지 못했다고 해도 그곳에서 도움을 구했던 이가 있었기에 "누군가 올 거라'는 희망이 지켜질 수 있었다. 그러니 크레인 위에서 '누군가 올 거라'는 희망을 지켜내고 있는 '나'가 기다리는 것은 자신을 구해 줄 누군가만은 아니다. 아직 물에 잠기지 않은 골리앗 크레인은 구조 요청을 해온 장소였지만 지금은 누군가의 구조 요청에 응답할 수 있는 장소다. 세상을 향해 구조 요청하는 것처럼 보이는 골리앗 크레인이라는 장소는 물살에 휩쓸려 떠내려가고 있을 또 다른 조난자를 구할 수 있는 곳이기도 하다. '구조 요청'이 존재하는 곳엔 도움을 구하는 이가 먼저 도와온 응답의 역사responsibility 또한 흐르고 있다.

무력한 존재들의 응답 가능성

녹록하지 않은 삶의 조건 속에서도 생동하는 삶의 의지를 탁월하게 그려냈던 기왕의 작품과 달리 김애란의 『비행운』은 '애도'의 장소를 구축하는 데 집중한다. "내가 살아 있어, 혹은 사는 동안, 누군가가 많이 아팠을 거라는 생각이 들었다. 나도 모르는 곳에서, 내가 아닌, 혹은 모르는 누군가가 나 때문에 많이 아팠을 거라는 느낌."[7] 기억나지 않는 고향 친구 '병만'의 부고를 듣고 상복을 입었지만 '나(미영)'는 장례식에 참석하지 못한다. 오늘의 생존을 위해 자신의 팔목을 붙든 누군가가 있었기 때문이다. 팔목 안쪽에 남은 오늘의 푸른 멍은 누군가가 생존을 위해 '나'를 붙든 자국이지만 그 자국은 자신의 생

---

7. 김애란, 「너의 여름은 어떠니」, 『비행운』, 44쪽.

명을 구해주었음에도 그간 잊고 있던 "살면서 내가 가장 세게 잡은 누군가의 팔뚝"(44)을 이곳으로 소환한다. 어린 시절 물에 빠져 허우적대는 '나'를 구해주었던 어리숙한 '병만'은 내내 고향에 머물다 '회사 근처에서 무슨 사고를 당해' 죽었다고 한다. "아직 상복을 벗지 못한 채 울고 있는 나를 여름옷을 주렁주렁 매단 2단 옷걸이가 무심히 그리고 오랫동안 굽어보고 있었다."(44) 『비행운』은 애도할 수 없는 죽음, 말하자면 널브러져 있거나 덩그러니 놓여 있는 죽음으로 둘러싸여 있다. 그곳엔 구조 요청에 응답하지 못했다는 부채감이 감춰져 있다. 「그곳의 밤 여기의 노래」의 '용대'가 도급 택시를 몰면서 암으로 세상을 떠난 '명화'가 남긴 중국어를 따라 하는 것 또한 이와 다르지 않다.[8] 용대가 명화가 녹음한 중국어를 따라 하는 것은 '응답할 수 없는 세계'에서 어떻게든 응답해보고자 하는 애씀일 것이며 어디에서도 써먹을 수 없는 그 부서진 말들은 구조 요청에 응답하지 못한 무력한 존재들이 배워야 할 애도의 언어처럼 보이기도 한다. '미영'이 누워 있는 자취방은 자신을 구했던 누군가의 죽음 앞에 차마 이르지 못한 곳이다. 말하자면 생존과 생명 사이의 장소, 애도의 장소. 그곳은 생명이 생존으로 침몰하는 오늘의 현장이기도 하다. 상복을 벗지 못하고 자취방에서 홀로 우는 미영의 울음은 수신자가 부재한 곳

8. "명화가 한마디 하면 용대가 한마디 하고, 용대가 서투르게 몇 문장 외면 명화가 똑같이 답해주는 식이었다."(김애란, 「그곳의 밤 여기에 노래」, 『비행운』, 166쪽)

으로 보내는 뒤늦은 편지처럼 보인다.

한 통의 편지가 더 있다. 한 개인이 사회 속에서 맺을 수 있는 가장 사소한 관계망까지 남김없이 파괴하고 거덜 내버리는 참혹한 관계의 지옥도를 처연하게 그리고 있는 작품. 남 못지않게 열심히 살았지만 다단계 회사에 흘러 들어가게 됨으로써 거의 모든 것을 빼앗겨버린 '나'가 독서실을 함께 썼던 '언니'에게 보내는 편지로 이루어진 소설,「서른」이다. '나'가 보습학원 강사였을 때 자신을 따르던 제자 '혜미'까지 죽음의 문턱에 이르게 했음을 알게 된 후 '언니'에게 보내는 참회록을 읽어가다 보면 어쩌면 이 편지가 '나'의 마지막 글(유서)일지도 모르겠다는 생각을 하게 된다. '혜미'에게 전하지 못했고 이제는 영영 전할 수 없게 되어버린 이 편지가 수신자인 '언니'에게도 닿지 못한다면 '나'는 어떻게 되는 것일까. 이 편지는 누가 수신(응답)해야 할까. '혜미'의 구조 요청에 응답하지 못했던 '나'는 자신에게 향한 구조 요청이 말소되어버렸을 때에 이르러 누군가에게 편지(구조 요청)를 쓴다. '언니'라는 주소는 말소된 주소지를 대리하는 장소이면서 불가능한 요청을 (불)가능한 방식으로 지속할 수 있게 하는 세상의 근거(주소지)이기도 하다.「서른」은 존재의 말소 앞에 놓인 최후의 편지가 아니라 먼 과거로부터 자신의 이름을 불러준 '언니'가 보낸 편지에 대한 '답장'이기도 하다는 점을 환기해야 한다. '나'의 편지는 세상의 폐허라는 주소지로 배달된 것이기도 하다. 폐허에서 사는, 아직 살아남은 우리들이 이 편지의 수신자다. 말소된 주소지로 보낸 이 편지

(소설)가 응답할 기회를 제공한다. 구조 요청에 응답하는 능력을 회복할 기회는 무력한 존재들의 책임responsibility이라는 잠재성의 공간을 두드려 깨운다.

대피소에서

304명 모두를 구할 수 있었지만 구하지 못했던 참담한 사건. '416 세월호'라는 장소에서 사람들을 구한 건 구조 요청을 한 세월호를 타고 있던 이들이었다. 어린 남매를 찾는다는 선내 방송에 "아기, 여기 있어요"라고 큰소리로 외쳤던 이들은 배와 함께 기울고 있던 단원고 학생들이었다.[9] 최순실/박근혜 게이트가 폭로되고 촛불 정국으로 번질 수 있었던 '사라진 7시간'이라는 도화선에 불을 붙일 수 있던 심지는 오래전부터 홀로 촛불을 들고 있던 416 세월호 유가족들로부터 타오르고 있었다. 그러나 세월호 생존자들은 더 구할 수 있었는데 구하지 못했다는 자책감에 갇혀야 했고 홀로 살아남았다는 죄의식에 자신을 옭아매야 했다. 침몰하는 배를 무기력하게 지켜

---

9. 세월호가 기울어 가라앉고 있었을 때 단원고 손지연 학생이 찍은 동영상에 담겨 있던 목소리는 "6살 아이의 부모가 아이를 찾고 있으며, 아이를 발견한 사람은 소리 쳐서 위치를 알려 달라."는 선내 방송을 듣고 아이의 위치를 알리기 위해 여학생들이 외친 것이었다. 이와 관련한 내용은 오준호, 『세월호를 기록하다』(이지북스, 2015) ; 416 세월호참사 작가기록단, 『다시 봄이 올 거예요』(창비, 2016) ; 진실의 힘 세월호 기록팀, 『세월호, 그날의 기록』(진실의 힘, 2016)을 참조. 이 책 1부에 수록된 「바스러져 가는 이야기를 듣는 것, 구조 요청에 응답하는 것」에서 보다 자세히 다루고 있다.

만 봐야 했던 이들, 그 영상이 망막에 새겨져 지워지지 않은 이들, 생명의 이치와 가치가, 듣고 쓰고 말하는 문법이 파괴된 곳에 감금된 사람들. 슬픔은 어째서 감옥이 되는가. 어째서 전염병이 되어 사람들 속에 들어가지 못하고 내쫓겨야 하는가.

『바깥은 여름』[10]에 수록된 「입동」은 불의의 사고로 아이를 잃어 더는 '집'에 살 수 없는 한 부부에 관한 이야기이면서 동시에 언제라도 '집'이라는 세상이 무너질 수 있는 지금, 이곳, 우리 모두의 이야기이기도 하다. '푸어'poor라는 서술어가 주관하는 세상을 벗어나지 못한다고 해도 '집'이라는 작은 세상을 가꿀 수 있었기에 행복을 지켜낼 수 있던 사람들. 돌이켜보면 김애란의 소설은 자취방과 월세방, 원룸과 투룸, 반전세에서 대출을 낀 전세로 옮겨 다녔던 여정기였다. 그렇다고 「입동」이 이 지난한 '이주移住의 마라톤' 결승점에 '하우스 푸어'라는 절망이 기다리고 있을 거라 냉소하는 소설인 것만은 아니다. '방'과 '집'은 어떻게 해도 도달할 수 없을 것만 같은 '보통의 삶'을 살기 위한 분투의 현장이었지만 「입동」은 그런 '삶의 현장'이 파괴되었음을 알리고 있다. '가난'보다 더 지독한 '재난'이 모든 이의 방과 집에 깃들어 있다는 것이다. 이 부부가 조금 더 좋은 아파트 단지에 살았다면, '영우'가 사립 유치원에 다녔다면 불의의 사고를 막을 수 있었을지도 모른다. 불행이 우리 집만큼은 방문하지 않길 모두가 염원하지만 「입동」은 한 가족을

10. 김애란, 『바깥은 여름』, 문학동네, 2017.

덮친 불행보다 더 가혹한 불행이 이 세상을 덮쳐버렸음을 말하고 있다. 슬픔을 입 밖으로 낼 수 없고, 그곳에 머물 수도 없다는 사실 말이다. 이곳의 슬픔은 감기보다 못한 것으로 치부된다. 오랫동안 슬퍼하는 일은 손쉽게 꾀병이나 의지박약의 문제로 호도되고 때때로 더 그럴듯한 걸 받아내기 위한 꼼수로 비하된다. 슬픔이 추방된 곳엔 '집이라는 세계'도 무너진다. 주디스 버틀러Judith Butler가 언급한 것처럼 슬픔은 언제나 '나'와 '우리'라는 제한된 영역을 넘어 범람한다. 나와 우리가 제어할 수 없는 상실의 경험은 이곳에서 영위되는 삶이 이미 우리 너머에서, 다른 삶에 이양되어온 것이거나 연루되어 있음을 의미한다.[11] 감당할 수 없는 슬픔으로 무너지는 삶은 존재의 취약성을 드러낸다. 이때의 취약성이란 나약함의 사적 지표가 아니라 구성원들 개개인의 삶이 이미 연루되어 있음을 가리키는 증표다. 중요한 건 슬픔의 규모나 크기가 아니라 공동체 내에서 슬픔이라는 감정이 하는 장소의 특질에 있다. 「입동」에서 슬픔은 고립되어 있거나 언제라도 추방될 수 있는 형편에 놓여 있다.

봄날, 불의의 사고로 세상을 떠난 '영우'를 기리지도, 슬퍼하지도 못하며 그렇다고 잊지도 못하는 한 부부의 감금 상태는 다음과 같은 문장에 잘 드러나 있다. "부엌 바닥으로 굵은 눈물방울이 툭 흘러내렸다. 하지만 그 순간조차 손에서 벽지

---

11. 주디스 버틀러, 『불확실한 삶』, 양효실 옮김, 경성대학교출판부, 2008.

를 놓을 수 없어, 그렇다고 놓지 않을 수도 없어 두 팔을 든 채 벌서듯 서 있었다."[12] 더럽혀진 벽면을 덮으려는 이 부부의 도배는 보기 싫은 것을 감추기 위해서만은 아니다. 이러지도 저러지도 못하는 감금의 상태에서 나오고자 하는 필사의 노력이다. 그걸 두고 훼손된 집을 고치기 위한 '수선'이라고 부를 순 없다. 슬픔 이후의 '도배'는 영우가 남겨 놓은 인디언 천막처럼 나약하고 볼품없지만 누군가의 온기가 남아 있다. 제 이름조차 다 쓰지 못한 불완전한 글자를 발견하고 이후에 무엇이 쓰일지 알 수 없더라도 부서진 그 글자를 돌보는 일. 그것을 '대피소를 짓는 일'이라고 말하고 싶다. 아이를 잃으면서 모든 것을 잃은 두 부부가 몸을 일으켜 세워 온몸을 후들후들 떨며, 두 팔을 바들바들 떨며 하는 도배 또한 그와 다르지 않다.

12. 김애란, 「입동」, 『비행운』, 37쪽.

1부 대피소의 건축술 : 구조 요청의 동역학

바스러져 가는 이야기를 듣는 것,
구조 요청에 응답하는 것

1. 필사의 글쓰기

이토록 오랫동안 '참사'가 끊이지 않고 이어졌던 시대가 있었던가. 용산 참사 이후 "조간朝刊은 부음訃音 같다."[1]던 한 시인의 절규는 몇 년 사이에 "조간은 부음이다."라는 절망으로 좌초되어버린 듯하다. 아침에 누군가의 부음을 듣는 것이 아니라 부음 없는 아침이 오지 않을 것만 같다. 오늘 우리가 맞이하는 아침은 누군가의 죽음에 빚지고 있는 것이리라. 무력無力해지기 싫기에 도처에서 기승을 부리는 무력武力을 외면하면서도 무력감無力感으로부터는 멀어지고 싶은 바람 속에서 우리는 겨우 "잊지 않겠습니다." 정도의 말만을 읊조릴 수 있을 뿐이다. 누군가에겐 필사적이고 간절한 "잊지 않겠습니다."라는 말이 세상에서 가장 무기력한 말처럼 느껴질 때가 잦다. 그건 "잊지 않겠다."는 말이 무기력해서가 아니라 그 말을 소환하고 인용하는 이 세상의 무기력을 가리킨다. "잊지 않겠다."는 말

---

1. 이영광, 「유령 3」, 『아픈 천국』, 창비, 2010.

은 '의지'의 표명이기에 앞서 '약속'에 대한 요청이다. 누군가가 응답하지 않으면 이 말은 성립할 수 없다. 필사적으로 말하는 이와 필사적으로 듣는 이. "잊지 않겠다."는 말이 성립하는 장소엔 언제나 '두 사람'이 있을 것이다. 이 무릅쓴 필사^{必死}가 가망 없는 세계를 지탱한다. 필사의 힘은 개별자의 '창조적인 역량'이 아닌 차라리 누군가가 남긴 흔적에, 바꿔 말해 필사^{筆寫}에 기댄 것처럼 보인다. "잊지 않겠다."는 약속을 필사적으로 지켜내는 힘이란 이 세계의 비참을 듣고 말하는 것으로부터, 이어 쓰고 옮겨 쓰는 일에서부터 발아하기 때문이다. 그런 이유로 참사 시대의 이야기 공정술은 '필사'^{必死/筆寫}를 경유하지 않을 수 없다. 필사의 글쓰기, 그것은 지금 '르포'라는 이름으로 이곳에 도착해 있다.

필사적으로 듣고 말한다는 것, 이어 쓰고 옮겨 쓰는 것은 당면한 문제를 서둘러 해결하거나 대안 도출을 위한 시도이기에 앞서 문제에 머물며, 문제를 살아내는 일이다. 끝끝내 듣고 말하는 '필사'라는 행위가 지켜내는 곳은 '곁'이라는 장소. 참사 곁에 머물며 참사를 살아내는 일, 그건 피해자의 망막에 새겨진 마지막 영상의 목격자가 된다는 것과 다르지 않다. '필사'란 목격한 것을 증언하고 기술하는 일이기도 하다. 도미야마 이치로는 세계의 가능태를 '시체 옆'에 있다는 것에서 찾았다.[2] 시체와 일체화될 수도 없고 시체로부터 도망칠 수도 없는 상태

---

2. 도미야마 이치로, 『폭력의 예감』, 손지연 외 옮김, 그린비, 2009.

에서 '살해당한 자 바로 옆에 있는 자의 목소리'로 기술記述하는 일. 그는 누군가의 죽음을 막지 못한 '겁쟁이들의 연대'를 통해 말이 있는 곳을 확보해가는 것으로부터 폭력에 대해 저항할 절박한 가능성을 제시했다. 이 말을 오늘의 참사 앞에서 '이러지도 저러지도 못하는 상태'에 머물며 '이럴 수도 저럴 수도 있는 상태'로 바꾸어 가는 일이라 옮겨 볼 수 있겠다.[3] 곁에 머문다는 것은 '참사의 연대기年代記를 연대連帶의 기록'으로 이어가는 것과 다르지 않다. 온기 대신 차가운 시체와 마주 보는 일, 기쁨과 웃음 대신 슬픔과 절규를 끝까지 듣는 일이란 참사의 시간을 피해자와 가해자로 분절하고 구분하는 것이 아닌 '아직, 다행인 자'의 자리에서 함께 살아낸다는 것이다. 유가족들 곁에서, 해고자들의 곁에서, 빼앗기고 추방당한 이들의 곁에서, 아직 다행인 자들이 끝내 듣고 쓰는 글이 오늘의 르포다.

2. '밖'을 '옆'으로 만든다는 것

'장기투쟁의 일상화'를 일러 사회적 갈등을 조정하는 기구의 기능 불능이나 사회적 협의 체계의 부재라는 '현상'을 지적하는 일은 필요하다. 현상을 조망하고 종합하여 진단함으로써 현실을 재구성하는 일 또한 마찬가지다. 그러나 현상에 기댄 '현실감'이 '현장'에 이르는 길을 열어주는 것은 아니다. 모

---

3. 미류, 「슬플 수만은 없는 연대기」, 『금요일엔 돌아오렴』, 창비, 2015, 343쪽.

두를 벼랑 끝으로 몰아세워 겁박하는 현실은 너무 가까이 있지만 모든 참사 현장은 아득하다. 이 거리, 이 간극, 이 낙차야말로 '참사 시대'의 공통감각이라고 불러야 할 지경이다. '현상'을 주목할수록 '현장'이 더 멀어지고 고립되는 것은 '진단하고 조망하는 자리'와 '당면한 자리'의 낙차를 '자기 질문'으로 사유하고 있지 못하기 때문이다. 참사에 관해 이야기하면 할수록 현장과 멀어지는 이유에 대해 생각해봐야 한다. 문제는 참사에 관해 충분히 이야기되고 있지 않기 때문이 아니라 참사를 듣고 쓰는 방식에 있다. 어떤 현상을 조망하고 진단하는 것은 필요하지만 그것만으론 현장에 진입할 수 없다. 갖은 이론으로 무장한 '진단의 인플레'는 외려 참사를 조망하는 '이곳'과 조망될 뿐인 '저곳'을 구분하는 사회 심리적 장벽을 쌓는 효과를 낳을 수도 있다. 언뜻 눈에 띄지 않는 현상 하나를 언급하며 이야기를 이어가 보자.

많은 문예지에서 여러 해에 걸쳐 르포라는 글쓰기에 관해 관심을 기울여왔음에도 여전히 '르포의 자리'가 없다는 것은 무엇을 의미하는가.[4] 그건 일차적으로 문예지가 완고하고 보수적인 장르적 프레임을 고수하고 있기 때문이겠지만 무엇보다 문예지를 기반으로 하는 (제도) 문학이 '현장'과 접속할 수 있는 제도적 장치를 마련하지 못하고 있음을 가리키는 것이기

---

4. 「르포」 섹션을 따로 마련해 고정적으로 글을 싣고 있는 매체는 인천작가회의에서 펴내고 있는 『작가들』 정도이고 대부분의 문학잡지에선 임시로만 르포에 지면을 할애하는 형편이다.

도 하다. 먼저 이렇게 물어야 하지 않을까. 말하고 쓰는 문법이 파괴되어버린 '참사의 시대'에 시와 소설, 그리고 비평은 어떻게 여전히 그 자리에, 그 모습으로 머물러 있을 수 있는가. 현상을 주목할수록 현장으로부터 더 멀어지는 역설. 현상을 '조망하는 자리'와 현장의 '당면한 자리'의 낙차를 사고하는 것이야말로 참사의 시대를 살아내고 있는 이곳의 글쓰기, 그 행위의 공통 조건일 것이다. '참사 이후'의 문학은 이러한 공통 조건의 인지와 수락 없이는 지금-이곳에 도착하지 못한다. '참사 이후의 문학'은 바로 (제도) 문학 바깥을 배회하는 다종한 존재들의 목소리와 접속할 수 있는 자리에 서는 것으로부터 시작해야 한다. 바깥의 목소리를 듣고 응답하는 일은 굳게 닫혀 있는 '제도의 성문'을 시스템이 열어주는 결정이 아닌 성문 바깥으로 나가고자 하는 개별적인 시도로부터 시작될 수 있다고 생각한다. 약탈당하고 내몰려 바스러져 가는 존재들의 목소리 곁에서 듣고 쓰고자 하는 시도는 이미 곳곳에서 시작되고 있다. 한 작가는 세월호 참사가 상(像)으로 맺혔다가 사라지는 게 아니라 그대로 두 눈에 들러붙어 세상을 보는 눈 자체로 변할 것 같다는 예감 속에서 이렇게 쓰고 있다.

지난 한 달간 많은 걸 보고 들었다. 보지 않으면 놓칠 것 같았고, 놓치고 나면 속을 것 같았다. 되도록 모든 걸 보고, 누가 어떤 식으로 말하고 있는지 기억해두려 했다. 지금 진도에 '사실'은 차고 넘치나 '진실' 아직 다 드러나지 않은 듯하다. 그리고 그사이 나는 망가진 문법더미 위에 앉아 말의 무력과 말의 무의미와 싸워야 했다. 어떤 말도 바닥 속으로 가 닿을 수 없고, 어떤 말도 바로 설 수 없는 상황에서 스스로를 납득시킬 만한 말조차 찾을 수 없었다. 그러나 마냥 그렇게 주저앉아 있을 수많은 없어, 2년 전 이자영 씨['쌍용차 해고 투쟁' 노동자 이창근씨의 아내 ─ 인용자]를 떠올리며 내가 가까스로 발견해낸 건 만일 우리가 타인의 내부로 온전히 들어갈 수 없다면 일단 그 바깥에 서보는 게 맞는 순서일지도 모른다는 거였다. 그 '바깥'에 서느라 때론 다리가 후들거리고 또 얼굴이 빨개져도 우선 서보기라도 하는 게 맞을 거 같았다. 그러나 '이해'란 타인 안으로 들어가 그의 내면과 만나고, 영혼을 훤히 들여다보는 일이 아니라, 타인의 몸 바깥에 선 자신의 무지를 겸손하게 인정하고, 그 차이를 통렬하게 실감해나가는 과정일지 몰랐다. 그렇게 조금씩 '바깥의 폭'을 좁혀가며 '밖'을 '옆'으로 만드는 일이 아닐까 싶었다.[5]

'참사'는 구성원들을 각자의 자리에 꼼짝 못 하게 붙박아 무기력하게 만든다. 글을 쓰는 이에겐 망가진 문법 더미 위에 주저앉게 만드는 일이겠다. 문법이 파괴된 자리에서 쓰는 행위의 무능과 무기력을 회피하지 않고 그 한계와 마주한다는 것

---

5. 김애란, 「기우는 봄, 우리가 본 것」, 『눈먼 자들의 국가』, 문학동네, 2014, 17~18쪽.

은 '안전한 자리'(나/우리/공동체/제도)를 포기하고 바깥으로 걸어 나가는 이행의 결단을 통해서만 가능하다. '바깥'에 선다는 것, 바꿔 말해 타인의 고통과 마주하는 일은 자신의 한계와 대면하는 비용을 치르지 않고는 불가능한 경험이다. 김애란은 그렇게 무릅쓴 가까스로의 시도를 "바깥의 폭을 좁혀가며 밖을 옆으로 만드는 일"이라고 했다. 거리를 두고 현상을 진단하거나 서둘러 현실을 초월하지 않고 '바깥'으로 나-아-가는 일은 자기 한계를 무릅쓰고 감행하는 시도이자 그 한계를 쓰기라는 행위의 조건으로 수락하는 뜻을 품은 걸음이기도 하다. 이건 '글쓰기의 갱신'이나 '실험적 글쓰기'와 같은 글쓰기 자체의 문제로 수렴되지 않는다. 기왕의 글쓰기가 이루어지던 조건 바깥으로 나가 예측할 수 없고 제어할 수 없는 막막한 '밖'을 구체적인 '옆'으로 조형하는 시도 없이는 글쓰기가 성립되지 않는다는 것이며, 무엇보다 다른 누군가의 '옆'에 (기대어) 서지 않고는 글쓰기라는 행위가 성립할 수 없다는 참사 이후의 글쓰기 토대에 관한 근본적인 물음을 품고 있는 것이기도 하기 때문이다.

나는 이 물음을 다음과 같이 옮겨 쓰고 싶다. 존재의 고유한 '결'texture은 '곁'beside이라는 공통 장소 없이는 지켜낼 수 없다. '곁'은 '가만히 있어라.'라는 체제의 명령과 자신의 안위를 보존할 수 있는 익숙하고 안전한 자리를 박차고 바깥으로 나가는 행위들의 연대를 통해 구축하는 '임시적인 전선'에 가깝다. 그러니 마냥 온전하거나 안전한 곳일 수 없다. 온갖 무능과 무기력으로, 실패와 절망으로 넘쳐나는 곳이 곁이며 그곳은 이질적인 개별자들의 무늬^紋가 뒤엉켜 있는 장소이기도 하다. 예측할 수 없고 감당할 수 없는 이질적인 것과 뒤엉킴, 그 침투와 물듦을 수락할 수 있을 때 고유성 또한 가까스로 지켜낼 수 있다는 역설은 문법이 파괴된 세계에서 새롭게 구축되는 '참사 이후의 문법'이라 말해도 좋을 것이다. 곁은 온기로 유지되는 안락한 보금자리가 아니라 늘 초과하고 범람하는 장소다. 오늘의 '르포'야말로 바로 그 초과와 범람의 장소'에서' 쓰이고 있으며 초과와 범람'으로' 쓰이고 있다.

3. 바깥에서 쓰이는 이야기

르포는 세계의 비참과 마주해 그것을 기록하고 어떤 식으로든 응답해야 하는 도덕적 책무나 개별적 윤리의 영역을 이미 넘어서 있다. 참사의 시대에 쓰이고 있는 거의 모든 르포에 하나가 아닌 여럿의 목소리들이 웅성거리고 있다는 것을 환기해보자. 이 웅성거림은 다양한 욕망의 충돌로 비롯된 것이 아니라 할당되고 한정된 장소를 뚫고 바깥으로 나오고자 하는 의지의 증거다. 르포는 쓰는 이의 역량을 초과하며 끊임없이 쓰는 행위를 침범해 '지금'이라는 시간과 '쓴다는 것'의 행위성을 문제 삼는다. 르포가 쓰는 행위에 대한 초과와 침범, 근본적인 것에 대한 문제 제기를 수락하는 글쓰기라면 그것은 쓰인 글이 아니라 쓰고 있는 글이며 계속해서 써나가야 하는 연쇄의 글이자 끊임없이 다시 쓰고 새로 써야 하는 과정의 글일 수밖에 없다. 이처럼 르포는 특정한 '장르'로 한정 지을 수 없고 구획해서도 안 된다. 르포는 제도 바깥에서 쓰이고 있는 구술과 증언, 기록과 고발을 목적으로 하는 글쓰기만이 아니다. 초과와 범람, 침투와 물듦을 조건으로 하는 글쓰기를 특정한 현상으로 진단하고 르포라는 장르로 구획해 제한된 범주로 설정하는 것은 기존의 문학 제도가 드러내는 한계를 대타 항을 통해 임의적인 방식으로 갱신하고 내부의 존속과 유지를 위해 르포를 '구성적 외부'로 호출하는 전략이 될 수도 있다. 중요한 것은 르포라는 장르의 출현에 주목할 게 아니라 곳곳에서 시도되고 있는 르포적인 글쓰기의 양태들을 포착해 흩어져서 고립된 것처럼 보이는 그 시도들을 연결함으로써 지속 가능한 전선의 형태로 구축하는 일이다.

안전하고 할당된 장소 바깥으로 나-아-가 '밖'을 '옆'으로 조형해가는 시도는 참사 현장의 내부에서만이 아니라 '곳곳'의 '곁'에서 동시다발적으로 이미 진행되고 있다. 소설이라는 범주 안에서 이루어지고 있지만 참사의 현장 내부로 들어가기 위한 시도이자 쓴다는 행위를 통해 쓰기의 바깥으로 나가고자 하는 시도로 읽을 수 있는 한 장면을 아래에 인용한다.

꿈속에서 난 처음부터 알고 있어. 그 비행기가 그런 비행기라는 걸. 그걸 먹으면 모두 흙으로 변하리라는 걸. 그걸 아는 사람도, 음식이 주어지지 않는 사람도 나뿐이야. 그런데 난 누구에게도 먹지 말라는 말을 할 수가 없어.

경은 말했다. 곳곳에서 비명이 들리고 울음이 시작되지만 그녀는 감히 어떤 것도 느낄 수 없다고. 그녀 옆자리 남자의 손끝이 부서지고, 손바닥이 바닥으로 떨어지고, 손목이 사라지는 것을 본다. 그가 입고 있던 흰 셔츠가 바닥으로 펄럭이며 내려앉고, 바짓가랑이로 원래는 그였던 것이 빠져나오고, 그녀를 제외한 모든 사람이 흙으로 변해 통로로 흘러나오는 것을 그녀는 가만히 보고 있다.

그러고 나면, 경은 중얼거렸다. 내가 정말로 왜 그 비행기를 타고 있었던 건지 알게 돼.

안전벨트가 풀린다. 그녀는 자리에서 일어난다. 그러고는 통로를 걸어가, 맨 앞자리부터 시작한다. 흙이 된 사람들을 원래의 형체로 돌려놓는 것이 그녀의 일이다.[6]

이 소설이 2014년 여름, '참사 이후'에 발표된 작품임을 환기하지 않더라도 2014년 4월 16일 진도 앞바다에 세월호가 침몰하던 그 무력하고 비참한 시간이 망막에 돌이킬 수 없이 새겨진 이들이라면 이 장면이 한 작가가 구축한 '문학적 공간'을 초과해 '참사의 현장'으로 범람하고 있음을 감지할 수 있으리라 생각한다. 눈앞의 죽음을 막을 수 없는 무력한 상태, 옆자리의 사람이 바스러져 내리는 것을 지켜봐야 하는 끔찍한 시

6. 윤이형, 「러브 레플리카」, 『러브 레플리카』, 문학동네, 2016, 179쪽.

간은 '경'의 고유한 경험인 것만은 아닐 것이다. 바로 옆에서 들리는 비명에 '감히' 어떤 것도 느낄 수 없는 상태란 죽음 옆에서 홀로 살아남은 겁쟁이의 모습인지도 모른다. 그럼에도 주목해야 할 부분은 그 참혹한 현장을 외면하지 않고 '가만히 보고 있다.'는 것인데, 이 응시 속에 타인의 죽음을 지켜봐야만 하는 무기력만이 아닌 무기력을 피하지 않고 마주하려는 의지가 장전되어 있음을 예감할 수 있기 때문이다. '경'의 꿈 이야기 속엔 언젠가 '나'가 해주었던 '진흙 인형' 이야기가 섞여 있다. 망상증과 허언증 사이를 오가며 부유하는 '경'의 모습에서 나는 비정상적인 환자가 아닌 타인의 기억과 말이 '나'를 찢고 들어와 뒤섞여버려 구분할 수 없는 상태를 유지하려는 존재의 고투를 보게 된다. 어떤 죽음을 옆에서 지켜봐야만 했던 속수무책의 상태에서 무기력으로 침잠하지 않고 무기력과 마주함으로써 바스러진 죽음의 잔해를 원래의 '형체'로 돌려놓는 장면은 '애도 작업'과 '이야기 공정술'이 이미 분리할 수 없는 상태로 이어져 있다고 말해도 무방할 것이다.

타인의 고통이 의식 바깥인 꿈속에서 반복 상영될 때, 손 쓸 수 없던 시간 속으로 누군가의 기억을 불러들여 산산조각이 나버린 존재들의 형체를 조형하여 돌려주는 일. 그런 행위의 지속은 강박이나 분열이 아닌 참사 시대를 사는 개별자의 정체성이 어떻게 해체되고 재구성되는지, 그 의지가 어떤 방식으로 관철되고 있는지를 보여주는 사례로 읽을 수 있다. 손 쓸수 없는 상황 속에서 무너지고 바스러지는 것은 타인의 신체만이 아니다. '나'라는 정체성 또한 옆에서 죽어가는 타인과 함께 바스러진다. 바스러진 타인의 잔해를 원래의 형체로 돌려놓으려는 행위에 의해 재구성되는 것 또한 타인만이 아니라 '나'라는 존재이기도 하다. 나의 삶이 타자의 죽음에 이양되어 연루되는 애도 작업이란 참사의 시대를 살아내고 있는 존재들의 주체화 과정이기도 한 셈이다. '나'를 설명하는 것이 타자들의 고통 겪기suffering와 인과적 관계를 맺고 있기에 인간은 언제나 '너'의 곁에서, 너를 향해 말하면서 비로소 '나'가 될 수 있는 근본적인 취약성에 노출된 존재라는 것이다. 자기를 온전히 설명할 수 없다는 무능과 고통을 인정하면서도 메시지를 전달하려는 실천7은 듣고-쓰는 행위가 이루어지는 장소 곳곳에 이미 편재해 있다. 오늘의 르포는 그 실천의 중심에서 흘러넘치는 끓는점이다.

4. 구조 요청의 동역학

"애기, 여깄어요!"

세월호가 기울어 가라앉고 있었을 때 단원고 손지연 학생이 찍은 동영상에 담겨 있는 이 목소리는 "6살 아이의 부모가 아이를 찾고 있으며, 아이를 발견한 사람은 소리 쳐서 위치를

---

7. 주디스 버틀러, 『윤리적 폭력 비판 — 자기 자신을 설명하기』, 양효실 옮김, 인간사랑, 2013.

알려 달라."는 선내 방송을 듣고 아이의 위치를 알리기 위해 여학생들이 외친 것이었다. 그들이 끝까지 지켜 주었기에 5살의 여자아이는 누구보다 먼저 구조 보트에 태워져 육지까지 올 수 있었다.[8] 그런데 키즈룸 왼편 B-19 객실 복도에 있던 아이는 한 명이 아니라 두 명이었다. 그들은 남매였지만 여동생 권○○ 양만 생존할 수 있었고 오빠 권혁규 군은 아직 진도 앞바다 아래에 가라앉아 있다. 같은 시각 단원고 조태준 학생은 공포에 질려 울며 "형, 우리 죽어요?"라고 묻는 권혁규 군에게 이렇게 말했다. "형아가 너 살릴게."[9] 조태준은 팔뚝의 핏줄이 터질 때까지 승객들을 구했지만 그때 구하지 못한 아이 생각이 날 때면 자신이 살인자가 되어버린 것 같다며 괴로워 했다("끝까지 살린다, 살리겠다라는 생각밖에 없었어요. 어른들 몫까지… 구명조끼 입고 얼굴만 간신히 동동 떠갖고 있는데 물속도 어느 정도는 보였어요. 그 남자애가 보이더라고요. 근데 손이 안 닿아요. 손이…", 80). 10개월 동안 15만 장에 가까운 기록과 3테라바이트가 넘는 자료를 분석해 산산조각이 난 진실의 조각을 하나하나 찾아서 재구성한 기념비적인 저작 『세월호, 그날의 기록』[10]엔 참사 당일 9시 10분경 객실 복도에서 학생들이 권○○ 양에게 구명조끼를 입혀주는 장면이 상세히 기

8. 오준호, 『세월호를 기록하다』, 이지북스, 2015, 105~106쪽.
9. 조태준[구술], 배경내[기록], 「이 형아가 너 살릴게」, 『다시 봄이 올 거예요』, 창비, 2016, 79쪽.
10. 진실의 힘 세월호 기록팀, 『세월호, 그날의 기록』, 진실의 힘, 2016.

록되어 있다. 위급한 상황에서도 학생들은 권혁규 군과 권○○ 양을 챙겼다. 10시 4분 키즈룸에서 대기하던 손지연 학생은 3층에서 육성으로 "애기! 애기!"를 찾는 남성에게 소리쳐 알린다. "애기, 여기요! 애기, 여깄어요! 애기 2명 다 여기 있어요!"[11]

그 누구도 구조하지 않는 곳에서 한 아이를 살려낸 것은 "여기, 아이가 있다!"는 목소리였다. 커다란 배가 우리 눈앞에서 가라앉는 동안 아무도 그들의 구조 요청에 응답하지 않았고, 참사 현장에서 구조 요청을 외친 이들만이 누군가를 구했다. "살려달라!"는 외침보다 앞서 있던 "여기, 아이가 있다!"는 목소리가 구한 것은 한 명의 아이만이 아니다. "여기, 아이가 있다!"는 목소리는 모든 말이 비명과 괴성으로 와해되어버리는 참사의 현장에서 가까스로 '사람의 말'을 구해낸 것이다. 누구도 구하지 못했다는 무능과 함께 그 누구도 임박한 미래의 우리를 구하지 않을 것이라는 공포가 모두를 무기력하게 만든다. 그런데 구조 요청은 무기력한 목소리가 아니었다. 4월 16일 세월호에 타고 있던 단원고 학생들의 "여기, 사람이 있다!"는 외침은 구조 요청이 응답을 기다리는 것이 아니라 응답respond을 발명하는 일invention/ability이라는 것을 증명했기 때문이다. 이들에 의해 구조 요청은 다른 문법을 가지게 되었다. 누군가를 부름으로써 누군가에게 다가가는 일이자 그 누군가를 이쪽을 향해 올 수 있게 이끄는 힘. 그것이 구조 요청이라고 말

---

11. 진실의 힘 세월호 기록팀, 『세월호, 그날의 기록』, 152쪽.

이다. 이 구조 요청의 동역학에서 나는 불가항력적인 재해에 의해 모든 전력이 차단되어버린 암흑 속에서 보게 된 은하수를 일컬어 '다른 종류의 전력'이라고 한 리베카 솔닛의 말을 떠올리게 된다.[12] 그건 잠재되어 있던 것의 가능태를 가리키는 것일 터, 솔닛은 그 전력을 타고 즉흥적이고 집단적이며 국지적이지만 협동적인 다른 종류의 사회를 구성할 수 있는 능력이 흘러든다는 것을 재난 현장을 기록한 역사 더미 속에서 발견했다.

'그날' 우리는 누구도 구하지 못했지만 구조 요청에 대한 응답 책임으로부터 자유로운 것은 아니다. 아직 구해야 하는 목소리가 있다. 세월호 생존 학생들은 참사의 현장 속에서 구조된 게 아니다. 구조 요청의 힘으로 누군가를 구하고 자신의 힘으로 탈출했다. "분명히 기억하는 건 애들이 배에서 탈출한 거라는 거. 나온 아이들을 그냥 앞에서 건진 것뿐이지 적극적으로 배에 들어가서 뭘 어떻게 했거나 그런 게 없으니까. 그걸 구조했다고 말할 순 없잖아요."[13] 살아 돌아왔다는 것을 죄책감으로 짊어지고 살아야 하는 이들과 탈출하지 못한 희생자들의 유가족들(부모와 형제자매들)은 그 어떤 진실도 밝혀지지 않은 세월호에서 아직 내리지 못했다. 4월 16일에 멈춰버린 날짜를 살아가야 하는 이들은 이렇게 말하고 있다. "저희 유

---

12. 리베카 솔닛, 『이 폐허를 응시하라』, 정해영 옮김, 펜타그램, 2012.
13. 장애진[구술], 이호연[기록], 「제 일이지 않아요?」, 『다시 봄이 올 거예요』, 243쪽.

가족은 지금 세월호를 두 번 타고 있습니다."[14] 죽을 때까지, 아니 눈감아서도 가지고 가야 하는 고통을 예감하며 또 이렇게 말하고 있다. "하지만 끌려다니지는 않을 거예요. 이걸 끌고 살 것 같아요."[15] 내릴 수 없던 배에 다시 올라타야 했고 참사가 있던 날에서 멈춰버린 시간에 끌려다니는 게 아니라 끌고 살겠다는 이들의 목소리는 '참사 이후의 구조 요청'이다. 수동적인 능동성을 내장한 이 무릅쓴 구조 요청에 응답할 수 있어야 한다. 앞질러 응답한 건 '르포'다. 구조 요청의 자리로 가 그들의 목소리를 듣고 기록하며 지키고 있었다. 그들의 곁에 머물며 비명으로 좌초되는 목소리를 지금까지도 들어 올리고 있다. 필사적으로 지켜내고 있는 그 곁으로 가야 한다.

5. 대피소를 짓는 글쓰기

르포 작가 김순천은 「나는 왜 르포문학을 하는가」라는 글에서 자신의 글쓰기 시작에 관해 다음과 같이 적고 있다. "나의 비명과 사람들의 비명을 위로하고 함께 하기 위한 원초적 형태의 글쓰기의 시작이었다. 처음부터 르포문학을 하기 위해 현실로 뛰어든 게 아니라 현실로 뛰어들어 글 작업을 하

---

14. 문종택[구술], 김순천[기록], 「대통령과의 5분간의 통화 그리고 헤아릴 수 없는 긴 고통」, 『금요일엔 돌아오렴』, 187쪽.
15. 박예나[구술], 미류[기록], 「남아 있는 사람들이 없어요」, 『다시 봄이 올 거예요』, 220쪽.

다 보니 그것이 르포문학이 되었다. 어쩌면 나에게 르포문학은 '모든 것이 무너지고 끊어진 세상에서 기존의 글쓰기 어법으로는 설명해낼 수 없는 자리에서 존재하는 어떤 것'인지도 모르겠다."[16] 나와 너의 비명을 위로하고 함께 한다는 것, 그건 르포가 긴급한 구조 요청에 서둘러 응답하는 글쓰기라는 것을 의미한다. 구조 요청에 대한 긴급한 응답은 문제에 대해 해결책을 제시하는 것이 아닌 누군가의 이야기를 듣고 그것이 흩어지지 않도록 옮겨 쓰는 일을 통해 성립한다. 지금 누군가가 듣지 않으면 이 목소리와 이 이야기가 사라질 수 있다는 긴급함으로 쓰는 일, "여기 사람이 있다!"는 것을 알리는 일, 그렇게 곁을 지키는 일, 줄여 말해 문제를 함께 살아내는 일. 그러기 위해선 쓴다는 행위의 자의식을 내려놓고 우선 타인의 목소리가 기거할 수 있는 장소를 구축해야 한다. 이것이 르포에 '무엇을 쓸 것인가.'보다 '누구의 이야기를 들을 것인가.'라는 물음이 앞서 있는 이유다.

완성된 채로 존재하는 것이 아니라 끊임없이 새로 쓰이는 것, 동시대적 세계를 직접 반영하는 르포를 김순천은 '순간문학'이라고 명명한다.[17] 이때의 순간문학은 '동시대-현장성'을 염두에 둔 말이겠지만 그 속엔 "더 유연하면서 즉흥적이고, 평

---

16. 김순천, 「나는 왜 르포문학을 하는가」, 『실천문학』 108호, 2012년 겨울호, 59쪽.
17. 이설야·김순천 대담, 「한국 르포작가 대담」, 『작가들』 54호, 2015년 가을호, 142쪽.

등주의적이고 위계적이지 않으며, 모든 구성원이 의미 있는 역할을 하고 기여할 여지가 많은 형태"[18]가 내포되어 있을 것이다. 거리를 두고 사후적으로 현상을 진단하는 것이 아니라 곁에서 현장의 목소리가 바스러지지 않도록 붙들어두는 데 애를 쓰는 르포는 영구적이라기보단 임시적이고 고정적이기보단 유동적이다. 르포는 긴급히 세워지는 텐트나 끝까지 내몰린 이가 오르는 망루를 닮았다. 언제라도 철거될 수 있는 이 위태로운 조건 속에서 지금 쓰이고 있는 르포는 누구라도 기거할 수 있는 '대피소'가 되고자 하는 희망을 품고 있다. 여기서 말하는 '대피소'는 쉘터shelter라기보단 어사일럼asylum에 가까운데, 사회적 구속이나 제한에서 일시적으로나마 해방될 수 있는 곳이자 속박과 핍박을 받는 이들의 회복을 돕는 윤리적인 의의가 있는 정치의 장소이기 때문이다. '대피소'는 그 무엇도 할 수 없을 때, 사태가 이미 벌어진 뒤에 사후적으로 만들어야 하는 곳이 아니라, 선택의 자유가 허용된 상태에서 구축되어야 한다. 그런 이유로 '대피소'는 재난과 참사의 표지만이 아니라 바깥으로 내몰릴 수 있는 존재들을 상상하고 예감할 수 있는 공동체의 감응 능력을 가리키는 것이기도 하다. 개별자들을 고립시켜 옴짝달싹하지 못하게 만드는 폭력에 맞서 바스러져 가는 이야기를 듣는 것, 구조 요청에 응답하는 것은 이곳에 함께 대피소를 짓는 일과 다르지 않다.

---

18. 리베카 솔닛, 『이 폐허를 응시하라』, 458쪽.

익사하는 세계, 구조하는 소설

1. 구조와 수색

살아서 돌아오는 사람이 없다. 어째서인가. 그곳의 참혹함과 이곳의 참담함. 이 말은 틀렸다. 살아서는 그 누구도 돌아올 수 없는 이곳이야말로 참혹한 세계다. 아무도 돌아오지 않는 이곳에서 나란히 써서는 안 되는 말이 있다는 것을 알게 되었다. 구조와 수색. '살려내는 일'과 '찾아내는 일'은 결단코 나란히 써서는 안 된다. 한쪽엔 '생명'이 있고 다른 한쪽엔 '주검'이 있기 때문이다. 구조는 생명을 걸고 생명을 구해내는 일이다. 우리가 단 하나의 생명도 구해내지 못했다는 것은 이곳이 더는 생명을 살려내는 일을 수행하지 못한다는 것을 의미한다. 주도면밀한 수색만이 아직 그 목소리가 생생하게 남아 있는 실종자를 은밀하게 빼내어 사망자들 사이에 숨겨버린다. 그렇게 수색의 체계는 생명을 주검으로 바꾸며 제 몸을 불려가고 있다. 사후적으로, 체계적으로, 논리적으로, 객관적으로 진행되는 수색은 실패가 없다. 거리를 두고 사태를 조망하는 수색 가까이에 목숨을 걸어야 하는 구조가 있다. 구조는 늘 다급하다. 언제나 동시적으로, 즉각적으로, 본능적으로 개입해야 하기 때문이다. 내맡겨졌다는 것, 달리 말해 모든 존재가 이미 누구에게로 향해 있거나 기울어져 있는 움직임으로서의 외존外存; exposition. 구조란 서로가 서로에게 내맡겨져 있음을 확인하는 공동의 행위다. 그런 이유로 언제나 실패의 가능성에 노출되어 있으며 구조하는 이와 구조되는 이의 거리는 지워져 있을 만큼 가깝다. 예측 불가능성을 향해 뛰어드는 구조는 저 자신 또한 언제라도 위태로워질 수 있지만 바로 그러한 이유로 상호의존성에 대한 신뢰와 믿음을 강화한다.

누군가가 누군가를 구해낼 수 있기를 기원했다. 구조하는 이와 구조된 이 모두 귀하고 거대한 존재가 되어 뭍으로 올라오길 내내 기다렸다. '거인'을 기다렸다. 사람을 구하지 않는 사회란 그곳이 사람을 돌보지 않으며 사람을 키우지 않는 곳임을 가리킨다. 난쟁이들만 사는 세계. 사람들이 자꾸만 작아지기만 하는 이곳엔 누구도 책임을 지지 않는다. 책임과 사과의 실종. 사과는 자신의 잘못을 시인하는 사후적인 미봉책인 것만은 아닌데 그것은 옳고 그름의 기준과 가치가 전복되는 순간이자 위계적 관계를 정지시키는 힘이기도 하기 때문이다. 사과 없는 세계에서 우리는 행한 것을 되돌릴 수 없는 무능력인 환원 불가능성의 곤경에서 벗어나게 하는 '용서하는 능력'(한나 아렌트Hannah Arendt)의 실종 또한 목격하게 된다. 인간은 용서라는 부단한 의지를 행함으로써 과거의 행위를 구조한다. 불확실한 삶이 지속할 수 있는 것은 그 때문이다. 모든 것을 다 용서해야 한다고 말하고 싶은 것이 아니다. 인간이 행한 돌이킬 수 없는 무능력을 인간이 용서할 수 있을 때, 행위가 초래하는 필수 불가결한 상처를 용서라는 행위로 치유할 수 있을 때 나는 지금보다 인간이 더 커질 수 있다고 생각한다. 용서란 전적으로 타인에게 기댄 상호 의존적인 행위다. 2014년 여름, 이 말은 구조와 등을 맞대고 있다.

아, 구조된 이가 뭍으로 올라왔을 때 그이는 분명 우리에게 '말'을 전해주었을 것이다. 거인의 말. 그 말이 너끈히 세상의 사람을 살리고 사람을 키웠을 테지만 그 누구도 살아 돌아오지 못했으니 우리가 나눠 가질 수 있는 말 또한 없다. 그것은 인간적인 삶의 죽음이라는 표지와 다름없다. 다만 어리석고 아둔한 애도의 모래주머니를 차고 아래로, 바닥으로, 필사적으로, 맹렬히 잠수하는 일만이 남아 있는 것은 아닐까. 물위로 올라오는 데 치명적일 것임을 알면서도 더 어리석게, 더아둔하게 모래주머니의 무게를 늘려 바다로 뛰어드는 맹렬함은 저 아래에서 사람들이 아직 돌아오지 않았기 때문이다. 오직 그 아둔한 맹렬함만이 침몰하는 이 세계를 겨우 그러잡을 수 있는 것이 아닐까, 되묻고, 지우고, 다시 쓰고, 또 지우는 시간. 그 누구도 구하지 못할지언정 잠수해야 하는 시간. 그 잠수의 시간 속에서 김이설의 「아름다운 것들」[1]을 읽었다. 필사적으로 무언가를 잡아야 했고 잡고 싶었던 것은 오직 그것만

---

1. 김이설, 「아름다운 것들」, 『한국문학』, 2014년 여름호.

이 누군가를 구조할 힘이라는 생각이 들었기 때문이다.

2. 죽어가는 아이들의 장송곡

어미는 아이의 얼굴을 베개로 덮고 제 몸의 무게로 아이를 내리누른다. 김이설의 「아름다운 것들」에서 우리는 이 장면을 반복해서 마주하게 된다. "남아서는 살 수 없고, 살기 위해 떠날 수도 없는"(101) 상황 속에서 남편은 "미안하다."는 단 한마디만을 남기고 스스로 목숨을 끊었다. 파업에 대한 손해배상 때문이었다. 손해를 입은 이가 외려 손해를 배상해야 하는 상황. 구경해보지도 못한 액수의 돈을 갚아나가야 하는 벌을 가족들이 짊어지는 모습을 지켜봐야 하는 일, 그 끔찍한 시간을 마주할 수 없었을 것이다. 아니 그간 모두가 너무 많은 것을 견뎌왔다는 것을 잘 알기에, 앞으로도 견디는 것 말고는 그 어떤 삶도 희망할 수 없음을 알아버린 탓에, 그 누구도 보살필 수 없고 그 누구도 구할 수 없다는 자명한 사실이 삶을 내려놓게 했을 것이다. 내몰린 죽음. 바꿔 말해 "굳이 이유를 묻지 않아도 되는 죽음"(106).

그 죽음 곁에 아이가 있다. 아이가 위험에 처해 있다. 김이설의 소설을 한 문장으로 옮기면 다음과 같다. 아이들이 죽어간다! 대부분의 소설 화자는 가혹한 폭력에 내몰린 여성이지만 그들 곁엔 늘 아이가 있었다. 그것은 참으로 잔혹한 일이면서 동시에 고귀한 일이기도 하다. 그렇게 김이설의 소설도 '잔혹'과 '고귀'를 꼭 붙들고 있었다. 빈번히 잔혹의 세계로 곤두박질치지만 몸이 거덜 나 저 스스로 온전히 서지 못해 바닥에 널브러져 있을지언정 단 한 번도 다른 것을 쥐기 위해 아이의 손을 쥔 그 손을 놓은 적이 없었다. 김이설 소설에 대한 신뢰는 바로 그 완력에 있다. 그 아귀힘을 믿어야 한다고 생각했다. 그 손은 구조救助를 향해 있는 것이기 때문이다. 김이설 소설 속의 여성 화자들이 매번 그토록 매몰찬 폭력에 무방비 상태로 노출되어 있었던 것은 잔혹한 세계를 핍진하게 재현하기 위함이 아니라 누군가를 구조하기 위해서였다. 그런 이유로 김이설이 써낸 소설의 목록은 '쓰고 싶은 소설'보다 '쓸 수밖에 없는 소설'쪽의 페이지가 더 두껍다. 그렇게 기울어진 목록을 가진다는 것은 작가에겐 잔혹한 일이지만 독자에겐 귀한 일이다.

아이의 손을 꽉 쥐었던 아귀힘으로 삶을 버텨냈던 이가 바로 그 손으로 아이를 죽인다면 그것이야말로 세계에 대한 사망 선고가 아니고 무엇이겠는가. 아이들이 죽어간다는 것, 아이들을 죽인다는 것은 우리가 죽어간다는 것, 우리를 죽인다는 것이다. 이 죽음의 연쇄는 아이를 돌보고 보살피는 사회적 관계망이 파괴되었다는 현상만을 가리키는 것이 아니다. 아이가 살 수 없는 세계이기에 어미가 제 아이의 숨통을 먼저 끊어놓는다는 것은 이곳이 더는 손 쓸 수 없는 상태임을 절망적으로, 극단적으로 알리고 있는 것처럼 보인다. 그 누구도 아이를 구조하지 못한다. 그리고 이내 아이를 살리던 손이 아이를 죽이는 손으로 바뀌었다. 손의 침몰. 이것은 국지적인 영역의 침몰(죽음)만이 아니다. 인간의 침몰이자, 세계의 침몰이다. 그러니 소설 또한 기울 수밖에 없다. 구조의 소설에서 익사의 소설로. 「아름다운 것들」은 이 세계가 익사하고 있음을, 절멸을 향해 침몰하고 있음을 우리에게 알린다.

가장 먼저 노래로, 아니 계이름으로. 「아름다운 것들」은 아이의 노래로 시작된다. "미미 레 도미솔 라 라솔 미레 도 도 도 미솔미레, 솔 도 도 시시라 솔미레도 도레 미파미 레도레도."(93) 유치원 재롱잔치에서 실로폰으로 합주할 계이름을 아이는 반복해서 왼다. 그 멜로디를 어느새 가족 모두가 따라 부르게 된다는 것이 내겐 이렇게 읽혔다. '아이'야말로 이 세계에 노래를, 말을 전해주는 '천사'라는 것. 아이가 전하는 노래와 말이 이 세계에 어떻게 안착하는가. 다시 말해 이 세계는 어떤 곳인가. 다음과 같은 대목을 읽어보자.

미미 레 도미솔 라 라솔 … 계이름이 계속 입안에 맴돌았다. 작은애가 수시로 불러대는 통에 식구들 모두의 입에 맴돌게 된 노래였다. 나는 서로 얼굴을 맞대며 잠들어 있는 두 아이 앞에 무릎을 꿇었다. 노래라니. 나는 그대로 고개를 바닥에 짓찧었다. 쿵쿵, 쿵쿵쿵 … 내가 지금 노래를 흥얼거리다니 … 쿵쿵, 쿵, 쿵, 내가 미치지 않고서야 어떻게 … 쿵, 쿵, 쿵, 큰애가 뒤척거렸다. 나는 우뚝 멈췄다. 아이가 깨면 안 되었다. 나는 가만히 숨을 고른 후에 고개를 들었다. 큰애가 이불을 발로 차며 자세를 바꿨다. 자는 모습까지 제 아빠를 닮았다. 나

는 내려놓았던 베개를 다시 움켜쥐었다. (94)

잠든 아이 앞에 어미가 무릎을 꿇고 앉았다. 입안을 맴도는 멜로디는 아이의 것이다. 그 멜로디를 입안에 넣고 어미는 아이의 생을 끝내기 위해 베개를 움켜쥔다. 멜로디에 끼어드는 둔탁한 소리가 있다. "쿵쿵, 쿵쿵쿵" 제 몸으로 낳아 제 손으로 키운 아이를 온몸으로 죽여야 하는 어미가 내는 소리다. 아무런 멜로디를 만들어내지 못하고 그 누구도 따라 부르지 못할 저 둔탁한 소리는 차마 입 밖으로 내뱉지 못하는 통곡이다. 그것은 익사하는 이가 구조를 요청하는 신호이기도 하다. 그 신호의 수신자를 찾을 수 없기에 어미는 입을 틀어막고 울며 아이의 입을 틀어막아야 한다. 왜 그렇게 해야 하는가. 아이의 입에서 다시는 노래가 흘러나올 수 없다는 것을 알고 있기 때문이다. 노래가 흘러나오던 아이의 입에서 고통의 신음이 흘러나오는 것을 막기 위해 어미는 아이의 입을 틀어막는다. 그 앞에서 무릎을 꿇고 바닥에 머리를 짓찧으며, 운다. 그러니 그 울음은 아이의 울음을 대신 울어주는 어미의 울음이다. 아니 그 누구도 구조할 수 없는 침몰하는 세계의 통곡이기도 하다. 아이가 전한 멜로디가 이 세계에 안착할 때 그것은 장송곡葬送曲이 된다.

3. 침몰하는 몸, 구조하는 몸뚱이

남편이 구속된 다음 날 낳은 아이였다. 달을 채우지 못한 미숙아로 태어난 탓에 인큐베이터에서 지냈고 시력과 신장에 문제가 있어 평생 정기검진을 받으며 살아야 한다는 판정을 받았다. 세상이 어미에게 내린 판정은 다음과 같다. "내 뱃속에서 나온 아이였는데 내가 해줄 수 있는 건 아무것도 없었다."(98) 남편은 차마 가족에게 말하지 못한 병을 품고 스스로 제 목숨을 끊었다. 그보다 더 받아들이기 힘들었던 것은 "내 애들은 다른 사람 손에 크게 두고, 나는 다 갚지도 못할 빚을 메우기 위해 돈을 벌며 살아야 한다는 것"(112)이었을 테다. "사는 것이 사는 것의 전부"(112)가 되어버린 곳에 아이를 방치할 수 없었다. 그런 곳에서 아이는 자랄 수 없기 때문이다. 더는 아이를 보살필 수 없는 곳에서 아이와 함께 산다는 것은 아이들 또한 '사는 것이 사는 것의 전부'가 되는 삶을 물려받아야 한다는 것을 의미한다.

　걷지 못하는 아이, 말하지 못하는 아이, 자라지 않는 아이를 둔 또 다른 어미가 세상을 향해 이런 물음을 던졌던 것을 기억하자. "아이가 평생 걷지 못하고 엉덩이로 기어 다녀야 한다면. 내가 죽어 무능한 남편 혼자 아이를 맡는 건, 최악이 될까, 최선일까."[2] 최악과 최선이 구분되지 않는 세계에서 그 물음에 대한 응답은 오직 어미의 '몸뚱이'로만 할 수 있는 것이었다. 그래서 어미는 몸이 아닌 몸뚱이로 다음과 같이 썼다. "죽

---

2. 김이설, 『환영』, 자음과모음, 2011, 154쪽.

을 게 아니라면 살아야 했다. 살 것이라면 제대로 살아야 했다."(155) 제대로 살기 위해 어미는 백숙집에서 매일매일 몸을 팔았다. 자신의 몸을 버리고 '몸뚱이'가 되어 (아이의) '몸'을 살리고자 했다. "엄마가 평생 몸을 팔아서라도 네 다리 고쳐줄게."(164)라고 말하는 어미, "밥을 먹는 것도, 잠을 자는 것도 모두 아이를 제대로 키우기 위해서"(15)라는 어미, 아이를 살리고 키운 것은 (어미의) '몸뚱이'였다. 김이설의 소설 또한 어미의 몸뚱이에 관한 페이지가 가장 두껍다. 몸이 몸뚱이로 곤두박질칠 때 할 수 있는 말은 그리 많지 않다. 김이설의 두꺼운 페이지가 투박하고 섬세하지 않은 것처럼 보이는 것은 그 때문이다. 그러나 잊어서는 안 된다. 저 페이지야말로 누군가를 살리고 키운 양육養育과 살림의 두께라는 것을.

인간답게 살기 위해 인간을 버려야 한다는 것. 누군가를 구조한다는 것이 꼭 그와 같다. 그것은 몸뚱이에서 '익사하는 몸'과 '구조되는 몸'을 함께 읽어야 한다는 것을 의미한다. 그러니 몸을 구하는 몸뚱이에 대해 조금 더 말하자. 여기 적들과 싸우다 적을 닮아가는 몸뚱이가 있다. 위험에 처해 있는 누군가를 구하기 위해 바닥으로 내려간 이가 또 다른 누군가에게 위험이 된다는 것. 『나쁜 피』[3]의 참혹함은 거기에 있다. '화숙'은 더러운 천변 아래에서, 도시가 버린 것들을 먼저 줍기 위해 매일매일 아귀다툼을 벌이는 '고물의 세계'에서 그 누구에게

---

3. 김이설, 『나쁜 피』, 민음사, 2010.

도 보살핌을 받지 못한다. 다만 지체 장애인인 어미가 숱한 남성들에게 유린당하는 것을 지켜봐야만 했다. 그리고 자신 또한 그런 상황을 겪게 되었을 때 세상으로부터 그녀는 고작 "네 몸뚱이는 네가 지켜"(50)라는 말밖엔 들을 수 없었다. 그녀가 지켜야 하는 것은 처음부터 '몸'이 아니라 '몸뚱이'였다. 누구도 보살펴 주지 않기에 스스로가 이를 악물고 붙들고 있어야만 가까스로 유지할 수 있는 몸뚱이를 가진 이의 삶. "건드리기만 해 봐, 다 죽이겠어!"(51)라는 오기로 하루하루를 버텨내며 몸뚱이는 그 누구도 건드릴 수 없을 정도로 단단해진다. 그러나 집으로 돌아가 방문을 걸어 잠근 뒤에야 안심하며 크게 숨을 내뱉을 때 "그제야 턱이 아픈 걸 느"(51)끼는 삶, 그것이 "하루 종일 이를 앙다물고 다녔기 때문"(51)임을 뒤늦게 알아차리는 고립된 몸뚱이의 감각은 한없이 외롭고 참담한 것일 수밖에 없다. 처음부터 보호받아야 하는 몸이 아닌 모든 이에게 노출된 몸뚱이를 가지고 살아야 하는 이는 자신의 '몸뚱이'를 알아보는 이들이 가장 두려웠을 것이다. "나에게 가장 위험한 곳은 집과 동네"(51)라는 감각으로 버텨낸 시간 속에서 하나의 몸뚱이가 철근처럼 단단해져 가는 것을 지켜보는 것은 참혹한 일이다.

그런 '화숙'이 몸의 세계인 천변 너머로 가지 않고 몸뚱이의 세계인 천변 아래에서 '아이'를 키우는 것으로 서사가 수렴된다는 것에 주목하자. 이 소설의 희망은 이렇다. 세상의 모든 더러운 것들이 흘러드는 천변을 벗어나지 못한다고 해도 그곳에서 몸뚱이가 아닌 몸으로 살아갈 수 있는 터를 닦는 것. 아이들만은 '몸뚱이'가 아닌 '몸'으로 살 수 있는 보금자리를 만드는 것. 그것은 몸뚱이의 희망이기도 하다. 몸뚱이에 가해지는 폭력을 지켜보는 것은 가혹한 일이지만 다른 이의 몸을 구하기 위해 바닥으로 내려가는 몸뚱이를 목격하는 것은 뜻깊은 일이다. 몸뚱이는 세상의 가장 낮은 곳까지 내려가 세상에서 가장 귀한 것을 길어 올린다. 다시 어미의 몸뚱이. 집 근처에서 몸을 파는 어미를 향한 비난에[4] 어미는 이렇게 답한다. "하지만 어쩔 수 없었다. 나는 언제든지 아이에게 달려갈 수 있어야 했다."(129) 아이와 남편이 불의의 사고로 불타 사라진 뒤 어미가 할 수 있는 단 한마디의 말, "나는 몸뚱이밖에 없어요."(135) 그런데 오직 그 몸뚱이만이 누군가의 구조 요청에 응답한다. 세상에 버려진 한 아이의 외침, "저 좀 데려가주세요."(157)라는 구조요청에 응답하는 이는 '몸뚱이밖에 없는 이'다. 모든 것을 잃어버리고 자신을 방기해버린 몸뚱이밖에 없는 이, 참혹한 세계에서 홀로 살아내기 위해 철근처럼 단단한 몸뚱이를 가진 이는 바로 그 인간의 바닥에서 누군가를 구조해낸다. 그 몸뚱이가 구해낸 것은 사람답게 살 수 있을 것이라는 희망일 것이다. 침몰하는 사람을 구하는 유일한 것이 몸뚱이라는 것, 그것은 참혹한 일이지만 동시에 귀한 일이기도 하다.

---

4. "네가, 이러고도, 애 엄마니."(김이설, 「오늘처럼 고요히」, 『아무도 말하지 않는 것들』, 문학과지성사, 2010, 127쪽).

4. 증언으로 버텨내는 세계, 증언으로 이어 부를 노래

여기는 어디인가. 그 누구도 살아서 돌아오지 못한 곳이며 그 누구도 구하지 못한 곳이다. 그것은 지금 이곳에 누군가가 익사하고 있음을 의미한다. 김이설의 「아름다운 것들」은 쌍용자동차 해고노동자들에 관한 르포 기사에 기댄 소설이다. 소설이 현실에 기대어 있다는 것은 단지 차용과 인용을 통해 재현의 가치를 확인하는 방향으로 나아감을 가리키는 것은 아니다. 소설이 현실을 버텨내기도 하기 때문이다. 그런데 르포에서 다루고 있는 해고노동자 김종현 씨(가명·43)는 "가족과 함께 살기 위해 죽지 않는다."[5]고 했지만 소설은 일가족 모두가 죽음을 향해 기울어져 있다(그들은 곧 죽게 될 것이다). 르포 기사는 마지막 대목에서 김종현 씨의 문자 메시지를 인용하고 있다. "힘이 들 때 친구가 되어주는 힘은 사랑만큼 즐겁고 아름답습니다." 그러나 소설의 마지막 문장은 아이들을 제 손으로 보낸 후 홀로 남겨진 어미의 독백, "이제 내 차례였다"(113)로 끝난다. 죽은 자와 산 자가 공존하는 곳이 지금 우리가 사는 곳이라면 김이설은 일가족의 죽음을 통해 지금 누군가가 '익사하고 있음'을 우리에게 알린다. 「아름다운 것들」은 이 세계가 익사하고 있음을 알리는 경보이자 구조 요청을 하는 소

---

5. 송지혜, 「정말, 이러면 안 되는 것 아닙니까?」, 『시사IN』 331호, 2014년 1월 20일.

설이다.

소설에 관해, 아니 이야기에 관해 내가 믿고 있는 문장은 다음과 같다. "모든 슬픔은, 당신이 그것을 이야기로 만들거나 그것들에 관해 이야기할 수 있다면, 견뎌낼 수 있다." 아이작 디네센Isak Dinesen이 『뉴욕타임스』와의 전화 인터뷰에서 남긴 이 육성을 나는 한나 아렌트의 『인간의 조건』에서 읽었다.[6] 아렌트에게 이야기하기란 행위의 주체가 사멸하지 않고 다른 사람들과 함께 공동체적 삶을 영위해나가며 자신의 인격을 유지하고 보존해주는 잠재력과 다르지 않다. 그것은 유한성이라는 인간의 조건을 극복하기 위하여 인간의 행적에 대한 기록을 통해 불멸성을 확보하고 그것을 기억하고자 하는 집단적 노력이기도 하다. 디네센은 슬픔을 이야기로 만들면 "견뎌낼 수 있다."고 했다. "해결할 수 있다."고 하지 않고 "견뎌낼 수 있다."고 했다. 이야기란 바닥으로 침몰하는 인간이 대면해야만 하는 불가항력적인 문제를 '해결'하는 도구가 아니라 불가항력적인 문제를 '전유'하고 '공유'해온 오래된 양식일 것이다. 인류는 이야기를 통해 존재를 희미하게 하거나 소멸시키는 세계의 불가항력적인 힘과 맞서 존재들을 연결하고 그 결속을 미학적으로 갱신시킬 수 있는 계기로 만들어왔다. 이것이 슬픔을 이야기한다면 "견뎌낼 수 있다."고 한 구절 속에 내장된 의미라 생각해왔다. 이야기란 세계로부터 상처받고 버려진 존재가 '공동

6. 한나 아렌트, 『인간의 조건』, 이진우·태정호 옮김, 한길사, 1996, 235쪽.

의 장소'를 구축하기 위한 쟁투라고 해도 좋다. 익사하는 이를 향해 인간의 바닥으로 잠수하는 일, 기꺼이 몸을 버리고 몸뚱이가 되어 구조 요청을 하는 이를 향해 내려가는 일. 나는 김이설의 소설이 현실보다 더 깊은 곳까지 내려갔다고 생각한다.

해고 노동자의 르포 기사가 그랬던 것처럼 「아름다운 것들」 또한 주변에 산적해 있는 흔하디흔한 이야기쯤으로 무덤덤하게 읽히는 모습을 떠올리는 것은 어렵지 않다. 자신의 몸으로 낳은 아이를 자신의 손으로 죽이는 장면보다 더 끔찍한 장면은 익사하는 이의 다급한 구조 요청을 익숙한 것으로 받아들이는 지금 이곳의 현실이지 않은가. 이곳으로 그 누구도 살아 돌아오지 못하는 것은 구조 요청을 수신하고 응답하는 관계망의 침몰 때문이다. 마치 경보警報처럼 소설에서 반복되던 멜로디를 기억한다. 아이가 부르던 멜로디는 장송곡이 되어 아이의 숨통을 죈다. 어미가 불러주는 자장가 또한 장송곡이 된다. 이 멜로디가 소설에서 반복된다는 것은 아이들이 죽어가는 순간을 반복해서 대면해야 한다는 것을 의미한다. 문단과 글자체를 달리하는 터라 마치 소설 속에 삽입된 끔찍한 꿈이라 믿고 싶었던 장송곡은 말미에 이르러 꿈이 아닌 자명한 현실임을 우리에게 알린다. 무엇보다 끔찍한 것은 이 잔혹한 현실이 무덤덤하게 이해되어버리는 상태라고 할 수 있다. 소설 속에 삽입되어 있던 장송곡은 누군가가 매일 같이 꾸고 있는 꿈인지도 모른다. 지금 우리 곁에서 익사하는 이야말로 저 끔찍한 꿈을 매일 같이 꾸고 있을 것이기 때문이다. 그런 꿈을 꾸었던 이가 있었다. 인간이기를 포기해야 하는 침몰하는 세계에서 살아 돌아간다 해도 그 누구도 자신의 이야기를 들어주지 않을 것이라는 끔찍한 꿈을 반복해서 꾸었던 프리모 레비Primo Michele Levi의 꿈.『이것이 인간인가』에서 옮겨온다.[7]

여기 내 누이가 있다. 그리고 정확히 누구인지 알 수 없는 내 친구들 몇 명과 다른 사람들이 모여 있다. 모두 내 이야기를 듣고 있다. 이야기는 이렇다. … 우리의 허기, 이 검사, 내 코를 주먹으로 때렸다가 피가 나니까 가서 씻고 오라고 한 카포에 대해 산만하게 이야기한다. 내 집에 돌아와 친한 사람들 속에서 여러 가지 이야기를 할 수 있다는 것은 강렬하고 구체적으로 말로 표현할 수 없는 기쁨이다. 그러나 청중들이 내 말을 듣고 있지 않다는 게 빤히 보인다. 그뿐 아니다. 그들은 완전히 무관심하다. 그들은 내가 그 자리에 없는 것처럼, 자기들끼리 전혀 다른 이야기를 정신없이 나눈다. 누이가 나를 보더니 자리에서 일어나 아무 말 없이 그곳을 떠난다. (88~89)

이 꿈이 개인의 것이 아니라 집단적이었음을 환기하는 것은 중요하다. 레비는 수용소에 있던 알베르토로부터 자기도, 또 다른 많은 사람도 그런 꿈을 꾼다는 것을 듣는다. 그는 어쩌면 모든 사람이 그런 꿈을 꿀지도 모른다는 말을 전한다.

7. 프리모 레비,『이것이 인간인가』, 이현경 옮김, 돌베개, 2007.

"왜 이런 일이 일어날까? 왜 매일매일의 고통이, 우리가 이야기하는데 아무도 들어주지 않는 장면으로 거듭해서 꿈으로 번역되는 걸까?"(89) 반복해서 꾸는 저 집단적인 꿈은 '인간의 바닥'에 가라앉았던 이들이 이 세계로 겨우 돌아와 가까스로 인간을 유지하기 위해 필요한 이야기, 다시 말해 자신들이 겪었던 일들을 사람들에게 전하는 것이 불가능할 수도 있다는 공포에 대한 예감이다. 청중들의 무관심이란 그들의 증언을 단지 듣고 있지 않음에 국한되지 않는다. "이해 불능의 경험을 이해하고, 표현 불능의 상황을 표현하고, 전달 불능의 상념을 전달한다는 본질적으로 불가능한 일"이 오직 증인들에게만 부과되었으며 "그리고 언젠가 증인들은 부당한 의심과 무관심의 시선에 둘러싸여 고립된 자신을 발견"[8] 해야 한다는 것. 레비가 가장 두려워했던 것은 이 불가능한 증언이 공동체 안에서 이해 가능한 것으로 용해되어 버리는 것이었다. 레비는 건물 밖으로 몸을 던져 스스로 인간이기를 포기함으로써 아우슈비츠 이후로 그 무엇도 달라지지 않았음을 우리에게 산산조각이 난 몸뚱이로 알렸다. 마지막으로 남긴 유서-책에서 그는 다음과 같은 말을 남겼다. 그 말은 끔찍했던 수용소의 꿈이 현실에서 반복되었음을 우리에게 알린다. "수용소의 세계는 어디까지 사멸했으며 더 이상 되돌아오지 않을 것인가, 어디까지 되돌아왔거나 되돌아오고 있는가. 위협으로 가득한 이 세상에서, 적

---

8. 서경식, 『시대의 증언자 쁘리모 레비를 찾아서』, 창비, 2006, 247쪽.

어도 이러한 위협을 무력화시키기 위해서 우리들 각자는 무엇을 할 수 있는가?"[9]

김이설의 「아름다운 것들」이 우리에게 던지는 질문 또한 이 증언과 다르지 않다. 아이의 노래가 장송곡이 된다. 그 노래를 이어받은 어미의 자장가가 장송곡이 된다. 모든 노래가 장송곡이 된다면 저 노래–증언을 누가 들을 것이며 또 어떻게 이어 부를 것인가. 김이설의 「아름다운 것들」은 침몰하는 이 세계를 증언하는 장송곡이다. 이 노래에서 우리는 지금도 가라앉고 있는 이가 다급하게 외치는 구조 요청의 목소리를 들을 수 있어야 한다. 그 누구도 돌아올 수 없는 이 세계를, 나는 받아들일 수 없다. 몸뚱이로 몸을 살려낸 김이설의 소설을 반복해서 뒤적였던 것은 그 때문이다. 나는 무슨 말이라도 찾아내야 했다. 누군가의 구조 요청을 아귀힘으로 붙들어 기어이 살려낸 말을 이 세계에 놓아두고 버텨내고 싶었다. 첫 번째 소설집에 수록된 「환상통」의 한 대목이다.

"살려고 아픈 거야. 살기 위해 아파야 해. 그러니 이겨. 알았니?" (107)

몸뚱이로 쓴 문장이자 몸뚱이가 남긴 증언인 이 문장은 곧 가라앉을 것이다. 그런데도 나는 이 문장을 구하고 싶다.

---

9. 프리모 레비, 『가라앉은 자와 구조된 자』, 이소영 옮김, 돌베개, 2014, 21쪽.

이 세계에 울려 퍼지고 있는 장송곡 뒤에 이 증언을 후렴구로 붙여 부르고 싶다. 이 문장이 이곳에서 가라앉지 않게 아귀힘으로 버텨내겠다고 서둘러 약속하고 싶다. 그렇게 누군가가 남긴 이 말에 기꺼이 책임을 지고 싶다.

불구不具의 마디, 텅 빈 장소의 문학

1

불구 불구 불구. 같은 말을 세 번 연이어 써야 할 때가 있다. 쉼(표) 없이, 마침(표) 없이, 구분 없이, 그런 이유로 이렇다 할 의미망을 만들어내지 못할 것이라는 실패를 예감함에도 기어이 써야 하는 말, 불구. 세 가지로 나뉘거나 포개져 있는 불구에 관해 이야기해보자. 몸體의 어느 부분이 온전치 못하여 제 기능을 잃어버린 상태不具, 그 누구도 구하지 못했다는 것不救, 오래지 않아 곧不久. 불구라는 말 속에 잠재된 이 말엔 여러 개의 의미가 겹쳐 있다. 그것이 안보윤의 소설에서 반복적으로 등장하며, 그런 이유로 마치 여기저기를 옮겨 다니고 있는 것처럼 보이는 '불구'라는 표지가 간절하게 전하는 메시지이기 때문이다.[1] 감금된 것처럼 보이지만 거의 모든 소설을 넘나들며 반복해서 회귀하는 인물들의 신체적 결함은 누군가

---

1. 이 글은 안보윤의 『비교적 안녕한 당신의 하루』(문학동네, 2014)를 논의의 중심에 두고 있다.

를 구하지 못했다는 상처의 역사가 육화肉化된 것이다. 안보윤에게 불구란 윤리적 책무의 표지이기도 하다. 그 결함의 자리에서 이야기가 시작될 때 불구는 불능不能이라는 사후적이고 완료된 형태가 아니라 아직未 오지 않은未 '구조의 시간'을 예비하고 기다리는 부표浮標가 된다.

안보윤의 소설에서 반복적으로 등장하는 결함투성이인 신체가 기형畸形이 아니라 불구不具임을 지적해두는 것은 중요하다. 기형이 태생적이며 특수한 것이라면 불구는 사후적이며 관계론적이다. 먼저 '다리'에 대해 말해보자. 그 어떤 물리적인 충격도 없이 돌연 직각으로 굳어버린 불구의 다리는 누군가를 구하지 못했다는 윤리적 실패가 육화된 신체적 표지이면서 동시에 그럼에도 누군가를 구하겠다는 의지의 표지이기도 하다. 죽은 딸의 목소리를 빌려 진행되는 「괜찮아요, 아빠」의 서사가 수렴되는 곳은 아직 수면 위로 떠 오르지 않은 딸의 유실된 신체가 아니라 직각으로 굳어버린 아빠의 '다리'다. 그의 다리는 왜 굽은 채 굳어버렸는가? 공황과 착란증에 고통받던 아내와 그로 인해 강물 아래로 던져졌던 아이, 그 누구도 구하지 못했기 때문이다. 불구不救라는 표지不具. 이 불구의 표지가 실패의 시간을 견뎌내고 있는 의지의 표현이기도 하다는 점은 거듭 강조될 필요가 있다. 직각의 다리는 구하지 못한 이를 기억하고 한사코 잊지 않음으로써 아직 오지 않은 시간不久을 건져내기 위한 견딤의 육화이기도 하기 때문이다. 불구라는 말이 가까스로 버텨내고 있기에 겨우 건져 올릴 수 있는 것들은 다음과 같다. 상처, 윤리, 미래. 불구는 개인의 실패와 좌절이 육화된 것이면서 동시에 공동체의 언어다.

　다급한 구조 요청("누가 저 좀!…누가 저 좀 살려주세요! 제발요!",「괜찮아요, 아빠」, 190)에 응답하지 못했다는 것은 비명 다음 말을 듣지 못했음을 의미한다. 남은 것은 비명과 그 뒤의 정적이다. 더 정확하게 말한다면 말의 표류이며 이를 증폭해서 말하면 말의 죽음이 될 것이다. 말의 정지 상태는 무언가를 주고받는 행위를 통해 직조하는 관계망의 파괴를 뜻한다. 안보윤은 시종일관 그것을 "인간답게 살 대부분의 조건을 상실한"(「구체성이 불러오는 비루함에 대하여」, 49) 인물들의 모습으로 그려내고 있다. "지도에서 휘발된 공간"인 "판자촌달동네무허가건물"(42)에 사는 "거세된 사람들"은 '나무문' 안쪽에 기거한다. 어째서 나무문인가? 서로 말하는 모습을 본 적 없는 탓에 문^門은 언제라도 관^棺이 되어버리기도 하기 때문이다. 말이 정지될 때 '문'은 '관'이 된다. 문/관의 안팎에 '불구'가 있다. 문/관의 성패는 불구의 향배에 달려 있다고 봐야 한다. 불구의 의미망을 다시 불러오자. '상처-윤리-미래'라는 보로메오 매듭. 서로서로 버텨내지 못해 매듭이 풀려 이 의미망이 유실되어버린다면 '불구' 또한 미래를 향해 열린 '문'이 아닌 닫힌 '관'이 되어버린다.

　텅 빈 상태로 내버려 둘 때 그곳은 '관'이다. "텅 빈 채로 유지하는 것"(「안절부절 모기씨」, 199)이 유일한 명령으로 하달되는 곳에서 무언가를 견디고 버텨내는 것은 종종 무력해 보인다. 밤마다 텅 빈 건물의 문들을 여는 한 남자의 반복된 행위 또한 그러한가? 건물('거지 연립')을 텅 빈 상태로 유지하는 것을 유일한 업무로 하는 한 남자('모기 씨')는 밤마다 어떤 기미를, 인기척을, 소리를 듣는다. 그가 예감하고 떠올리는 참혹한 일은 지금-이곳이 아니라 할지라도 어딘가에서 벌어졌고 또 지금도 벌어지고 있는 것들이다. 그는 닫혀 있는 문뿐만 아니라 닫힌 뚜껑과 닫힌 상자 같은 것조차 두려워하는데 "그 안에 이미 식어버린 죽음이 담겨 있다는 막연한 확신"(203)을 한 탓이다. 그럼에도 그가 밤마다 텅 빈 곳의 문들을 여는 것은 강박이나 신경쇠약 때문만은 아니다. 텅 빈 거지 연립은 매 순간 참혹한 일들이 일어나고 있지만 아무 일도 없는 것처럼 보이는 이 세계의 은유다. 닫힌 문을 두드리고 여닫는 행위를 반복하는 것은 텅 빈空洞 세계體에 불침번을 서는 것이다. 죽음과 시체로 가득 찬 관의 표면을 두드려 문으로 만드는 것, 문의 상태로 버텨내는 것. 바꿔 말해 구조 요청에 응답하는 것. 지금 문학의 역할이 그와 같다고 서둘러 말해도 좋을까. 이를 '공동空洞-체體의 문학'이라고 불러도 좋을까.

2

　중요한 것은 텅 빈 이곳을 무언가로 채워 넣는 것이 아니라 놓쳐버린 끈을 다시 그러잡는 것이며 닫힌 문을 두드려 막힌 통로를 뚫어내 안팎을 활성화하는 것이다. 그것은 텅 빈 이곳에 잠재된 능력을 깨우는 것과 다르지 않다. '말의 나눔'이 그 일을 한다. 말이 정지된 곳이라면 어디든 '나무문/관'은 있다. 서로의 얼굴을 마주하는 일이 없는 계약직원들로 가득 찬 건물에서 나무문이 발견되는 것은 그 때문이다("나무문은 A4용지를 두 장 나란히 붙여놓은 것만 한 크기였다.", 「다만 허공」, 145). 서로 얼굴을 마주하는 경우가 없는 이곳에 "협동 업무란 것 자체가 없"(154)다는 것은 말의 정지 상태를 가리킨다. 모두가 고립되며 그런 탓에 누군가의 부재를 그 누구도 알아차리지 못한다. 그곳 모두가 허공에 뜬 채 부유하는 이유는 말이라는 디딤돌이 없기 때문이다. 말의 주고받음을 통해 직조하는 관계라는 그물망이 없다는 것은, 말이라는 버팀목이 없는 존재의 상태란 '허공'을 의미한다. 그것은 '관棺'의 다른 말이기도 하다.

고작 다섯 시간 만에 모든 것이 다 사라져버렸다는 문장으로 시작하는 「나선의 방향」으로 옮아가 보자. 어째서 삶의 기반이 순식간에 사라져버릴 수 있는가? '말의 역사'가 없었기 때문이다. 사고로 부모와 목소리를 동시에 잃어버린 한 남자가 곡절 끝에 이룬 가정이 내내 불안해 보였던 것은 부인이 쓰는 "이국의 언어와 남자가 쓰는 침묵의 언어 사이에는 어떤 식의 접점도 없"(130~131)어 보였던 탓이다. 화음의 부재. '화음'이란 말과 말의 원활한 교환만이 아니라 말과 말의 부딪힘이 만들어내는 파동을 가리킨다. 그 부딪힘의 파동이 만들어내는 관계망이 예측 불가능하고 불확실한 삶이라는 바다에 발을 디딜 수 있는 지면을 제공하는 것이다. 원만하고 평화로운 그들의 삶에 완벽한 이해가 아닌 오해의 틈이 없었다는 것은, 바꿔 말해 '낙원'이 '유배지'와 등을 맞대고 있었던 이유는 "남자에게 언어 따윈 존재하지 않았"(140)기 때문이다. 그러나 이렇게 판단해버려도 괜찮을까? '남자'와 '마리암'을 연결해주었던 "세상과 통하는 연결고리"(137)와도 같았던 '남자의 동생'이 이미 그들의 관계 속에 깊게 들어와 있지 않았는가. 기념관 방명록에 써넣은 익명의 이름들 옆에 가지런히 적어두었던 마리암의 이름과 부모의 이름, 동생의 이름, 자신의 이름 그리고 딸의 이름을 써넣어 완성했던 "그들만의 족보"(138)의 흔적을 그저 '사라져버렸다.'고 이야기해도 좋을까?

누군가의 요청에 응답하지 못한 탓에 원인을 알 수 없는 죽음에 반복적으로 연루되는 소설, 「아무 말도 하지 마」의 첫 문장이 놓여 있는 곳("고는 방 한복판에 누워 있었다.", 67) 또한 말을 나눈 역사가 부재한 곳이다. "애초에 여유 같은 건 염두에 두지 않은 채 사방을 잘라낸, 작고 좁은 방"(67)에 '고'는 누워 있으나 그곳은 텅 비어 있다. 그 방에서 살던 이가 '고'를 향해 외쳤던 구조 요청을 "무겁지만 허술하고, 무의미하고 조악하지만 견디기 버거운"(72) 침묵으로 묵살시켜버렸기 때문이다. '고'는 죽은 이의 마지막 목격자였지만 그 어떤 말도 주고받지 않았으므로 증언할 말도 대신 건넬 말도 없다. 그러니 그 방에서 '고'는 아무도 아니다. '고'가 누워 있는 그 방 또한 텅 빈^{空洞} 곳이 된다. 자동차 사고로 부모를 잃고 목소리까지 잃어버린 남자(「나선의 방향」)를 텅 빈 방으로 불러오자. 그는 목격자이면서 사고 당사자며 동시에 유족이라는 복잡한 위치에 있다. 이 복잡한 위치는 기구한 운명에 국한되는 특수한 사례가 아니다. '목격자라는 위치'는 우리를 '사고 당사자'이자 '유족'이라는 자리로 끌어당기고 있기 때문이다. "아무에게도 어떠한 말도 하지 않고 오래된 방에 스스로를 유폐한 채로"(89) 살아갈 때 그곳이 어디든 '관'이라는 운명을 면치 못한다. 요청과 응답이라는 '말의 역사'가 부재하기 때문이다.

3

안보윤에게 중요한 것은 '무엇을 보았는가.'가 아니라 '본 것을 누구에게 말할 수 있는가.'에 있다. 그런 이유로 '말할 수 없음'을 서둘러 개인의 책무로 돌려서는 안 된다. 안보윤은 그것을 '말의 정지'라는 '고립의 구조' 위에서 사고하고 있다. 마찬가지로 '불구라는 의미망'이 한계나 불가능의 표지인 것만은 아니다. 말의 정지 상태와 마주하는 두 사람을 불러오자. 한 뼘 열린 창으로 가혹한 폭력에 시달리는 여자를 훔쳐보는 불구의 남자(「어차피 당신은」)는 "말병신"(99)으로 간주하는 탓에 타인의 판단과 명령에 철저하게 복종하는 터라 "하루하루를 살아내는 것"(103)을 삶의 전부라 생각한다. 한 뼘이 열린 창으로 늘 훔쳐보던 여성('보빗 양')이 살해되는 것을 목격하지만 그는 아무 말도 하지 못한다. 몸이 불편하다는 신체적 결함보다 그가 오랫동안 지켜보았던 그녀가 살해되는 것을 목격했음에도 비명조차 지르지 못했다는 것이, 그 말의 정지라는 불구不敎의 표지가 '고작 이 정도의 인간不具'으로 그를 관 속에 유폐시켜버린다.

　일생을 좀도둑인 아버지의 그늘에서 인간답게 살 조건을 상실한 채 굴욕과 수치, 증오와 환멸의 구렁텅이에서 모든 감정을 지워버린 'D'라는 남자(「구체성을 불러오는 비루함에 대하여」)는 무허가건물 안의 나무관木棺 같은 곳에서 웅크리고 있다가 불구가 되어 돌아온 아버지에게 그가 받았던 것을 똑같은 방식으로 돌려주려고 한다. 앞의 남자가 '보빗 양'의 새된 비명과 솟구치는 붉은 핏줄기를 마주한 것처럼 'D'는 코를 골며 잠든 아버지 옆에 앉아 벌어진 입에서 나란히 빠진 앞니와 그 빈 곳 사이로 언뜻 비치는 "붉고 무른 덩어리"(59), 한 번도 움직이는 것을 본 적이 없는 '아버지의 혀'와 마주하게 된다. '말의 정지'라는 불구의 표지와의 마주침에서 'D'는 아무런 말도 건네지 않는다. 다만 텅 빈 곳 뒤쪽으로 밀려나 있는 붉은 혀를 보기 위해 몸을 기울이며 "아무리 생각해도 그것이 움직이는 것을, 말하고 있는 모습을 본 적이 없었"(59)음을 상기하는 그 순간이 '상처'에 감금된 불구의 의미망을 희미하게나마 '윤리'와 '미래'를 향해 돌아볼 수 있게 하는 듯하다. '불구'가 그렇게 다른 의미망을 향해 기울어지는 순간은 "의아함과 황망함, 공포와 약간의 반가움이 뒤섞인 한 쌍의 눈이 처음으로 서로를 마주하는 순간"(「비교적 안녕한 당신의 하루」, 37)과 다르지 않다. 이 마주침은 각자의 조건을 드러내고 상대의 조건을 들여다봄으로써 '불구라는 공통의 표지'를 건네는 순간이다. 불구와 불구가 맞닿은 자리, 그 마디에서 말이 탄생한다. 누군가에게 건네는 말이 닫힌 관을 두드리고 관 뚜껑을 밀어 그 안에 감금된 누군가를 건져 올린다. 소설이라는 '불구의 마디'가 겨우 그 일을 한다.

아무도 아닌 단 한 사람

이주란의 『모두 다른 아버지』[1]는 '아버지'를 부정하거나 소환하는 데 별 관심이 없다. 이 표제의 무게중심은 '아버지' 가 아닌 '모두 다른'에 둬야 하는데, 이렇게 통상적인 무게중심 의 위치를 바꿔보면 이주란의 첫 번째 소설집이 한국문학(사) 에서 아버지라는 기표가 장악해왔던 견고하고 광범위한 자리 가 아닌 누구인지 도무지 알 수 없는 이들의 주변을 바장이는 데 공을 들이고 있음을 알게 된다. 표제작인 「모두 다른 아버 지」는 가부장의 자기중심성과 무책임함(혹은 무능력)으로 인 해 방치되었던 유년의 폭력적 경험이 도드라지는 것처럼 보이 지만 이야기는 무려 '세 집 살림'을 했던 아버지라는 한 개인에 대한 자식들의 기억이 저마다 다르다는 점으로 수렴된다. 그것 은 이주란의 「모두 다른 아버지」가 '아버지'라는 뻔한 이름을 새롭게 고쳐 쓰거나 그 이름을 부정하는 데 집중하지 않고, 그들 모두의 삶에 영향을 끼친 것이 분명한 '한 사람'을 알 수 없는 존재로 미끄러지게 만들고 있기 때문이다.

---

1. 이주란, 『모두 다른 아버지』, 민음사, 2017.

모두 똑같은 이름을 가졌지만 각자 다른 삶을 사는 '수연이들'이 주고받는 아버지에 대한 기억은 너무 달라서 조각이 모이면 모일수록 그는 더 알 수 없는 존재가 되어간다. 가족을 내버려 두고 다른 곳으로 도주해버렸던 아버지를 원망하거나 증오하는 것이 아니라 그저 무심하게 힐난해버림으로써 불행의 원인 제공자인 것은 분명히 하되 '책임'의 자리만큼은 한사코 허락하지 않는다. 무연고자로 발견되어 이제는 제대로 말도 못 할 정도로 쇠약해진 아버지를 연민하는 이복 남매를 향해 "그러니까 사과도 못 받잖아요"(66)라는 '나'의 퉁명스러운 대답은 의미심장하다. 이 소설이 무책임하고 때론 골칫덩어리인 가부장의 폭력성에 대한 고발이나 원망을 통해 '아버지의 (빈)자리'에 대해 말하고자 하는 것이 아님을 분명히 하는 대목이기도 하기 때문이다. 최선을 다해 마음껏 살아보고 싶었으나 속절없이 몰락해버린 아버지에 대한 일말의 연민 어린 시선은 육친적 관계로부터 비롯되는 것이라기보단 주변부로 밀려난 가난한 사람에게 보내는 것이라 봐야 한다. 이주란은 도무지 어떤 사람인지 알 수 없지만 어떤 식으로든 '나'에게 영향을 끼친 사람, 그런 이유로 유일할 수도 있을 단 한 사람의 주변을 바장인다.

나는 어떤 이야기들을 해야 했거나 하지 못했고 하더라도 빙빙 돌려 하느라고 돌아설 땐 늘 마음에 뭔가가 남았다. 다른 방식이 있다는 것은 충분히 알고 있었다.[2]

첫 소설집에 수록되지 않은 「빙빙빙」의 마지막 대목은 누군가의 일기 같기도 하고 단편적인 메모 같기도 한 이주란식 말하기 방식에 접근하는 길잡이 문장으로 삼아 볼 수 있다. 이주란 소설 속의 인물들은 "불우한 환경에서 평범하게 자랐다"(「몇 개의 선」, 179)고 말할 수 있는데, 그들 대부분은 분명한 직장이 없고 있더라도 불안정한 노동에 종사할 뿐 전문성을 가지는 경우는 없으며 김포나 파주 및 인천 근교 등 주변부 지역에서 살았거나 살고 있다. 무엇보다 한결같이 가난함에도 「윤희의 휴일」을 제외한다면 가난이 서사의 축이 되거나 초점화되지는 않는다. 1인칭 화자를 내세우고 있는 작품이 다수이지만 인물의 뚜렷한 특징이나 서사의 선명함이 드러나는 경우는 드물고 대부분의 소설이 단편적인 감정이나 주변 인물에 대한 소묘로 채워져 있다. 평범하다고도 말하기 어려울 정도로 이렇다 할 특징이 없어 보이는 사람들, 관심을 기울인다고 해도 좀처럼 각자의 고유한 면면을 파악하기 어려운 희미한 사람들이 이주란 소설 곳곳에 포진해 있다. 말하자면 이주란은 "불우한 환경에서 평범하게 자란" 사람들에 대해 반복적으로 이야기한다.

「빙빙빙」은 「에듀케이션」을 반복 및 변주한 것이라고 할 수 있을 정도로 두 소설은 닮았다. 이주란 소설의 주요 공간인 '김포'를 배경으로 자신이 살았던 동네로 다시 돌아온 인물

---

2. 이주란, 「빙빙빙」, 『작가세계』 2015년 가을호, 124쪽.

과 그곳에 사는 주변인들의 일상적인 모습을 담고 있는 이 두 편의 소설은 지난 시절의 기억과 일상적인 상황 속에서 떠오르는 감정의 편린을 따라 진행된다. "나는 언제나 더 멀리 가고 싶었지만 일찍 돌아왔고 돌아오면 너무나도 자연스럽게 원래 있던 자리와 역할에 맞게 행동했다. 모두가 그랬으므로 꼭 그게 맞는 것 같았다"(「빙빙빙」, 121~122)와 같은 회한 섞인 자기 진술은 '김포'라는 외곽 지역의 지정학적 특성과 밀접하게 연관되어 있다. 정부의 토지 사용 규제 완화로 인해 공장으로 포위된 마을의 형편(「에듀케이션」, 77~78)은 "이 주변은 어딜 가나 똑같은 풍경이다"(「우리가 이렇게 함께」, 195)와 같은 대목으로 다른 소설에서도 반복되고 변주된다. 고유성을 박탈당하는 '주변부의 서사'가 새로운 것은 아니지만 급격하게 무장소화placelessness되고 있는 한국(문학)의 공간적 경향에 비춰 본다면 이례적이라 할 수 있을 만큼 이주란 소설에서 지리적 위치가 차지하는 비중은 크다. 어떤 식으로든 '나'에게 영향을 끼쳤지만 책임을 물을 수 없는 소설 속의 부모들처럼 김포, 파주, 인천 근교 등의 지정학적 공간은 '되물림되는 가난'의 모습으로 인물들의 삶에 간여한다. 소설 속의 지역은 언어화하기 어렵고 가시화되지 않는 불안의 공기를 일상적으로 호흡하면서 살아야 하는 조건처럼 소설 속 인물들의 삶에 전제되어 있다.

더 나은 삶을 선택하는 것이 불가능해 보이는 이주란 소설 속 인물들의 제한적인 삶의 반경은 주변부라는 지정학적 공간과 조응한다. 더 나아질 수 있다는 희망을 품을 수 없고, 몰락하지 않을 정도로만 꾸준하게 나빠지는 상태. 군사 접경 지역인 탓에 재해 같은 폭격이나(「누나에 따르면」) 군인들에 의한 성폭력(「선물」)으로 주거지의 특수성이 드러나는 경우도 있지만 이러한 폭력의 문맥을 기술하거나 초점화하는 경우는 드물다. 소설의 중요한 요소이자 인물들의 삶과 정서에 직접 관여하고 있음에도 이주란은 공간과 장소에 대해 이렇다 할 관점을 제시하지 않는다. 인물들에 대한 진술 방식도 이와 다르지 않은데, 주변을 빙빙 돌거나 느닷없이 농담을 던지며 불행과 불안의 긴장을 실없이 풀어버리기를 반복할 뿐이다. 이는 얼핏 소설 속에 선명하고 결정적인 요소가 부재하다는 것을 의미하는 것처럼 보이지만, 이를 달리 말하면 핵심적인 서사를 축으로 이야기의 구성 요소들을 위계적으로 배치하지 않는다는 것이기도 하다.

「윤희의 휴일」이나 「선물」처럼 극단적으로 내몰려 있는 인물들을 전면에 내세우고 있는 작품을 제외한다면 어떤 사건이 시작되기도 전에 끝나버리거나 하다가 만 말처럼 이야기가 멈춰버린다. 그런데 이 공백이 일상적인 것들이었던 탓에 주목받지 못했던 요소들을 자세히 들여다보게 한다. 가령,「에듀케이션」의 '나'는 그저 살아 있는 것이 아니라 "살았다고 말할 수 있게 살고 싶다"(101)는 막연한 희망 정도만을 겨우 가지고 있을 뿐 그이의 삶은 바뀔 기미가 없어 보인다. 그런데 노량진에서 공무원 준비를 하는 동생과 사촌에게 정기적으로 밑

반찬을 만들어주고 가출을 했다가 돌아온 자신을 말없이 받아준 고모와 마주 앉아 밤을 까는 소소한 일상이 선명한 서사가 없는 소설 속에서 이상한 울림을 준다. 고모의 부탁으로 한 달에 두 번, 아동보호 시설에 있는 진호와 보내는 시간 또한 특별한 사건이나 초점화 없이도 묘한 감동을 준다. 낯선 환경 탓에 말이 없는 진호에게 자신이 유년 시절에 읽었던 '똘배' 동화책을 찾아주는 장면이라던가 살가운 대화 한번 없었지만 "진호와 나는 그동안 여덟 권의 책을 함께 읽었고 지난 주말에는 크레욜라 사인펜과 스케치북을 샀다"(96)와 같은 문장엔 평이한 일상이 가져다주는 울림이 있다. 깨달음이나 성찰이 있어야 할 것 같은 자리에 느닷없이 기타 학원을 등록했다는 이야기로 이 소설이 끝날 때, "나는 자신이 없었지만 자신이 있었다"(102)와 같은 모순적이면서도 독백적인 문장에서 희미한 힘이 감지되는 이유는 「에듀케이션」이 스스로의 힘으로 세상을 살아내는 법을 배워나가는 일상을 담담하게 그려내고 있기 때문일 것이다. 이 작가의 등단작이 "나는 세상의 모든 사람들 중에 나 자신이 가장 싫다"(「선물」, 146)며 자신을 혐오하고 자멸해갔던 자매 이야기였음을 환기해본다면 더 멀리 가지 못할 것 같은 이들이 담담하게 써 내려간 '귀환(일)기'는 타인에 대한 신뢰와 자기 긍정 없이는 쓰일 수 없는 것임을 알게 된다.

〈문장의 소리〉(521회, 2017년 11월)에서 이주란은 자신이 가장 좋아하는 작품으로 「몇 개의 선」을 꼽은 바 있다. 이 작품은 신문에 연재되었던 「달의 나이」(『한겨레』 '한판', 2014년 10월)를 고쳐 쓴 것처럼 보이지만 「빙빙빙」과 「에듀케이션」처럼 특별할 게 없었던 한 사람에 관해 두 번 쓴 것이라고 봐야 한다. 군대에서 자살한 같은 과 동기에 대해 두 번 쓸 수밖에 없었던 것은, 아니 기어코 다시 써야 했던 것은 분명한 형체 없이 몇 개의 선으로만 남아 있는 그에 대해 어떤 식으로든 이야기(응답)해야 했기 때문일 것이다. 그렇다고 이 소설이 죽은 동기를 초점화하는 것도 아니다. 그에 대한 희미한 기억을 그저 노트에 옮겨 적을 따름이다. '나'와는 너무나 달랐고 또 어지간히 싫어했던 한 사람에 관한 메모는 "어느 날부터인가 무언가를"(「몇 개의 선」, 180) 쓰는 행위로, "누군가는 일기인 줄 아는" 글쓰기로 이어졌을지도 모른다. 그리고 '나'는 간부 훈련을 받는 선배 남자친구의 가산점을 위해 독후감을 대신 쓰는데, 대상 도서인 『부대관리 노하우 123』을 읽고 다음과 같은 문장을 남긴다. "단 한 사람이라도 의지할 수 있는 대상이 있다면 자살하지 않을 것이다."(189) 희미한 기억으로 남아 있는 사람에 관한 메모, 일기처럼 보이는 글, 누군가를 대신해서 쓰는 독후감. 한 편의 소설 속에 뒤섞여 있는 잡다하고 단편적인 이러한 글쓰기 양식은 이주란식 소설 쓰기의 특징을 드러내는 것이기도 하다. 본격적으로, 제대로 말하고 싶은데 자꾸 실패하는 이유는("나는 어떤 이야기들을 해야 했거나 하지 못했고 하더라도 빙빙 돌려 하느라고 돌아설 땐 늘 마음에 뭔가가 남았다.") 글쓰기 능력이나 방식의 문제 때문이 아니라 그이가 '서사를 가질 수 없는 존재와 대상'에 대해서 쓰려고 하기 때문이다. 통상적인 의미에서 '서사의 범주' 안에 들어오지 않는 것들, 원인을 파악할 순 없지만 결과만 남겨진 사건들(가령, 「선물」과 「누나에 따르면」에 언급되는 집에 불을 지르는 어머니), 단편적인 감정들, 재구성되지 않는 희미한 기억들, 이를테면 다음 문장과 같은 것들 말이다.

세상에는, 그런 게 있다. 이를테면 지하철 기관사의 하루처럼 누가 알려 주지 않으면 절대로 알 수 없는 것. 자세히 알려줘도, 겪어보지 않으면 절대 모르는 것들.[3]

누구도 주목하지 않고 설사 주목한다고 해도 제대로 말하기 어려운 것들은 체계적인 서사를 가지지 못한 '주변부적 존재들'의 특징이기도 하다. 이주란은 이를 정교하게 재구성해 서사를 선명하게 만들기보다 소설 속의 인물들이 노트와 수첩에 단편적인 문장으로 기록하는 방식을 택한다. "버거운 채로 견디는 삶"(「윤희의 휴일」, 34)을 살아내고 있는 '윤희'는 자신을 취재했던 기자로부터 받은 수첩에 화났던 일과 좋았던 일을 짧게 적어두며, 몇 년 동안 성과 없이 공무원 시험 준비를 하는 '아름'은 전날 꾸었던 꿈을 수첩에 적고(「에듀케이션」), 인생의 3분의 1을 남들이 말하는 것을 받아 적는 일을

3. 이주란, 「누나에 따르면」, 『모두 다른 아버지』, 111쪽.

한 '누나'를 쫓아다니는 '나'는 누군가의 눈엔 낙서처럼 보이는 생각들을 휴대폰 메모장이나 빈 종이에 적을 뿐이다(「누나에 따르면」). 일관성도 지속성도 없는 단편적인 문장은 서사의 범주 안에 들어갈 수 없는 존재들의 말하기처럼 보인다. 이는 사회학자 기시 마사히코岸政彦가 말한 "누구에게도 숨겨놓지 않았지만, 누구의 눈에도 보이지 않는 것"[4]이라는 범주와 조응한다.

> 단편적인 인생의 단편적인 서사가 그야말로 여기저기 발에 차일 만큼 굴러다니고 있다. 우리는 언제나 그런 것을 볼 수 있다. "이혼하고 나서 엄청나게 살이 쪘기 때문에 싸구려 호스트바밖에는 갈 수가 없어." 한 달에 겨우 한 번쯤 갱신하는 일기에는 이렇게 딱 한 줄이 쓰여 있을 뿐이다. 또는 "맥도날드의 텍사스버거, 허걱~ 소오름~"이라고만 쓰고는 3년 가까이 방치해둔 일기도 있다. 이런 것은 언제나 거기에 있고, 누구든지 들어가 볼 수 있다. 우리는 이 단편적인 인생의 단편적인 서사로부터 의미 있는 것이라고는 아무것도 읽어낼 수 없다.[5]

오랫동안 남들이 말하는 것만 받아 적고 그보다 더 오랜 시간을 항공기용 기내식을 포장하는 일을 해온 '누나'(「누나

---

4. 기시 마사히코, 『단편적인 것의 사회학』, 김경원 옮김, 이마, 2016, 39쪽.
5. 같은 책, 41~42쪽.

에 따르면」)처럼 이주란 소설 속엔 자신의 삶을 선택하지 못하고 그저 받아들이기만 해야 하는 이들로(「나 어떡해」, 『문학과사회』 2018년 봄호) 가득하다. 일기나 메모 뭉치와 같은 글쓰기 양식을 소설 속에 더 과감하게 도입해가고 있는 이주란의 소설을 두고 문제 해결 능력의 부재나 만성적인 무기력 상태에 빠진 청년 세대만을 떠올리는 건 생산적인 관점이 되지 못한다. '무의미한 것의 아름다움'까지는 아니어도 서사화하기 어려운 존재와 대상에 관해 이야기하려는 시도이자 위계나 중심이 없는 글쓰기 양식에 대한 모색으로 접근할 필요가 있다. 곳곳에 있지만 누구도 알지 못하는 것들, 다시 말해 "누가 알려주지 않으면 절대로 알 수 없는 것. 자세히 알려줘도, 겪어보지 않으면 절대 모르는 것들"을 이주란은 소설이라는 글쓰기를 통해, 아무도 아니지만 하나밖에 없는 유일한 존재로 만나고자 하는 시도를 감행하는 중이기 때문이다.

거인의 이름을 부른다는 것

누군가의 이름을 부른다는 것. 익숙한 이름을 부를 땐 아무렇지 않게, 별다른 의도 없이, 아무 일도 아닐 수 있지만 이 세상엔 결코 부를 수 없는 이름 또한 여럿임을 환기해본다면 누군가의 이름을 부른다는 것은 실로 놀라운 일이다. 김훈은 『흑산』에서 노비 '육손이'의 음성을 빌려 이렇게 쓰고 있다. "부르니까 좋았고, 부르니까 올 것 같았습니다." 누군가의 이름을 부른다는 것은 이쪽으로 오라는 명령만도 아니며 그쪽으로 가겠다는 의지만도 아니다. 그것은 노래와 같아서 내가 그쪽으로 가기도 하고 그쪽이 이곳으로 흘러오기도 한다. "호격에는 신통력이 있어서 부르고 또 부르면 대상에게로 건너갈 수 있을 듯싶었다. … 호격 안에는 부르는 자가 예비한 응답이 들어 있었다."[1] 누군가를 부른다는 것은 단순히 응답을 요청하는 일이 아니라 '부르는 자가 예비한 응답', 다시 말해 응답을 발명하는 일에 가깝다. 부르니까 좋았고, 부르니까 올 것 같았다는 말. 그건 내가 누군가의 이름을 부름으로써 다

---

1. 김훈, 『흑산』, 학고재, 2011, 104쪽.

가가는 일이며 그 누군가를 이쪽을 향해 올 수 있게 이끄는 일이기도 하다. 부름의 동역학. '내'가 '너'의 이름을 부른다는 것은 두 사람 사이에 아직 드러나지 않은 '길'을 발명하는 일이며 두 사람 사이에서 진동하는 '힘'을 발명하는 일과 다르지 않다. 각자의 자리에서 다른 곳으로 잇는 '없던 길'과 '잠재된 힘'을 발명하기 위해선 '이름'을 알아야 한다. 그래야 부를 수 있다. 정말 그런가? '이름'보다 '부름'이 앞선다고 할 수는 없는가. 부름을 통해 이름이 발명된다고 말할 수는 없는가. 누군가의 이름을 불렀을 때를 떠올려보자. 그 이름들은 늘 같은 것이었나? 부름 속에서 이름들이 매번 달라지지 않았는가. 부름이라는 행위를 통해 더 많은 이름을 발명해왔다고 말할 수 있지 않은가.

조해진의 『목요일에 만나요』(창비, 2014)엔 많은 '이름'들이 나온다. 그 이름들은 잘못 불렸거나 차마 다 부를 수 없는 이니셜로, '김'이나 '박' 등 성姓으로만 표기되어 있어서 온전한 형태를 갖추고 있지 못한 것처럼 보인다. 어떤 인물은 두 개의 이름을 가지고 있기도 하다. '정은'과 '베로니크'(「PASSWORD」), '이지원'과 '이보나'(「이보나와 춤을 추었다」). 또 어떤 인물은 자신의 이름을 버리고 사랑하는 이가 좋아하는 계절을 기꺼이 이름으로 가지기도 하고(유진/메이) 자신의 본명을 누군가에게 선물하기도 한다(「밤의 한가운데서」). 『로기완을 만났다』(조해진, 창비, 2011)는 이런 문장으로 시작한다. "처음에 그는, 그저 이니셜 L에 지나지 않았다."(7) '이니셜 L'이라는 추상에서 '로기완'이라는 구체에 이르는 여정은 이니셜의 '발견'과 이름의 '부름' 사이의 진동으로 채워져 있다. 조해진 소설 속의 이름들은 조금씩 지워지고 뭉개져 있어서 누구에게도 제대로 호명되지 못한다. 조해진이 이토록 누군가의 이름을 쓰고 또 부르는 데 집중하는 것은 아마도 소설을 쓰는 행위가 '아직 호명되지 않은 이름'을 부르는 일과 맞닿아 있기 때문일 것이다. 누군가의 이름을 애써 부르는 것은 다음과 같은 증언을 하고 또 증명하기 위해서다. "살아 있고, 살아야 하며, 결국엔 살아남게 될 하나의 고유한 인생, 절대적인 존재, 숨 쉬는 사람."(『로기완을 만났다』, 194)

카프카는 이렇게 말했다. "그 이름을 정확하게 불러야 삶이 우리에게 다가온다." 정확한 이름을 부른다는 건 '마술'을 가리킨다. "마술은 본질적으로 비밀스런 이름에 관한 앎이다."[2] 조해진 소설에서 인물들의 이름이 지워지고 뭉개져 있는 것은, 죄다 모호한 이유는 그들이 이름을 잃어버렸기 때문이다. 누군가로부터 빼앗기기도 했을 것이고 공동체로부터 박탈당했기 때문이기도 할 것이다. 뿌리를 뽑혔기 때문에, 그렇게 "라벨이 없는 인간"(「PASSWORD」)이라는 절망감 때문에 스스로가 지워버렸을 수도 있고 그 누구도 불러주지 않았기에 지워지고 잊혔는지도 모른다. 조해진은 지워지고 뭉개진 이름을, 잊혀 기록조차 남지 않은 그 이름을 부르는 데 사

2. 조르조 아감벤, 「마술과 행복」, 『세속화예찬』, 김상운 옮김, 난장, 2010, 31쪽.

력을 다한다. 다시 마술과 행복에 관한 아감벤의 전언. "모든 존재에게는 겉으로 드러난 이름 말고도, 부름에 응하지 않을 수 없는 감춰진 이름이 있다." 조해진이라면 소설가란 바로 이런 감춰진 이름을 불러내는 일을 하는 사람이라고 말해도 좋을 듯하다. 그건 이미-벌써 문 앞에 당도해 있던 이를 위해 닫혀 있던 문을 여는 일과 다르지 않아 보인다. 문앞에 당도해 있는 이는 아마도 공동체로부터 추방당한 '이방인'일 것이다. 그런데 이 사실을 알아야 한다. 이방인이 아무 문이나 두드리는 게 아니라는 것을. 문을 열어 바깥에 도착해 있는 이를 '환대'hospitality하는 일 또한 그 정도의 강도를 가지고 있는 일일 수밖에 없다. 북유럽의 아름다운 흡혈귀 영화 〈렛미인〉Låt den rätte komma in(토마스 아프레드손Hans Christian Tomas Alfredson, 2008)을 떠올려 보자. 창밖의 소녀 흡혈귀를 안으로 들이는 일처럼, 누군가에게 문을 열어주는 일은, 누군가의 이름을 부르는 일은 아무나, 아무렇게나 할 수 있는 일이 아니다.

각기 독립적인 이야기처럼 보이지만 『목요일에 만나요』에 수록된 소설들은 다른 이야기를 부르고 있거나 독립적인 완결이 아닌 다른 이야기를 맞이하려는 듯하다. 먼저 「영원의 달리기」. 이 소설이 쉽게 파악이 되지 않는 것은 당연한데, 누군가의 꿈속을 방문하는 이야기이기 때문이다. 형체를 알 수 없는 한 여자가 어떤 남자의 꿈속으로 찾아든다. 사랑하는 연인이 굶주림과 궁핍 속에서 사라져 갔다는 것을 알지 못했던 한 남자는 사람들의 눈에 띄지 않기 위해 필사적으로 노력하는 것으로, 자신을 부정하고 지워가는 것으로 부채감을 대신하며 살아가고 있다. 누군가를 향해 늘 달리고 있는, "다리를 제외하곤 정형화된 육체조차" 없는 한 여인이 이 남자의 꿈속으로 찾아든다. 이 여인은 누군가의 꿈속으로 들어가 억압되고 감추어두었던 타인의 고통을 통해 자신의 육체를 만들려고 한다. 누구도 불러주지 않았던 상처를 꿈속에서 불러내 그것에 형체를 부여하는 일. 상처의 육체화. 누군가의 꿈속(현실 속에서 명명되지 못한 이름들이 잠깐 방문하는 그 시간!)을 유영하며 차마 하지 못한 이야기, 아직 못다 한 이야기를 들어줌으로써 그들의 상처로 자신의 신체를 구성하는 이. 이건 아직 호명되지 않은/못한 이름을 부르는 일이기도 하다. 조해진에게 소설을 쓴다는 것은 누군가의 상처를 불러냄으로써 기록되지 않았던 시간에 형체를 부여하는 일이며(상처의 육체화) 지워질 수밖에 없었던 타자의 이름을 부르는 일이기도 하다.

온전한 신체를 가지지 못한 채 누군가의 꿈속을 향해, 다시 말해 말해지지 못한 상처를 향해 달리고 있는 다리만 있는 한 여인은 조해진이 생각하는 소설가의 형상처럼 보인다. 쉬지 않고 달리는 저 다리는 느리고 고즈넉하며 한없이 아래로 침잠하는 것처럼 보이는 조해진 소설의 중핵이 '다급함'에 있음을 말한다. 판단하고 선택할 수 있는 기관은 부재하지만, 오히려 그렇기 때문에 누군가를 향한 달리기만큼은 멈추지 않는 것을 조해진 소설의 육체성이라고 불러도 좋을까. 저 '영원의 달리기'의 목적지는 어디인가? 또 누구에게로 향하기 위한 것일까? 영원의 달리기(소설 쓰기)는 목적지를 가지지 않는다. 특정한 누군가를 향하는 것도 아니다. 영원의 달리기는 어딘가에 당도해 머무르는 것이 아니라 다만 거쳐 간다. 그건 누구도 불러주지 않았던 이름을 부르는 일과 다르지 않다. 누구도 불러주지 않았다는 것은 '소외'되었기 때문이 아니다. 없는 이름, 혹은 이름이 없기 때문에 그 누구도 부를 수 없었다. 누군가의 꿈속에서 '달리고 있는 다리만 있는 신체'란 이름을 알지 못한다고 해도 '부르는 행위'와 닮았다. 누군가의 이름을 부르는 행위는 이곳과 저곳을 서둘러 연결하고 통합하는 것이 아니라 이곳과 저곳의 '있음'을 증명할 뿐이다. 희미해지는 어떤 것의 이름을 불러 그 자리를 잠깐 밝히는 일. 그렇게 부정되고 추방되었던 각자의 상처가 '부름으로 밝힌 장소'에서 잠시 머무는 순간이란 다음과 같은 구절과 공명한다. "그저 당신이 거기 있었고 내가 당신을 발견했다는 것을 당신이 알아주길 기도할 뿐, 위로가 되기를 간절히 염원하면서."(「영원의 달리기」, 117). 조해진의 소설에서만큼은 세상의 모든 (감춰진) 상처는 (감춰진) 희망의 증표다.

어딘가 치명적으로 아픈 사람들은 어디서든 그렇게 서로를 쉽게 알아보고 위로를 해준다는 사실이 나는 그저 신기하기만 했다.[3]

조해진은 누군가의 이름을 부른다는 것의 (불)가능성을 소설적 형식을 통해서도 구현해내고 있다. 표제작 「목요일에 만나요」는 마지막에 이르러서야 행방불명된 동생에게 누나가 보내는 편지임이 드러나는데 『목요일에 만나요』엔 이런 식의 '발신 구조'로 된 소설이 몇 편 더 있다. 「북쪽 도시에 갔어」는 명백히 발신의 형식을 취하고 있고 「이보나와 춤을 추었다」는 마지막 문장에서 느닷없이 'M'이라는 이름을 부르며 끝이 난다. 소설 내적으로 'M'의 흔적으로 찾아본다면 '이보나'가 잠시 기대었던 폴란드에서 온 '미하우'정도로 추측해볼 수 있겠지만 '그'라고 단정 지을 수만은 없다. 이 소설들은 힘겹게 누군가의 이름을 부르지만 그 어떤 응답도 구체적으로 듣진 못한다. 소설은 온전히 누군가의 이름을 단 한 번 부르는 일에 사력을 다하고 있다는 인상을 준다. 누군가의 이름을 부르는 일이 어째서 이렇게도 어려운 것일까. 이렇게 말하고 싶다. 이름을 부른다는 것은 '거인'을 부르는 일이기도 하기 때문이다. 「이보나와 춤을 추었다」를 떠올려주기 바란다. 감당할 수 없는 현실을 견뎌내야 하는 순간을 이 소설에선 "거인들이 우는 시간"(98)이라고 말한다. 북유럽의 신화 속에 등장하는, 인간 이전에 있었던 거인에 관한 이야기. 신에 의해 거인들이 모두 죽어 영혼조차 갖지 못하게 된 형편 속에서 아무도 그들의 이야기를 들어주지 않는다고 여겨질 때 거인이 운다는 이야기. 그

---

3. 조해진, 「PASSWORD」, 『목요일에 만나요』, 22쪽.

땐 가만히 서서 그들의 슬픔이 잦아들 때까지 기다려주어야 한다는 이야기.

이 이야기 앞에서 이런 물음을 품게 된다. 슬픔을 견뎌내는 힘은 어디에서 오는 것일까? 슬픔은 감당하기 어려운 크기와 강도로 존재를 덮친다. 그럼에도 매번 그 거대한 슬픔을 견뎌낼 수 있는 것은 우리의 발밑의 보이지 않는 거인과 함께 있기 때문이다. 종종 어떤 사람이 거인처럼 크게 다가오는 경험 또한 이와 무관하지 않다. 거인은 지상에선 멸종했지만 이곳의 정령처럼 땅 밑을 걸어 다닌다. 누군가의 이름을 부른다는 것은 바닥에 가라앉아 있는 (사라진) 거인의 이름까지 함께 부른다는 것이다. 이름을 부르는 일이 실로 어렵고 엄청난 일인 것은 이 때문이기도 하다. 지면 아래 묻혀 있는 거인의 이름을 부르는 일은 오랫동안 배제되어 왔던 이들을, 다시 말해 땅 밑에 파묻혔던 이들을 불러내는 일과 다르지 않다. 그건 자신이 서 (있을 수) 있는 지면 아래에 누군가 파묻혀 있음을 지각하는 일이며 그/녀가 누구인지 거듭 질문하고 성찰하는 일이기도 하다. 그러니 지금 누군가의 이름을 부르고 있는 이는, 보이지 않는 이들(거인)의 이름까지 함께 부르고 있는 이는, 없는 이름을 부른다는 그 불가능한 일을 수행하는 이는 '거인의 어깨 위에 올라타고 있는 이'다. 서두에서 누군가의 이름을 부르는 일이 응답을 발명하는 일과 다르지 않다고 했다. 없는 이름을 부르는 힘은 어디에서 연유하는가. 이름을 부른다는 것이 딛고 서 있는 이곳을 거듭 지각하는 일이라면, 누군가의 이름을 부르는 이가 올라타 있는 거인의 이름은 아마도 '책임'일 것이다. 거인이어서 누군가의 이름을 부를 수 있는 게 아니다. 누군가의 이름을 부를 수 있을 때만 우리는 잠깐 거인이 된다.

'두 번'의 이야기

발포하는 국가, 장전하는 시민

1. '두 번'이라는 권리와 '다시'라는 윤리

> 모든 슬픔은, 말로 옮겨 이야기로 만들거나 그것에 관해 이야
> 기를 한다면, 참을 수 있다. ─ 아이작 디네센(1885~1965)

이야기에는 '두 번'이라는 숫자가 깃들어 있다. '두 번'이 곧
'두 사람'을 가리키는 것은 아니지만 '홀로'가 아닌 '우리'를 가리
키고 있는 것만은 분명해 보인다. '두 번'이라는 행위성에 어떤
'권리'가 내장되어 있다면 그건 '다시'라는 윤리가 장전되어 있
기 때문일 것이다. 아이작 디네센은 슬픔을 이야기로 만들면
'참을 수 있다'고 했다. '해결할 수 있다'고 하지 않고 '참을 수
있다'고 했다. 이야기란 세계 속에 버려진 인간이 대면해야만
하는 불가항력적인 문제를 '해결'하는 도구가 아니라 불가항력
적인 문제를 '전유'하고 '공유'해온 오래된 양식일 것이다. 인류
는 이야기를 통해 슬픔이 존재를 희미하게 하거나 소멸시키는
폭력이 아니라 세계의 불가항력적인 힘과 대면케 함으로써 존
재들을 연결하고 그 결속을 미학적으로 갱신시킬 수 있는 계

기로 만들어왔다. 이것이 슬픔을 이야기한다면 '참을 수 있다.'고 한 구절 속에 내장된 의미일 것이다. 이야기란 차라리 세계로부터 상처받고 버려진 존재가 '공동의 장소'를 구축하기 위한 쟁투라고 해도 좋겠다.

슬픔을 말로 옮겨 이야기를 만드는 이는 누구인가? "모든 사람들이 행위와 말을 통해 세계에 참여함으로써 자신의 삶을 시작할지라도, 어느 누구도 자기 삶의 이야기의 저자이거나 연출자일 수 없다."[1]고 한 아렌트의 말처럼 슬픔을 말로 옮겨 이야기화 하는 것은 '남겨진 이'의 몫이다. 말과 행위의 결과물인 이야기는 얼핏 주인이 있는 것처럼 보이지만 '화자'는 결코 이야기의 출처가 아니며 마찬가지로 이야기를 소유할 수 없다. 누구나 이야기를 시작할 수는 있지만 그 이야기를 소유할 수는 없다. 타인과 함께 존재하는 곳에서만 이야기가 만들어질 수 있다. 그러니 이 문장을 읽고 '타인과 함께 존재함'이라는 가치를 발견하는 것은 어려운 일이 아니다. 이야기가 만들어지는 곳이 곧 '폴리스'일 것이다.

폴리스 — 페리클레스 추도사의 유명한 말을 신뢰한다면 — 는 모든 바다와 땅을 자신들을 자신들의 모험의 장으로 만든 사람들이 아무런 증언 없이 그대로 사라져버리지 않도록 보장해주며, 따라서 그들을 칭찬할 줄 아는 호머나 그 밖의 사람

---

1. 한나 아렌트, 『인간의 조건』, 이진우·태정호 옮김, 한길사, 1996, 245쪽.

들이 필요 없음을 보증해준다. 행위 하는 자들은 타인(시인)의 도움 없이도 좋은 행위와 나쁜 행위의 영원한 기념비를 세울 수 있으며 현재나 미래에 찬사를 불러일으킬 수 있다. 달리 말하면, 폴리스의 형식에서 함께 하는 인간의 삶(공동존재)은 가장 무상한 인간 활동인 행위와 말 그리고 가장 덧없는 인위적 '생산물'인 행위와 이야기들을 사라지지 않도록 보증해준다.[2]

여기서 말하는 '폴리스'란 고대 그리스나 지리적으로 자리 잡은 도시국가가 아닌 '행위와 말, 그리고 이야기'들을 사라지지 않도록 보증해주는 '장소'를 가리킨다. 나는 타인에게, 타인은 나에게 나타나 있는 '현상의 공간'이자 사람들이 함께 행위를 하고 말함으로써 발생하는 사람들의 조직체며 유기체나 무기체처럼 단순히 존재하는 것이 아니라 서로가 서로에게 영향을 주고받는 공간이자 존재의 취약함이 '장소'를 만드는 조건이 된다. 이야기는 존재의 연약성과 의존성을 조건으로 한다. 조갑상의 『밤의 눈』(산지니, 2012)을 읽으며 내내 '두 번' 말하는 행위에 대해 생각했다. 소설가는 필시 두 번 말하는 사람이지 않을까. 이야기한다는 것은 상처 받고 버려진 존재들이 사라지지 않도록 존재의 거처(이야기)를 직조한다는 것이다. 그러니 이야기란, '두 번'이란 필시 상실된 권리의 자리를 드러낼

2. 같은 책, 259~260쪽.

수밖에 없다. 그들의 말과 행위를 '다시' 하는 것이 소설이라면 '두 번'은 윤리와도 닿아 있을 터다. 조갑상은 '두 번'과 '다시' 사이를 바장이며 억압된 말들과 침묵의 무덤 위에 서서 말할 수 없는 이들, 그렇게 죽지 못한 이들을 애도한다. "이곳에 오래 입에 담지 못할 일이 있었"[3]지만 아무도 그 일들을 말하지 않은 탓에 '기억'조차 되지 못한 존재들을 '다시' 이야기 한다는 것, 나는 그 행위에서 '소설가의 책무'를 다시금 떠올린다. 그 책무가 소설을 쓰는 이만이 짊어져야 하는 것이 아니라 '이야기를 할 수 있고 이야기를 듣는 이' 모두가 연루된 공통의 책무임을 자각하게 된다. 첫 번째 말이 '비명'이었던 가난한 이 땅이 잉태한 두 번째 말은 이야기가 되어야 한다. 조갑상의 『밤의 눈』이 바라보는 곳은 그간 침묵과 어둠으로 닫혀 있던 두 번째의 장소다.

2. 두 번의 장전

'그곳에 입에 담지 못할 일이 있었다.' 쌀을 모아두는 창고 米倉가 사람을 가두는 데 사용되었던 시절엔 말이다. 그 시절은 정확하게 사람을 살게 했던 장소가 사람을 말살하는 공간으로 추락하게 만든 폭력, 이른바 '국가 폭력'이 흘러넘치던 때를 가리킨다. 그 '괴물'은 도시와 마을, 논두렁을 타고 넘어 밭

---

3. 이성복, 「그리고 다시 안개가 내렸다」, 『남해 금산』, 문학과지성사, 1986.

이랑 곳곳까지 잠식하며 공동체를 구축해왔던 모든 기반과 관계의 절멸을 향해 나아갔다. 사람들 사이를 타고 넘으며 급속히 전염된 '(국가)폭력'이라는 괴물과 어떻게 싸워야 하는지 알고 있는 이를 기대하긴 어려워 보인다. 누구와 싸워야 하는지 알지 못했기에 모두와 싸울 수밖에 없었을 것이다. 『밤의 눈』이 이러한 사태를 피해자와 가해자로 나누어 바라보지 않고 '겹의 눈'으로 응시하려는 것은 국가 폭력의 구조가 여러 겹으로 연결되어 있기 때문이다. 얼핏 생존자 '한용범'의 시점을 차용하는 듯 보이지만 이 소설은 수많은 이들의 시점으로 옮겨가며 손쓸 수 없는 폭력 앞에서 목격과 증언이 어떻게 바스러지는지, 또 그 바스러진 잔해더미에서 어떤 문양들이 새겨지는지를 동시에 표현하고 있다. 대문자로 쓰인 '역사'는 뒤를 돌아보지 않고 질주하지만 살아남은 자들은 여러 번 쓰고 지우기를 반복한 '양피지'parchment처럼 남았기에 그이는 혼자가 아니라 여럿이다. 살아남았기에 아무 말도 할 수 없었던 이들이 견뎌내야 하는 것은 침묵을 강요하는 국가에 국한되지 않는다. 외면하지 못하고 내내 마주하며 함께 살아내야 하는 것은 지워지지 않는 얼룩처럼 남아 있는 죽은 이들의 생생한 모습이다. 자신이 보고 겪은 것과 그들이 참혹하게 살해당한 사실을 말할 수 없는 것은 이 때문이다. 증언이란 개인의 의지에 따르는 것이라기보단 공동체의 역량에 의해 성립된다고 봐야 한다. 목격과 증언이란 한 사람의 말이나 기억이 아니라 여럿의 말과 기억이다. 겹의 말과 겹의 결을 쓰기 위해 조갑상은 이 이야기들을 여러 번 '다시' 쓴 바 있다.

> "찾아낼끼가, 안 찾아 낼끼가. 오늘은 결판을 내자. 이웃 부락 산다고 아는 안면으로 넘어갈 수 있다고 봤나. 이기 어데 예사 싸움이가. 토지개혁 우짜고 하는 거 보모 남의 것 그저 털어먹을려는 강도놈들 아이가. 그런 **빨갱이놈**들로부터 나라를 지킬려는 이 박사하고의 싸움이라."[4]

이 잔혹한 싸움은 누구를 위한 것인가? 혈족의 씨가 마를 때까지, 이웃이 폭군이 되어 오래된 마을의 역사를 파괴할 때까지 멈추지 않은 싸움. 이것이 '이[승만] 박사하고의 싸움'이라는 문형태의 말이 가리키고 있는 것. '대리전'이야말로 모든 것을 거덜 낼 때까지 멈추지 않는다. 전면전보다 대리전이 더 악랄하고 잔혹하다. "저들이 적敵이라 부르는 적을 보지도 못한 우리가 왜 죽어야 하는가"(231)라는 재엽의 절규는 개인의 것일 수 없다. 그러니 삶의 지반(논두렁)을 향해 무작위로 가해지는 충격에 쓰러지는 이는 '한 사람'이 아니다("소에서 나는 것인지 한실 영감의 몸에서 흐르는 피인지도 모를 피가 물이 찬 논 바닥을 적실 때", 233). 공습을 받아 논 바닥은 '우리'의 피로 가득 차오르지만 정작 "하늘에는 그냥 아무것도 없었

---

4. 조갑상, 「사라진 하늘」, 『다시 시작하는 끝』, 세계일보사, 1990, 220쪽(2015년 산지니에서 재출간).

다."(233)는 이 소설의 마지막 문장은 다시 총격이 있을 것을 암시한다. 그 암시 속엔 이 이야기가 다시 쓰여야 한다는 예감이 드리워져 있음이 분명하다.

장전되는 것은 총알만이 아니다. 총구를 지나는 모든 총탄은 앞선 총탄을 기억하지 못하지만 살아남은 이들의 삶과 이야기는 죽은 이들과 이어져 있다. '말할 수 없다는 것' 혹은 '증언 불가능하다는 것'이야말로 산 자와 죽은 자 사이를 희미하게 잇고 있는 '겹의 언어'일 것이다. '망자가 산 사람을 만나게 했지만'(박대호의 장례식) 한용범과 옥구열이 침묵하는 것은 이 때문이다. 이 '침묵의 언어'를 조갑상은 그저 '오른손을 잠깐 잡았다 놓는' 짧은 장면으로 탁월하게 묘사하고 있다.

> 그때 옥구열이 그의 왼쪽 손을 가만히 잡았다 놓았다. 갑작스럽기는 했지만 어색하지는 않았다. 옥구열의 손이 차갑고 거칠다는 것은 문제가 아니었다. 그건 어떤 말로도 할 수 없는 그간의 모든 인사를 한꺼번에 대신하고 있었다. 정말 반갑습니다. 여전히 그렇게 삽니다.[5]

한국전쟁은 여전히 '너무 가까이에 있어 말할 수 없는 것'에 가깝다. 위 대목은 『밤의 눈』 전체를 감싸고 있는 '(겹의) 정서'와 (겹의) '관점'을 상징적으로 보여준다. 고발자의 시선이 아

---

5. 조갑상, 『밤의 눈』, 16쪽.

닌 아직 망자를 떠나보내지 못한 살아남아 있는 이들이, 끝나지 않은 국가 폭력의 억압 속에서도 검질기게 유지하는 '덤덤한 어조'6가 전쟁이 '참혹함'만으로 설명될 수 있는 것이 아니라 '겹의 눈', '이면의 눈', '복수複數의 눈'으로 바라볼 필요가 있음을 시사하는 듯하다. 박대호의 장례식에서 10년 만에 만난 옥구열이 한용범의 손을 잡았다 놓는 저 장면은 '말할 수 없는 것(역사)'이 현재의 시간 속에 불쑥 출현하는 '사건'으로 읽을 수 있다. 억지 춘향식으로 진행되는 투표라는 허울뿐인 공적 장치가 시민들의 권리('두 번')를 박탈하지만7 말로 전달할 수 없기에 서로의 손을 가만히 잡았다 놓는 접촉의 언어야말로 산 자와 죽은 자가 가까스로 만나는 순간이며, '다시'라는 수행을 통해 '두 번'이라는 시민의 권리가 장전되는 순간이다. 국가의 폭력이 발포되는 순간 시민의 권리 또한 '장전'된다. 바로 '침묵'이라는 긴장이 발포의 힘이 장악하는 영역을 넘어가는 파선을 장전한다.

---

6. 이 소설의 전체를 감싸고 있는 '차분하고 덤덤한 어조'에서 우리는 아직 무너지지 않은, 아직 무너져서는 안 되는 '인간의 존엄성'을 대하는 작가의 태도를 엿볼 수 있다.

7. "그동안 받아든 투표지에서 그는 언제나 왼편에다 붓뚜껑을 눌러 왔다. 오늘 같은 헌법개정 찬반 여부는 물론, 대통령 선거나 국회의원 선거에서도 그가 찍어야 하는 기호 1번 여당 후보 이름은 늘 왼쪽 칸에 위치했다."(『밤의 눈』, 13쪽)는 대목에서 알 수 있는 것처럼 한용범에게 투표란 국민의 권리를 행사하는 순간이 아니라 국가의 명령에 복종하는 순간일 뿐이다. 그러니 '국민의 권리'로는 부족하다. 말할 수 있는 시민의 권리가 필요하다. 애도할 수 있는 권리. 우리가, 그들이 만나야만 하는 이유는 박탈당한 시민의 권리를 되찾기 위해서다.

조갑상은 옥구열과 한용범 사이에 조형되는 '공감'을 이자적인 것 혹은 낭만적인 것으로 놓아두지 않는다. 그들 사이에 '그해 여름' 그들을 괴롭혔던 '상주' 박대순이 서 있다("산을 바삐 내려가는 그에게 눈길을 두고 있는 상주는 망자의 재종 동생 박대순일 것이었다. 산역을 하는 동안 손님들에게 술과 음식을 내느라 어수선한 산 아래 길에서 한용범은 그런 광경을 한 눈으로 일별할 수 있었다.", 19). '밤의 눈'은 피해자나 희생자의 것만이 아니라 이 세계의 진실이 하나가 아니며 진실을 말하거나 안다는 것이 얼마나 어려운 일인지를 끊임없이 환기하게 하는 시선이다. 죽은 이가 살아남은 이들을 만나게 하지만 그들 사이에 또 다른 입장의 산 자가 서 있다. 이자 관계의 진실이란 또 다른 폭력을 낳을 수도 있음을 보여주기에 '다시' 장전되어야 한다. 국민이라는 하나의 이름으로 포박하거나 하나의 진실을 말소하기 위한 이자적 장전이 아닌 대립과 반목의 역사를 넘어가는 파선을 긋는 삼자적 장전, 겹의 장전이 필요하다는 것을 『밤의 눈』은 거듭 말하고 있다.

3. 상처의 역사화 : 걷기, 살기, 쓰기

'그해 여름' 이후 많은 사람이 차마 죽지 못하고 매장당해 썩어갔으며 살아남은 자들 또한 "시간의 무덤에 갇혀 있었다."(268) 한용범과 양숙희는 다른 곳에서 다른 시간을 살고 있지만 시간의 무덤에 갇혀 있다는 점에서 전쟁과 함께 전행 이후를 함께 살고 있다고 봐도 좋다. 한용범은 "그렇게 보낸 10년은 그야말로 어제가 오늘 같고 내일이 어제 같은, 그 자리에서 맴도는 시간이었다. 나무가 자라고 자식들이 자라는 세월은 전혀 다른 시간인 양 생각되어 자신을 향해 한 번씩 치를 떨 때도 있었다."(268)고 뇌까린다. 한용범의 시간이 같은 자리를 맴도는 시간이라면 고향을 등지고 살아가야 했던 양숙희는 죽은 자들에게 둘러싸여 무덤과 같은 과거에 갇혀 꼼짝달싹하지 못한다.

"저는 죽은 사람들에 둘러싸여 살았어요. 친정아버지와 오빠, 어머니, 남편과 시아버지. 그들 중 제가 임종을 한 이는 오직 친정어머니 한 분뿐이었어요. 어떤 죽음이었든 그들은 모두 제 곁에서 떠났어요. 그런데도 죽은 사람들에게, 과거에 저는 칭칭 묶여 있어요. 죽음뿐인 과거가, 무덤 같은 과거가 저는 무섭고 싫어요. 도대체 그런 과거가 제게 무슨 소용이 있겠어요. 전쟁이 나던 그해 여름, 제가 좀 더 강하게 견뎌 냈다면 혼자 몸으로 떳떳하게 살 수는 있었겠죠. 그건 알아요, 입장이 떳떳하다면 뭐가 달라도 다르다는 걸. 그렇지만 그 다르다는 것도 결국엔 죽은 사람들에게 붙잡혀 있는 과거, 거기서 벗어날 수 없다는 점에서는 마찬가지일 거예요. 그래서 전 사일구를 축복하지 못해요. 죽음밖에 남은 게 없는 역사가 제게 무슨 힘이 되고 소용이 되겠어요."[8]

한국 전쟁 이후 끝나지 않은 전쟁의 시간을 살아내는 사람들에게 산다는 것은 무덤에 갇힌 것과 다르지 않다. '자신을 향해 치를 떨어야 하는' 사람들. 전쟁은 끝났고 이어 4·19 혁명이 있었지만 국가의 상태State가 개인의 상태state를 주관하는 폭력적인 시스템은 영속된다("10년 전 피붙이들이 전쟁의 희생양이었다면 이제는 그 가족들이 쿠데타 성공을 위한 희생양이 되어야 했다.", 308). 그러니 '유족회'를 조직하는 것은 죽은 이들만을 위한 것이 아니라 살아남은 이와 죽은 이 사이를 잇기 위해서다. 유족회를 조직한다는 안내 방송을 하며 "또박또박, 적힌 대로 읽기만 하"(275)면 된다는 옥구열의 다짐은 땅 밑에 매장당한 죽은 이에게 어떻게 해서든 조금이나마 다가서려는 살아남은 이들의 낮은 목소리며 그것은 곧 "살아 있는 자신이 죽은 자들을 위한 몸"(283)이 되고자 하는 애씀과 다르지 않다. 살아남은 이들만을 위한 혁명은 반쪽짜리일 수밖에 없다. 죽은 이를 망각한 혁명은 외려 살아남은 이들이 무엇을 딛고 있는지를 지워버리기 때문이다.

"이 일대가 모두 매립한 곳이지."

"저쪽 수영강부터 이 언저리 바닷가가 전쟁 때 보련관계 사람들을 배에 싣고 나가 수장시킨 데라고."[9]

---

8. 조갑상, 『밤의 눈』, 295~296쪽.
9. 조갑상, 「어느 불편한 제사에 대한 대화록」, 『테하자피의 달』, 산지니, 2009, 125쪽.

죽은 이를 묻은 땅을 딛고 우리가 산다. 차마 함께 산다고는 말할 수 없더라도 서둘러 추방되었던 죽은 이들을 삶의 자리에 부를 수 있어야 한다. 〈국민보도연맹 민간인 학살 사건〉에 관한 이야기를 다시 쓰고 있는 『밤의 눈』엔 긴 시간 동안 덧쓰이고 덧쓰인 이 요청을 우리에게 전달하고 있다. 죽은 이들을 '꿀꺽' 삼켜버려야만 "이 나라의 떳떳한 국민"(앞의 글, 127)일 될 수 있다는 것. 조갑상은 이 딜레마 앞에 다시 서기를 주저하지 않는다. 소설이 지나간 시간을 불러내는 작업인 것은 분명하지만 동일성의 논리를 반복하지 않으면서 고유성과 특이성을 발굴하는 작업임을 조갑상은 차분하고 냉철한 어조로 조형해나간다. 누군가에게 과거란 좌초된 배처럼 지나가지 않고 그 자리에서 끝없이 부식하는 현재의 사건으로 삶에 관여한다. 예컨대 한용범이 살아남을 수 있었던 것은 박대호가 권혁에게 "나이에 어울리지 않게 안 해도 될 이야기를" 했기 때문이다. "이해타산이 아니라 주민들을 조금이라도 조심스럽게 대해 줄 수 있는 계기가 된다면 그것으로 충분했다."(89)는 박대호가 서 있는 자리는 소설가의 자리와 겹쳐 있다.

> "사람 하나가 별거 아니라니? 난세니까 사람 목숨 하나가 더 중한 기다! 그리고 삼라만상에 끝이 없는 시작이 없는 건데 사람이 나중 생각도 해야지!"[10]

---

10. 조갑상, 『밤의 눈』, 81쪽.

부읍장 박대순을 향한 그의 재종형 박대호의 호통 속에 작가가 하고자 하는 말의 알짬이 쟁여져 있다. 만주 벌판에서 레코드 판매상을 했던 박대호라는 한 사람의 삶엔 조선-광복-미군정-남한 단독정부로 분절되어온 역사가 상처처럼 남아 있다. '상처'에 대한 역사적 인식의 부재와 함께 '식민화'에 점철되어 온 부박한 한국 사회의 가난이라면 국가폭력으로 살해당한 이들과 마주하는 것을 피해왔던 이 땅의 이력은 역사의 수많은 곡절과 결절점을 망각하려는 집단적인 심성으로 남겨져 있다. 박대호의 삶을 이 땅의 역사와 같이 위치시킬 순 없겠지만 한 개인의 삶 속에서 각인된 상처를 경유할 때라야만 근접할 수 있는 역사적 진실 또한 있을 것이다. 이야기를 (다시) 만들고 (두 번) 쓴다는 것은 과거에 묻힌 타인의 고통(죽음) 속으로 힘겹게 걸어 들어가 그들의 묻힌 시간이 세상 바깥으로 나올 수 있는 작은 오솔길을 만드는 것이리라.

쉽게 잊을 수 없는 한 장면에 관해 이야기하는 것으로 이 글을 마무리 짓고 싶다. 어디로 가는지, 왜 끌려가는지 영문을 모르고 지프로 이동하는 옥구열이 암흑 속에서 신경을 곤두세워 "지도를 그리는 데 열중"(337) 하는 장면. 지금 있는 곳이 어디인지 알 수 없는 그 위치를 가늠하기 위해 안간힘을 쓰는 옥구열의 모습에서 마모되고 사라져가는 존재들에 대한 안타까움이 묻어 나온다. 끝내 삶의 끈을 놓지 않으려는 옥구열의 안간힘을 세밀하게 묘사하는 작가의 시선은 이내 사라져버리는 존재-장소를 향한 걸음을 떠올리게 한다. 상처의 역사를 매만지던 애씀의 기록들을 기억한다.[11] 조갑상에게 쓴다는 것은 필시 걷는다는 것일 테다. 마모되고 사라져가는 장소와 존재에 대한 안타까움이 걷게(쓰게) 한다. 걸으며 쓰기란 보살피는 행위와 다르지 않다. 도시의 낮은 자리를 바장이는 그 걸음은 상처들을 더듬어 보살피는 손길이며 장소-존재를 잠식하는 자본화된 도시 속에 나동그라진 연약한 것들의 역사를 살려내려는 애씀이다. 여기서 이야기란 쓰는 것이 아니라 차라리 걷는 것에 가깝다는 것을 알게 된다. "나는 꿈 같은 생각만으로써 글을 쓰는 버릇을 배우지 못했다. 발로써 쓰고 싶다"고 한 이는 요산 김정한이었다.[12] 쓰는 것만으론 살리지 못한다. 걷기란 뚜렷한 흔적을 새기지는 못할지라도 무언가를 살려낼 수는 있다. 죽은 이들을 딛고 살아가야만 하는 이 땅의 모든 이들에게 걷기란, 쓰기란 곧 상처를 역사화 하는 작업이다. "그래도 등을 돌리지 않은 것은 그가 가야 할 길이었기 때문이었다. 가장 깊은 어둠 속에 밝음이 있을 것이었다."(367)

11. 조갑상, 『이야기를 걷다』, 산지니, 2006.
12. 김정한, 「먼저 하고 싶은 이야기」, 『사람답게 살아가라』, 동보서적, 1985, 33쪽.

"괴물이 나타났다, 인간이 변해라!"

 아무런 일도 일어나지 않는 것, '사건'이 발생하지 않는 것, 아니 그 무엇도 '사건'이 되지 않는 것, 그럼에도 모두가 아무 일 없이 사는 것. 이것이야말로 진짜 공포다. 이재웅의 『불온한 응시』가 내게 철 지난 후일담류 소설이 아닌 일종의 '괴담'으로 읽혔던 이유는 여기에 있다. 이재웅이 보여주는 세계는 다음과 같다. 모두가 매 순간 정신없이 일labor에 열중하고 있지만 아무런 일event도 일어나지 않는 곳에서 우리는 살고 있다. 다만 어떤 일들이 '있었고' 사람들은 가끔 그 일을 기억할 뿐이다. 언젠가 일어났던 일들만이 제각각의 기억 속에서 왜곡된 채 지워지지 않은 얼룩처럼 남아 있을 뿐, 일어나는 일이 없는 세계. 흔히들 슬럼slum이라고 구분해서 부르곤 하지만 오늘날의 자본제적 체제가 공장과 공장 밖을 구분하지 않는 것처럼 아무런 일도 일어나지 않는, 우리가 사는 이 세계가 바로 슬럼이다.

 더욱 정확하게 말해보자. 이재웅은 '사건 없는 소설'이 아닌 '사건이 일어날 수 없는 세계'에 대한 소설을 쓴다. '사건'의 자리에 관성처럼 '혁명'이라는 이름을 써넣을 때 그의 소설은 전형적인 후일담 소설이 된다. 그러나 그의 소설엔 혁명은커녕 그때를 온전하게 보존한 추억조차 없다. '사건이 일어날 수 없는 세계'란 무엇을 의미하는가? 여기서 우리가 읽어야 하는 것은 드러나 있는 '결여'가 아니라 은폐된 '과잉'이다. 무수한 문제들은 해결되지 않고 다만 제어되고 있을 뿐이다. 히로세 준의 표현을 빌자면 시작도 끝도 없는 일들이, 준안정 상태 자체의 지속으로서 "일어나고 있는 것"이다.[1] 나는 지금 과장된 어법으로 후쿠시마의 원전 사고를 분석하는 글을 인용하는 것이 아니다. '사건이 일어나지 않는 것'은 무수한 사고가 끊임없이 일어나고 있기 때문인데, 이러한 사태를 정확하게 보기 위해서는 전 지구적으로 진행되고 있는 자본제적 체계의 자기 중독증(과잉)을 읽어야 한다.

이재웅의 소설 속 인물들이 하나 같이 무기력한 이유 또한 이와 연결해 생각해볼 수 있다.[2] 그들이 "모든 열정을 거세당한 채 무중력 공간에 내던져진 것"(「월드 피플」, 228)은 "노동과 대지를 거세당"(234)했기 때문이다. 이를 '근본'이 무너졌기 때문이라 바꿔 말해도 좋다. 대지가, 근본이, 근거가 무너졌으니 아무도 문제를 해결하지 못한다. 인간이 인간다울 수 없는 데도 인간처럼 살고 있다. 이것이 앞서 말한 진짜 공포의 실체다. 끊이지 않는 사고를 '제어(진행)'함으로써 자가증식하는

---

1. 히로세 준, 「원전에서 봉기로」, 윤여일 옮김, 『사상으로서의 3·11』, 그린비, 2012, 248쪽.
2. 이재웅, 『불온한 응시』, 실천문학사, 2013.

자본의 자기중독, 바로 그 집적물인 '도시'가 근본 없는 세계의 공백을 메우고 있다는 것이 이재웅의 문제 의식이다. '3·11'을 재앙의 숫자이자 동시에 시대정신의 개안을 위한 공공 주파수임을 강조했던 한 논자의 말을 떠올려보자.[3] 이재웅의 소설을 지난 시절의 혁명을 추억하는 '(가짜) 후일담' 프레임이 아닌 전 지구적 자본제의 재앙을 다룬 '(진짜) 공포 소설'로 읽어내야 하는 이유는 여기에 있다.

이재웅의 소설을 후일담적 구조로 환원하는 것은 위험하지만 그의 소설들이 취하는 후일담적 구조까지 부정할 필요는 없다. 후일담적 구조를 취하는 「절규」와 「1,210원」, 「전태일 동상」 등에서 후일담을 쌓고 있는 중요한 재료들이 한때 아름다웠던 순결한 시절이 아닌 인물들 간의 '뒷이야기'라는 데 주목할 필요가 있다. 지나버린 시절을 길어 올리는 동아줄이 '뒷이야기'라는 것은 무엇을 의미하는가. 뒷이야기는 내부적인 결속을 도모하는 데는 효과적이지만 '연대'를 불가능하게 만든다. 가령, 'L'에 대해 주고받는 술자리의 대화 속에서 '나'의 감각이 '전장'과 '부상병' 사이에서 형성된다는 점[4], 이 감각이 뒷이야기를 정당화한다. '전장'과 '부상병' 사이에 뒷이야기가 있을 때 전쟁은 끝나지 않으며 부상병 또한 구출될 수 없다. 그리고 모든 '병사'는 고립된다.

---

3. 임태훈, 『우애의 미디올로지』, 갈무리, 2012.
4. "한시라도 빨리 적들의 시선을 피해 몸을 옮겨야 하는 상황에서 부상병 하나를 곁에 둔 듯한 기분이 섞여 있었던 것이다.", 「절규」, 13쪽.

유년 시절 'L'을 붙들고 있던 기억이 비참한 생을 아무렇지 않게 바라보던 "순결한 무관심"(41)에 있었다는 것, 타인의 비참함을 보고도 아무 말도 하지 못했던 "까마득한 절망"(42). 그 감각이 가리키는 것은 인간의 존엄이 무너진 자리일 것이다. 인간다움의 붕괴를 목격했던 지난날의 기억과 오늘의 뒷이야기가 겹쳐 있다. 이재웅은 후일담을 '노스텔지어의 언어'가 아닌 '전장의 언어'라고 말하고 있다. 그렇다면 「1,210원」이 가리키는 것은 빛바랜 열망의 가격이 아니라 망실된 인간 존엄의 수치라고 해야 한다. 그 수치는 정확하게 승진을 위해 동료를 해고하는 '종익'의 삶의 감각을 가리킨다. 「전태일 동상」에서 조립된 뒤틀린 인간상像이 꼭 그와 같다. '수치'와 '비참'의 뭉치들로 간신히 유지하는 '전태일 동상'은 연대가 불가능한 시대의 자화상像/傷이다. 그들은 10년 만에 모였지만 모두 고립되어 있을 뿐이다. 아무 일이 일어나지 않는 세계 속에서 산다는 건 연대가 불가능한 삶의 조건을 의미한다.

이재웅 소설에 등장하는 많은 인물이 하나 같이 침묵하고 있다는 것은 자연스럽다. "자신의 말을 잃었거나 말을 빼앗긴 인간"(「인간의 감각」, 53)이라는 표현은 개인의 비참함이나 실패만을 가리키지 않는다. 그보다 말을 빼앗긴 인간들이 맺고 있는 관계로부터 조형되는 감각에 주목해야 한다. 그것이 이재웅이 감지하는 '인간의 감각'이기 때문이다. 「불온한 응시」를 가득 채우고 있는 것은 역설적으로 무수한 '말들'인데, 그 말들은 상대에게 가닿지 못하고 실비집을 부유하다가 바스러져 버리는 토막일 따름이다. 공사장 옆에 딸린 실비집에 출입하는 이들로부터 쉼 없이 말들이 쏟아져 나오지만 대개가 불평이나 불만, 험담, 증오, 냉소, 허무라는 독백의 구조를 벗어나지 못한다. 다양한 인간 군상들이 출입하는 실비집은 공론영역이 될 수 있는 조건을 갖추고 있음에도 불구하고 저마다의 독백들로만 점철된 탓에 모두가 고립된다. 한나 아렌트의 말처럼 고립은 인간의 행위 능력을 박탈한다. 이때 남는 것은 인간의 존엄을 압살하는 '노동'뿐이다. 노동자들이 저마다의 자아 속에 감금된 것, 실비집은 아무런 일도 일어나지 않는 게토와 유사하다.

여러 소설에서 중요한 임무를 수행하는 인물로 설정된 '노인'들의 특징 또한 말이 없다는 데서 찾을 수 있다. 말이 없기에 '행위'도 없으며 '관계'의 양식 또한 희박하다. 「안내자」나 「어느 날」의 '노인'은 얼핏 '조력자'처럼 보이지만 소설 속에선 아무런 '사건'도 일어나지 않는다. '노인'들은 단 한 번도 삶의 주인공이었던 적이 없던 '주변부'적 인물이다. 그들은 '전태일 동상'처럼 수치와 비참으로 뒤틀린 채 겨우 서 있으며 '동상'과 같이 삶의 감각이 무뎌진 존재들이다. 이재웅 소설에 등장하는 노인들은 붕괴한 지반 위를 살아가고 있는 존재들에 대한 메타포라 해도 좋다. '노인'이라는 주변부적 존재는 차라리 이재웅 소설의 중요한 특징들을 담지하는 표상이기도 하다. 주목해야 할 점은 전 지구적인 자본제적 체제로 인해 주변부로 내몰린 이들은 단지 특정한 인물들에 국한되지 않는다는 것이다. 손쉽게 가볍고 자극적인 소재를 취하거나 현실을 비상해버리는 환상에 위탁하지 않고 자신이 걸어온 삶의 문법으로 근기 있게 리얼리즘 계열의 소설을 쓰고 있는 이재웅의 작가적 위치 또한 주변부적 존재의 위상과 다르지 않다.

이처럼 주변부의 역학을 담지하는 존재란 역설적으로 더는 혼자가 아니다. 붕괴한 대지 위에서 조립되는 「전태일 동상」의 뒤틀린 '동상'처럼 원본은 아니지만 그것이 이미 '집합적 신체'라는 점을 주목하자. 일견 마모되고 좌절된 형상을 가리키는 것처럼 보이는 집합적 신체가 "인종과 국가의 벽을 넘어서" "하나의 인간 건축물을 세우려"(「월드 피플」, 247)는 연대를 위한 도약으로 집약되기도 한다. 바로 이 기괴하게 뒤틀린 집합적 신체로부터 "괴물이 나타났다, 인간이 변해라!"[5]는 다급한 메시지를 수신하게 될지도 모른다. 이재웅 소설이 우리에게 타전하는 메지지는 다음과 같은 것이지 않을까. 저마다의 존재들이 고유하게 지니고 있는 "이상한 음가와 음율"의 뒤섞임, 혹은 "이상한 짐승의 노랫소리"(「월드 피플」, 249)란 "언어를 통한 소통보다 더 더 강력한 어떤 소통, 말하자면 고통의 공명 자체를 통한 소통"이라는 것, 이를 통해 어쩌면 붕괴된 대지 위에 깃든 "잠재된 용기"(「안내자」, 100)를 발견하게 될지도 모른다는 것을 말이다.

---

5. 다카하시 도시오, 『호러국가 일본』, 김재원·정수윤·최혜수 옮김, 도서출판 b, 2012, 25쪽.

2부 대피소 너머 : 추방과 생존

한국문학의 '주니어 시스템'을 넘어[1]

비평의 진지陣地

2015년 6월, 광풍처럼 휘몰아친 '신경숙 표절 논란'이라는 '핫이슈'에 목소리를 하나 더 더하는 것이 이 글의 목적이 아니라 오히려 나는 이슈를 체감하는 발화 위치의 상이함에서 연유하는 온도 차이를 드러내고자 한다. 다른 논의 구조를 제안하는 데 집중해보고 싶기 때문이다. '문학소녀'급 소설가를 향해 그간 한국 문단이 행한 구애의 민낯을 밝히고 '상습적인 표절'이 신경숙 글쓰기에 내재한 태생적 한계라고 단호하게 규정하는 정문순의 발표문을 읽고 해당 논의에 대한 동의 여부에 앞서 '이 정도의 강도로 한 작가와 대면한 경험이 있는가'라는 자문을 하게 된다. 비평이 곧 매서운 비판인 것만은 아니겠

---

1. 이 글은 2015년 7월 15일 문화연대와 인문학협동조합이 공동으로 주최한 토론회 '신경숙 표절 사태와 한국문학의 미래' 중 정문순의 「신경숙 표절 글쓰기, 누가 멍석을 깔아주었나」에 대해 쓴 토론문을 바탕으로 한 것이다. 당시의 취지가 훼손되지 않는 범위에서 고치고 더했다. 토론회의 발표 및 토론 전문은 『문화/과학』 뉴스레터 10호(http://cultural.jinbo. net/?p=1605)에서 확인할 수 있다.

지만 언제라도 싸움꾼(논객)의 자세로 전환 가능하다는 것이 '위험한 자리에 서는 것'을 망설이지 않는 표지일 수 있다면 그 것이야말로 비평 행위가 가까스로 유지될 수 있는 기본 태도라 말할 수 있지 않을까.

〈신경숙 표절 사태와 한국문학의 미래〉 토론회에 토론자로 참석해달라는 요청을 받았을 때 얼마간 당혹스러웠던 것은 등단 이후 단 한 번도 '논쟁의 현장'에 참여해본 적이 없었기 때문이다. 그럼에도 그간 적지 않은 글을 써왔다는 것은 내가 가진 입장을 전면에 드러내어 놓지 않고도 발언할 수 있는 비교적 안전한 자리에 머물러 왔음을 가리키는 표지가 아니라면 또 무엇이겠는가. 써왔던 글의 이력만으론 '긴박하지 않은 비평은 없다.'고 자신 있게 말할 수 없는 형편인 터라 '신경숙'이라는 익숙한 이름에 관해 말하는 것은 자연스러워 보이지만 '신경숙 사태'라는 생소한 상황 속에서 긴박하게 무언가를 (걸고) 말해야 하는 일은 부자연스럽기 짝이 없다고 해야 할 것이다. 논쟁의 현장이 전쟁터와 다르지 않은 것은 죽고 죽이는 각축장이기 때문이라서가 아니라 무엇을 지킬 것인가, 그러기 위해 무엇과 싸울 것인가, 라는 물음에 대한 응답으로서만 비평의 진지가 성립될 수 있다는 점에서 그러하다. 도리 없이 자문하게 된다. 신경숙 표절 논란에 대한 내 비평의 진지는 어디인가. 이 토론을 나는 이 물음에서부터 시작할 수밖에 없었다.

선고의 독점, 선고의 반복

'신경숙 사태'에 대한 세간의 이례적이고 유별난 관심에 시큰둥했던 것은 진작 터질 것이 기어이 터졌기 때문이 아니라 이 사태에 관한 비판의 목소리에서 어떤 기시감을 느꼈기 때문이다. 조금 더 과감하게 말해본다면 나는 이 논란에 대한 일련의 비판적인 목소리들이 동어반복적이라는 생각을 지울 수가 없었다. 특히나 한국 문학의 종말이나 해체에 관한 자성의 목소리는 십수 년 전의 '문학 권력' 논쟁과 너무나 유사해서 그 반복이 오히려 더 놀라울 정도였다. 한국문학의 종말이나 끝장을 서둘러 선고해버리는 목소리에 위화감을 느낄 수밖에 없었다. 이 위화감은 한국문학에 대한 순정에 가까운 믿음에서 비롯되는 거부감 때문이라기보단 그러한 선고를 내리는 발화자들의 위치가 독점적이라는 데서 연유한다. 누구나 선고를 내릴 수 있는 위치에 설 수 있는 것은 아니다. 특정한 발화를 할 수 있는 자리의 주인이 미리 주어져 있는 것은 아니라 할지라도 아무나 그 자리에 설 수 있는 것도 아니다. '신경숙 사태'를 둘러싸고 있는 기시감과 위화감 속에서 나는 이런 질문을 하지 않을 수 없었다. '한국문학이 끝장나버렸다.'는 전선 구축을 통해 소장 비평가(?)들이 지키고자 하는 것은 무엇일까? 대형 출판사가 유명 작가와 맺는 긴밀한 관계가 그 자체로 문제가 되는가 하고 물을 수도 있겠지만 그들 사이에서 비평가들이 옹호의 언어를 통해 '문학장' 안의 비즈니스를 비호해온 것이라면 그러한 공모는 졸렬하고 흉물스러운 것이 아닐 수 없다. 다만 거두절미하고 "한국문학은 이미 끝난 상태였다."라고 다투어 '선고'하는 목소리에 대해서 몇 마디 덧붙이고 싶다.

나는 '신경숙 사태'로 한국문학이 그야말로 끝장나버렸다든가 반대로 이 사태에 대한 자성을 통해 한국 문학이 자신을 회복할 수 있는 계기로 삼을 수 있다는 식의 순진한 믿음 따위를 가지고 있지는 않다. 이 사태를 더 많은 목소리와 다른 목소리가 출현할 수 있는 동력으로 전환하는 것이 중요하다고 생각한다. 그런 점에서 한국문학 붕괴나 해체에 선뜻 동의할 수 없다. 그렇게 끝났다고, 이미 끝장난 것이었다고, 그렇게 끝내버려도 되는가. 망해버렸다고 선고해도 되는가. 한국문학에 대한 절망적인 선고가 고지되는 방식의 독점성엔 아무런 문제가 없는가. '끝장났다'는 선고는 조금 더 힘겹게, 할 수 있는 만큼 애쓰며 '함께' 결정할 수 있어야 하지 않을까. 어째서 사오십대 중진 비평가들에게 선고의 권한이 독점된 것처럼 보이는 것일까. 그보다 마치 기다렸다는 듯 조금의 망설임도 없이 한국문학의 끝장을 향해 내달릴 수 있는 이유는 어디에 있는가. 나는 신경숙 사태가 2000년대 초반의 문학 권력 논쟁의 반복이라는 프레임에 갇혀서는 안 된다고 생각한다. 반복되는 건 신경숙과 대형 문학 출판사의 공모만이 아니다. 그에 대한 비판의 목소리까지 독점적인 방식으로 반복될 때 비평은 정체되고 고립될 수밖에 없다. 아울러 그렇게 서둘러 끝장을 선고해버리면 다른(후속) 비평가들이 할 수 있는 역할은 한정될 수밖에 없다. 뒤따라 그 선고에 동참하거나 그렇지 않으면 침묵할 수밖에 없지 않겠는가.

신경숙 사태에 대한 비평가들의 침묵이 일률적이고 동일한 것은 아니다. 단 한 번도 '선언의 기회'를 가져보지 못했거나 선고 또한 내려 본 경험이 없는 이삼십대 비평가들의 침묵은 '침묵의 카르텔'에 동조해서라기보다는 '침묵을 강요하는 구조'에 억눌려 있는 것에 가깝다고 생각한다. 발화의 자리를 내어주지도 않으면서 서둘러 '왜 이삼십대 젊은 비평가들은 침묵하는가.'라고 힐난하는 목소리 또한 침묵을 암묵적으로 강요하는 구조적 장치로 기능한다. 신경숙 사태에 대한 소장 비평가들의 입장을 폄훼할 의도는 없다. 다만 문학 권력 논쟁이 '왕년의' 방식으로 반복될 때, 한때 날렸던 싸움꾼의 이력으로 문학동네의 골목대장 역할을 자처하게 될 때 '한국문학은 끝장나버렸다.'는 그 선고가 '적'들과 다를 바 없이 독점적일 수 있음을, 그런 이유로 의도와 달리 도리어 '다른 목소리들'을 억압하는 효과를 낳을 수도 있다는 점을 언급해두고 싶다. 나는 제도의 호명에 대한 응답 말고는 목소리를 가질 수 없는 사람들 또한 한국문학이라는 제도 속에 구성원의 이름으로 자리한다고 생각한다. 그들의 수동적인 침묵이 '한국문학의 보람'은 아니겠지만 그 또한 한국문학의 어떤 표정인 것은 부정할 수 없다. 단 한 번도 자신의 영토를 가져본 경험이 없다는 것을 그저 제도 탓으로, 구조 탓으로 넘겨서도 안 될 일지지만 그렇다고 모짝 개인의 책임이라 전가해서도 안 될 일이다. '신경숙 사태'에 왜 침묵하느냐는 힐난에 앞서 묻게 된다. 지금 지면을 가지지 못한 비주류 비평가들의 자리는 어디인가? 그들이 머무는 장소는 어디인가? 고쳐 묻자. 누가 이들에게 자리를 내어 주는가, 누가 이들을 환대하는가.

'주니어 시스템' : 보이지 않는 유연한 배제 장치

문예지들이 젊은 비평가들을 선별해 해당 잡지에 지면을 할애하고 기획에 참여시키는 일을 거두절미 하고 비판할 일은 아니지만 그것이 이른바 '주니어 시스템'으로 가동될 때라면 사정은 달라진다. 숱한 비평가 중에 '주니어'로 '지목(차출)'된 이들은 더 넓은 필드에서 활약할 기회를 얻은 것처럼 보이지만 실은 이미 조직화 구조에 소속되는 터라 한층 폐쇄된 영역에 놓이게 된다고 봐야 하며 그런 이유로 비평적 자율성 또한 경색될 수밖에 없다. 더욱 문제가 있는 것은 동 세대 비평가 중 비교우위의 자리에 서게 됨으로써 발생하는 동료 비평가들과의 낙차로 인해 문단의 구조적인 문제에 대한 의견을 나누고 무언가를 함께 도모할 수 있는 정서적 공감대 형성이 어렵게 된다는 데 있다. 신자유주의 시스템 아래에서 한층 세밀하게 나뉘어 분리되고 있는 등급과 그로 인한 차등의 구조를 떠올려보라. 예컨대 이미 아카데미 안에서는 BK^{Brain Korea}나 HK^{Humanities Korea} 사업 참여에서부터 각종 장학금의 수혜 여부에 이르기까지 '내부 지위의 세분화 및 위계화'로 인해 대학원생으로서의 공통정서가 구성될 수 없는 형편에 있다. 마찬가지로 문단 내의 주니어 시스템 또한 사람을 키우고 보살피며 자리를 나누고 생산하는 구조라기보다 사람들을 분리하고 연대를 불가능하게 만드는 '유연한' 배제 장치에 가깝다.

'내(우리) 사람'이라는 정서적으로 밀착된 관계망 속에서 맺게 되는 문단 선후배 관계는 겉으로는 의결권을 민주적으로 나눈 수평적인 양식처럼 보이지만 실은 '답정너'(답은 정해져 있으니 너는 대답만 하면 돼)의 구조에 가깝다고 말해도 좋다. 답은 윗세대 혹은 선배들이 정해두고 후배(후속 세대)들은 그것을 찾아내거나 따르는 방법 외엔 별다른 선택의 여지가 없다는 것이다. 이는 대학원 내에서 지도교수와 제자가 맺는 일반적인 관계구조와 상당 부분 닮았다. '선배' 편집위원들이 대개가 어느 대학의 교수인 상황에서 젊은 비평가들 또한 대부분이 대학원 출신이어서 이들의 문단 활동이나 편집회의 참여는 단순히 글을 기고하거나 잡지를 만드는 것에 국한되는 것이 아니라 생계와 직결된 경우가 많다. 이처럼 문예지를 만드는 인적 구성이 대학과 연계된 탓에 젊은 비평가들의 물질적인 삶의 조건, 말하자면 '생사여탈권'까지 포괄하고 있다는 것을 새삼스레 강조할 필요는 없을 것이다.[2] 열정을 다해 기획하고 필자들을 발굴·추천하는 일련의 과정은 이른바 문단 인맥이라는 것을 형성할 수 있는 계기가 되기도 하지만 동시에 그것은 원하든 원하지 않든 '어디 사람'이나 '누구 사람'의 표지

---

2. 여기서 다루지는 않지만 문단과 아카데미의 근친적인 공모 구조야말로 가장 문제가 있는 사안이며 비판적인 논의가 필요한 부분임이 틀림없다.

를 가지게 되는 것이기도 한 탓에 활동 범위가 확장되는 것만이 아니라 특정한 인맥에 고착되는 결과를 낳기도 한다. 그것은 주니어 시스템을 이탈하거나 거부할 때 동료-선배 등과의 교류가 불가능한 상태에 노출된다는 것을 의미한다. 사정이 그러할 때 주니어 시스템 아래에서 자율적인 비평 활동이 가능할 리 만무하다.

선택받은 '주니어'는 내부를 비판할 수 없으며 해당 단체나 집단의 논의 구조에 반하는 의견을 개진하기도 어렵다. 대학 강의가 문서상으론 초빙의 형식을 취하고 있다고 해도 실제로는 정규직 교수가 '나눠주는 것'으로 관습화되어 있듯이 편집위원이라는 직책 또한 '자리를 내어주는' 것이 아니라 잠시 '할당'되는 것에 가깝다(거의 모든 비정규직의 형편이 이와 다르지 않으니 문학판의 열악한 구조를 특별히 강조하는 것은 민망한 일이다). 뒤늦게라도 그러한 사실을 알게 되었다고 해도 선뜻 바깥으로 나가 독립을 선언할 수도 없는 노릇이다. '동료'라고 부를 수 있는 이들이 없기 때문이다. 어느 곳의 편집위원이기 때문에, 누구의 사람이기 때문에, 어디에 소속되어 있었기 때문에 다른 곳으로부터 배제되는 구조. 이러한 독점적이고 폐쇄적인 주니어 시스템 속에서 젊은 비평가들은 '부품'처럼 남김없이 활용되면서 거덜 난다. 주니어 시스템은 오직 두 가지의 길만을 허락하는 듯하다. 조로^{早老}하거나 추방당하는 것. 주니어 시스템 아래에선 바깥을 상상하거나 자발적이고 독립적인 반경을 구축할 수 없을 뿐 아니라 동료를 가질 수 있는 구조까지 모짝 거덜 난다는 것은 문단 시스템이 '다단계' 구조와 닮았다는 추정을 가능케 한다. 다단계라는 규정이 과한 수사로 읽힐 수 있음을 모르지 않는다. 이를 한국문학 시스템의 일반론이라고 주장하고 싶은 것은 아니지만 어떤 위치에서는 문단 구조가 다단계와 다르지 않을 만큼 한 개인이 일구어 놓은 세계를 완전히 거덜 낼 수도 있다는 것을 강조해두고 싶다.3 어떤 이들에게 '편집위원'이라는 직책은 '무기한 인턴'과 다르지 않은 것이기도 하기 때문이다.

낡고 오래된 반론이 '주니어 시스템'에 대해서도 반복될 수 있다고 생각한다. '실체'가 있냐는 물음말이다. 엄연히 존재하지만 실체를 증명할 수 없다는 점이야말로 주니어 시스템이 은밀하고 내밀한 방식으로 작동하고 있다는 분명한 증거다. 무엇보다 주니어 시스템의 실체 없음은 당사자들의 부인否認 속에서 더 공고해진다. '누가 (선택받은) 주니어인가.'라는 물음에 대부분은 '나는 주니어가 아니다.'라고 답할 것이다. 이 부정논법은 독립과 자립에 대한 자의식의 표현이라기보다 '아직' 이너

---

3. '다단계 구조'를 언급하면서 내가 염두에 두었던 작품은 김애란의 「서른」(『비행운』, 문학과지성사, 2012)이다. 한 개인이 사회 속에서 맺을 수 있는 가장 사소한 관계망까지 남김없이 파괴하고 거덜 내버리는 참혹한 관계의 지옥도를 이처럼 처연하게 그려내고 있는 작품도 드물다. 여기서 말하는 다단계란 물건을 파는 일이 아니라 결국 사람을 파는 일이며, 그런 이유로 서로서로 함정에 빠뜨리고도 그 누구도 구해내지 못하는 세계를 의미한다. 「서른」은 구조요청에 아무런 응답도 하지 못하고 '겨우, 고작 나'라는 세계에 고립되어 미래까지 저당 잡혀버린 채 침몰하는 오늘의 어떤 세계를 정확하게 가리키고 있다.

서클inner circle은 아니라는 인정 논리의 변주에 불과하다. 엄연히 존재하지만 그 누구도 말하지 않는 주니어 시스템이 여전히 온전한 장치로 기능할 수 있는 것은 이 때문이다. 주니어 시스템 안으로 진입할 수 있는 보이지 않는 출입증의 위력 또한 바로 이 '실체 없음의 구조' 속에서 그 힘을 더해간다. 주니어 시스템에 대한 이 같은 진술이 궤변처럼 들릴 수도 있을 것이다. 크고 작은 문학출판사에서 내는 문예지로부터 호명된 이들, 아니 '차출'된 이들과 긴밀한 교류가 있는 것도 아니니 증언하거나 증언을 끌어내기도 쉽지 않다. 그러나 내부적인 관계망의 바깥에 서 있다는 것이 외려 암묵적인 동의 아래에서 이루어지는 은밀한 공모에 대한 비판적이고 생산적인 발화장소를 구축할 수 있는 조건이 되기도 한다. 나는 증언과 기록이야말로 다른 발화를 가능케 하는 장소에 또 다른 누군가가 들어설 수 있도록 자리를 내어주는 환대의 기초가 되는 일이라고 생각한다. 이 글을 쓰는 궁극적인 목적 또한 그와 다르지 않다.[4]

---

4. '주니어 시스템'과 관련해 내가 겪고 있는 구체적인 사례를 간략하게 요약하여 이 지면에 '기록'해두고자 한다. 2008년부터 나는 시 전문 계간지인 『신생』의 편집장을 거쳐 편집위원으로 활동해온 바 있다. 그러나 지난 7월 1일 사적인 자리에서 발행인으로부터 돌연 편집위원직에서 물러나 줄 것을 강요받았다. 나와 또 다른 편집위원(김만석)을 배제한 자리에서 편집인(이규열), 발행인(서정원), 편집주간(김경복), 편집위원(김수우, 김참, 이성희, 황선열)이 두 사람의 편집위원 권한을 강제로 박탈하기로 공모한 것이다. '마음이 맞지 않는다.'는 이유를 들면서 말이다. 이해하기 힘든 이 촌극이 황당무계하기보단 슬프고 처참했던 것은 매 계절 그 어떤 보상도 바라지 않고 애

를 써가며 잡지를 만들어 온 그간의 시간이 고작 이런 터무니없는 통보라는 결과밖에 되지 않는다는 가난함과 대면해야 했기 때문이었다. 당연히 우리 두 사람은 비민주적인 공모를 통해 편집위원의 권리를 박탈한 공모를 인정할 수 없으며 그에 대한 해명과 사과를 『신생』 측에 요구했으나 묵살당했다. 어째서 이런 황당하고 무례한 일이 가능할 수 있는가 자문하며 알게 된 명징한 사실이 있다면 이런 일을 겪는 것이 우리가 처음은 아니며 이후에도 이처럼 노골적이고 뻔뻔한 방식으로 반복될 것이라는 점이다. 평판을 중시하는 지역의 논리 속에서 '선배 세대'를 공개적으로 비판하는 이 유례없는 일이 위험한 것임을 모르지 않지만 우리는 이 문제를 공론화하기로 결심하고 '한국작가회의'의 지회인 부산작가회의라는 공적 기구에 이 사안을 안건으로 다루어 달라고 요청했다. 공모에 가담한 『신생』의 구성원 모두가 〈부산작가회의 회원〉으로 소속되어 있었고 1999년에 창간된 『신생』이라는 잡지가 특정 개인의 사적 소유물이 아니라 공적인 매체의 지위 또한 가지고 있기 때문이다. 무엇보다 문학판에서 벌어진 이러한 비민주적인 권리 박탈을 그저 황망하고 비참한 일을 당했다는 수동적인 경험이나 사적인 일로 덮어버리는 것이 아니라 공적인 문제로 옮겨두지 않는다면 이런 일들이 아무런 거리낌 없이 지속해서, 반복적으로 발생할 것을 짐작할 수 있었기 때문이다. 그러나 『신생』의 발행인이기도 한 부산작가회의의 현재 회장이 이끄는 사무국은 석연치 않은 이유를 들어 '개입할 수 없음'을 통보해왔을 뿐이다. 우리는 이러한 구조적인 폭력이 문학판에 국한되는 일이 아니라 지역 문화예술 전반에 만연해 있는 일이라 판단하고 '로컬데모'(local culture democracy)라는 협의 기구를 조직하여 연속 간담회를 기획했다. 이곳에 사태의 경과를 기록해두는 것은 표면적으로 드러나는 양상은 다를지라도 이 또한 '주니어 시스템'이라는 구조를 근간으로 하는 사태이기 때문이다. 주니어 시스템 아래에서 구성원은 언제라도 권리를 강제로 박탈당할 수 있으며 인격성까지 부정당할 수 있는 위험에 노출되어 있다. 다름 아닌 내가 바로 오랜 시간 허울뿐인 '편집위원'이라는 이름의 '주니어'로, 언제라도 애써 일구어왔던 장소에서 추방당할 수 있는 위험에 노출되어 있었으며 오늘 그 장소에서 추방당한 자다. 이 경험은 '자신의 본질을 부정하는 것을 최종적인 목표로 삼는 모욕이라는 폭력'과 다르지 않았다. 이런 상황 속에서 무엇보다 중요하고 간절하게 요구되었던 것은 '모욕을 두껍게 기술하는 언어'(김현경, 『사람, 장소, 환대』, 문학과지성사, 2015)와 사적인 방식으로 작동하는 폭력을 공적인 것으로 전환할 수 있는 동력, 다름 아닌 동료였다. 말하자면

백 년의 건축, 백 년의 해체

　모든 것을 구조 탓으로 돌리는 것으로 충분한가, 방어적이고 수세적인 이러한 태도가 정당화될 수 있는가, 라는 문제제기 또한 정당한 것으로 생각한다. 그럼에도 '주니어 시스템'이라는 선정적일 수 있는 프레임을 도입한 것은 이 문제가 개별자들의 선택이나 판단, 혹은 개인적 윤리성에 대한 논의가 아닌 한국문학판의 공통 문제로 설정할 수 있어야 한다는 제안을 하기 위해서다. 만약 한국문학의 해체를 이야기해야 한다면 나는 우선 사적·공적 관계망을 독점함으로써 개별자들을 엿장수 마음대로, 입맛 따라 선별하며 거딜 내고 있는 문단의 다단계적 구조의 해체에서부터 시작해야 한다고 생각한다. 유연한 배제 장치인 '주니어 시스템'이 아닌 자생과 연대의 생태를 구축할 방안에 대한 논의가 적어도 종말과 죽음 선고 보다 우선시되어야 하지 않겠는가. '신경숙 사태' 속에서 내가 체감하는 중요한 문제는 젊은 비평가들을 침묵하게 만드는 보이지 않는 구조의 강압에 있다. 오늘의 한국문학판은 '다른 목소리'

'주니어 시스템' 속엔 바로 이 두 요소가 부재하다. 차마 본문에서 다루지 못하고 각주의 형식으로 빌려 권리 박탈의 경험을 어렵사리 기록하는 것은 억울함을 호소하기 위해서도 아니고 특정 집단을 고발하거나 폭로하기 위해서도 아니다. 나는 이 기록이 주니어 시스템 안에서 시스템 바깥으로 걸어 나오는 '따로 또 같이' 걷는 시작의 걸음이 되었으면 한다. 각자의 경험을 두껍게 기술하는 언어와 곁의 동료 없이는 자립과 연대는 불가능하기 때문이다.

가 도착할 수 있는 영토이어야 한다. 그러기 위해서는 서둘러 고지하는 죽음 선고로 시스템을 한 번에 갈아엎을 수 있다고 생각하는 것이 아니라 망치로 하나하나 함께 때려 부숴야 한다. 시간과 노력이 많이 요구된다고 해도 부수면서 똑똑히 들여다보고 감각할 수 있어야겠다. 백 년 동안 지어야 하는 구조물이 있듯이 백 년 동안 부숴가는 해체도 있어야 한다. 속속들이 만지고 확인해가며 해체할 때, 한땀 한땀 부수는 일 속에서 '다른 건축술'을 발견하고 또 배양할 수 있는 영토(장소)가 마련될 수 있지 않을까. 각자의 망치를 들고 단절과 고립을 종용하는 보이지 않는 구조를 하나하나 함께 해체해나갈 수 있을 때 '침묵을 강요하는 오늘의 구조'(주니어 시스템)와 '논의를 묵살하는 어제의 구조'(2000년대 문학 권력 논쟁)가 다른 목소리의 도착을 막는 바리케이드가 아닌 공통의 영토가 필요하다는 새로운 과제 앞으로 우리를 안내할 것이라 생각한다.

'쪽글'의 생태학

비평가의 시민권

1. 비평가의 몸 : 표도르냐, 오브레임이냐

에밀리아넨코 표도르Fedor Emelianenko(러시아, 1976~)가 파브리시오 베우둠Fabricio Werdum(브라질, 1977~)에게 트라이앵글 암바(삼각조르기)에 걸려 탭 아웃tap out(기권 선언)을 쳤을 때(2010. 6. 27), 나는 '한 시절'이 끝나버렸음을 직감했다. 패배를 모르던 남자, 영장류 최강이라 불리던 60억분의 1이었던 격투가, 표도르. 그는 종합격투기에서의 첫 패배(2000년 공식적으로 기록되었던 첫 패배는 경기 초반 출혈로 인한 닥터 스톱이었다) 이후 내리 2연패를 하고 은퇴하게 된다(2015년 복귀). MMAMixed Martial Arts(종합격투기)의 진화 속도를 따라잡지 못했다는 평가가 뒤따랐고 고전적인 훈련방식이 패배의 원인이라는 진단도 있었다. 표도르는 여느 선수들처럼 과학적인 장비와 체계적인 프로그램이 가동되는 전용 체육관이 아니라 산속에 훈련장을 만들어 제자리에서 돌기, 턱걸이, 해머로 타이어 내려치기, 통나무 들기 등 '자연친화적'인(?), 독특한 방식으로 경기를 준비하는 것으로 유명했다. 그의 몸은 근육질이라 부르기 어려울 만큼 여기저기 군살이 붙은 다소 펑퍼짐해 보이는 체형을 가지고 있었지만 놀라운 신체 균형으로 상대로부터 테이크 다운take down(상대를 쓰러뜨려 바닥에 눕히는 기술)을 쉽게 허용하지 않았고 좀처럼 KO를 당하지 않는 강력한 내구력으로 유명했다. 핸드 스피드(주먹 속도)가 빠르고 경기 내내 냉철함을 잃지 않았다. 상대를 향해 내려치는 '얼음 파운딩'(등을 대고 누운 상대를 침착하고 정확하게 내려치는 펀치)이 일품이었지만 그가 세계 최강의 자리에 오를 수 있었던 것은 뛰어난 신체 밸런스를 바탕으로 모든 동작을 물 흐르듯이 부드럽게 진행했던 경기 운영에 있었다고 해야겠다. 표도르의 몸은 경기를 치를 때와 경기를 치르지 않을 때의 차이가 크지 않았다.

2011년 12월 31일은 MMA의 새로운 신성이 탄생한 날이었다. 알리스타 오브레임이 UFC 헤비급 챔피언을 지낸 바 있는 브록 레스너Brock Lesnar(미국, 1977~)를 1라운드 TKO로 제압했던 것. 이 둘의 경기는 일류 최강 피지컬의 대결이라는 점에서 많은 주목을 받았는데, 2008년부터 몸의 형태가 상상을 초월할 정도의 근육질로 완전히 바뀌기 시작한 오브레임을 막을 수 있는 이는 없는 것처럼 보였다.[1] 그러나 2012년 4

---

1. 2013년 2월 3일 오브레임은 안토니오 실바(브라질, Antonio Silva, 1979~)에게 허무하게 패배하고 만다. 과거의 금지 약물 적발을 지나치게 의식해 약물을 쓰지 않았던 것이 패배의 원인이라는 것이 중론이었다. 오브레임이 패한 것은 실바가 아니라 차라리 스테로이드라고 해야 할 것이다. 오브레임

월, 미국 네바다주 체육위원회에서 실시한 약물검사에서 소문으로만 떠돌던 오브레임의 스테로이드 복용이 사실로 드러나 9개월간 출전정지 처분을 받게 된다. 미국 스포츠계에서 선수들의 스테로이드 복용은 하루 이틀의 문제가 아니다. 크리스 벨Chris Bell은 그가 직접 출연하고 연출한 다큐멘터리 영화 〈비거, 스트롱거, 패스터〉Bigger, Stronger, Faster(2008)에서 스포츠뿐만 아니라 영화 및 문화 전반에 걸쳐 있는 성과 중심의 미국을 스테로이드 중독의 사회라는 문제 틀로 풀어낸 바 있다.

최근 고카페인 에너지 음료 판매의 비약적인 증가 또한 성과를 중시하는 미국식 '스테로이드'의 구조와 닮았다. 공동체의 구성원임을 강조했던('꼭 ~되고[하고] 싶다.'던 광고의 카피 문구를 떠올려보라) 과거의 자양강장제가 내일을 위해 오늘을 마무리하는 '피로회복'을 목적으로 하고 있었다면 지금의 에너지 음료는 오늘을 위해 내일을 빌려 쓰는 '성과사회'의 한 단면을 확인할 수 있는 시대의 아이콘이라 해도 좋을 것이다. "시대마다 그 시대의 고유한 질병이 있다."고[2] 했던 한 철학자의 말처럼 "시대마다 그 시대의 고유한 음료가 있다."고 변주해볼 수 있다. 나의 질문은 이런 것이다. "시대마다 그 시대의 고유한 비평가가 있다."라면 그 모습은 어떠하며 또 어떠해야 할까?

은 스테로이드에 진 것이고 승자 또한 스테로이드였던 것.

2. 한병철, 『피로사회』, 김태환 옮김, 문학과지성사, 2012.

서두에서 길게 인용한 이종격투기는 단순히 마초들의 스포츠에 국한되는 것만은 아니다. 규칙이 최소화되어 '무규칙'에 가까워지고 있는 이종격투기는 이미 우리 삶의 깊숙한 곳까지 장악한 승자독식을 기본값으로 하는 무한경쟁 체제와 닮았다. 서점에 범람하는 각종 자기계발 서적들은 '옥타곤'(세계 최대의 이종격투기 단체인 〈UFC〉의 공식 경기장 명칭)에서 패배하지 않고 승리할 수 있는 기술을 습득하는 '생활격투 교본'이라 할만하다. 이를테면 이종격투기의 필살 기술 중의 하나인 '하이킥'이라는 말속엔 '한 방에 훅 갈 수 있다.'는 공포와 '한 방에 인생 역전'이라는 환상이 공존한다. '대박!'이라는 감탄사나 "대박 나세요!"라는 덕담의 일상화는 이종격투기적 구조와 멀리 있지 않다. 로또 따위를 통한 '한방의 인생 역전'이 아니고선 좀처럼 바꿀 수 없는 완고한 사회적 계급구조는 생존이 시대의 화두로 대두된 IMF 체제 이후 한국인들의 의식구조를 적나라하게 드러내는 징표이지 않은가. 이렇게 물어볼 수 있지 않을까. 오늘날의 비평가는 '표도르'에 가까운가, '오브레임'에 가까운가? 비평가의 자질은 어디에서 찾을 수 있는가, 더 구체적으로 비평가의 '몸'은 어떠해야 하는가?

이 질문은 비평가는 언제 비평가일 수 있는가, 라는 근본적인 질문을 함의하고 있다. 청탁 원고를 쓰지 않을 때 비평가는 무엇을 쓰(하)는가? 청탁 원고를 쓸 때 대개의 비평가는 자신이 공부하는 것과 공부했던 것을 최대한 동원하여 글을 직조해낸다. 기껏해야 원고지 70매 내외의 글 속에 수십 권의 저작 목록이 쉴 새 없이 등장한다. 위협 앞에서 생존을 위해 제 덩치를 부풀리는 야생 동물처럼 청탁 원고 속의 비평가는 어느새 자신도 모르는 사이 벌크 업bulk up 되어 있다. 부지런히 많은 책을 섭렵하는 것이 무슨 죄이겠냐마는 당대의 비평 속에서 쉽게 확인되는 '이론의 인플레이션' 속에서 내가 감지하는 것은 '지적 허영'이 아닌 '생존에 대한 공포'의 감각이다. 비평가들은 살아남기(다시 청탁을 받기) 위해 늘 최신 이론으로 중무장해야 하는데 그것은 선택이 아닌 필수에 가까운 것이다. 어떤 시스템이든 '필수적인 것'을 갖추지 못하는 자는 '낙오'할 가능성이 크기 마련이니 이러한 사정은 비평계라고 예외일 수 없다.

가령, 매 계절 문예지에 발표되는 소설들이 대부분 문창과 출신의 작가에 의해 쓰이고 있다는 것을 지적하는 것은 새삼스러운데, 당대의 작가들이 특정 학과 출신으로 포진되어 있다는 것은 굳이 '문창과'에서 무엇을 배우는가를 논의할 필요 없이 '창작'이 제도적 구조에 의해 생산되고 있음을 가리키기 때문이다. 창작의 제도화는 이른바 '문창과 스타일'의 창작 방법에 국한되는 것이 아닌 문학장의 '생태환경'을 분명하게 보여주는 셈이다. 비평이라고 문학계의 생태환경에서 비켜 갈 수 없다. 비평의 제도화 또한 국문과 출신의 석박사들이 비평장을 장악하고 있음만을 가리키지 않는다. 여기서 언급하는 비평의 제도화란 '문학 권력' 논쟁과 같은 성질의 것이라기보다 비평가들이 매 순간 감각해야만 하는 '생존에 대한 공포'와 같은 정서의 출처를 탐문하기 위한 논제이다. 숱한 이론들을 전면에 내세우며 위용을 자랑하는 비평가들의 글에서 나는 부풀대로 부풀어 오른 '근육'을 보게 된다. 파열 직전의 그 근육들에서 이론이라는 스테로이드를 끊을 수 없는 '생존에 대한 공포'를 읽는다. 신체 밸런스와 전혀 맞지 않는 거대한 근육이나 시종일관 전력 질주하는 강박증에서 젊은 비평가들이 살아가고 있는 생태환경을 감각해볼 수 있다. 오늘날의 '비평가의 몸'은 어떻게 단련되고 있는가? 우람한 신체를 뽐내지 않으면 '선택(청탁)'될 수 없고, 경기력이라는 것(문학성) 또한 평소의 버릇과 습관을 바탕으로 한 '몸-글'이 아닌 철저하게 프로그램화된 제도에 얼마나 적합하게 움직이고 있는가로부터 판단되기에 표도르와 같은 생활 친화적인 '느슨한 몸(글)'으로 있다간 '옥타곤(문학장)' 밖으로 추방당하는 것은 시간문제일 것이다.

2. '쪽글'의 생태학

2007년, 나는 등단이라는 것을 했다. 등단을 하고 2~3년간 참으로 많은 글을 썼다. 여기저기서 어떻게 알고 내게 청탁이 왔다. 매 계절 3~4개의 원고를 겁도 없이 써댔다. 아니, 나는 정말 사력을 다해서 원고를 썼었다. '생활 없이' '원고'만 썼다(`생활'과 '원고'의 교환/거래에 대해 집중해주기 바란다). 대개가 '유명하지' 않은 잡지들이었고, 처음 들어보는 잡지도 적지 않았다. 청탁할 때 몇 가지의 요구 사항, 혹은 당부 사항을 전하는 이도 있었다. 대개는 서평을 썼고, 주로 시 4~5편에 대한 작품론 혹은 작가론을 많이 썼다. 원고지 20매 정도의 원고를 쓰기 위해 일주일에서 많게는 2주일을 꼬박 투자하는 경우도 적지 않았다. 그렇게 생활 없이 '청탁' 원고를 쓰는 데 집중했다. 누가 시킨 것도 아닌데 잡지사나 편집자의 의중을 고려하고, 다루고 있는 작가가 문단에서 어떠한 위상을 점하는지도 파악하려 노력했다. 문단 활동이나 관계가 전혀 없는 내가 문단 '분위기'를 읽을 수 있을 리 만무하지만 피상적이나마 문학 내외적인 정보를 수집하는 데도 게을리하지 않았다. 그렇게 '문학적인' 글을 쓰기 위해 노력했다. '문학적'이라는 것이 '제도적'인 것과 다르지 않다는 것을 원고를 쓰고 있을 때는 알지 못했다.

　사력을 다해 썼던 '문학적인' 원고들을 떠올려보지만 기억이 잘 나지 않는다. '그 (많던) 글들은 누가 읽었을까?' 그렇게 썼던 글들은 특집과 같은 덩치가 큰 글이 아닌 '쪽글'들이었기에 그만큼 생명력이 짧을 수밖에 없었을 것이다. 젊은 평론가들이라 분류되는 이들은 이른바 '쪽글'을 쓰면서 이름을 알리기 시작한다. 나는 이름을 알리는 것에 실패했다. 무엇보다 역량이 부족해서겠지만 평론가의 지위를 곧장 문단 내의 능력주의로 환원하는 건 너무 순진한 접근이지 않겠는가. 내가 쓴 대부분의 '쪽글'들은 메이저 문예지가 아닌, 교보에서도 그리고 알라딘에서도 찾기 힘든 매체에 실려 있었기 때문에 무엇보다 노출의 빈도가 현저하게 낮을 수밖에 없었다. 아마도 평론가로서 나의 위치는 누가 써도 크게 중요하지 않은 지면을 성실히 채운 필자의 자리 어디쯤일 것이다.

문단에서 '이름'을 얻기 위해선 '쪽글'을 써야 한다. 문학잡지는 더 많은 독자의 흥미를 끌기 위해 다양한 기획들을 특집 섹션 주위에 포진시켜놓는데, 때로는 다양한 글쓰기의 실험이 이루어지는 장으로 미화되기도 하지만, 이러한 글들은 대개 '쪽글'이기 마련이다. 원고 청탁에 응해 쓰는 것들이 대부분 그러하겠지만 '쪽글'은 '누구라도 쓸 수 있는 글', 혹은 '누가 써도 크게 중요하지 않은 글'이라는 점에서 '필자'를 염두에 두고 구성되는 섹션과는 성격을 달리한다. 마치 오디션 프로그램의 참가자들이 기존의 가요와 팝을 다시 부름으로써만 자신의 능력을 증명할 수 있는 것처럼 젊은 평론가들(로 '분류'된 이들)은 단 한 번의 주어진 기회에 자신의 모든 능력을 증명해야 한다. '젊은 평론가'라는 모호한 이름으로 분류된 이들은, 지금도 오디션 프로그램의 참가자들처럼 '문학적인' '쪽글'을 쓰기 위해 노력하는 것이다. 혹시라도 누군가가 그 글을 읽고 자신의 진가를 발견해주기를, 더 큰 매체에서 자신을 알아보고 원고 청탁을 해주기를 기대하며 사력을 다해, 쓴다. 실은 나는 그 사정을 자세히 알지 못한다. 등단은 했지만 '문단'에 대해서 아는게 거의 없기 때문이다. 이른바 '중앙' 매체에서 '쪽글'을 쓰는 이들은 자신이 쓰는 글을 나처럼 '회고하지' 않을 공산이 크다. 그러나 설사 그들이 쓰는 '쪽글'에 큰 자부심을 가지고 있다고 해도 그 자부심의 출처가 '자신의 글'이 아니라 자신의 글이 실리는 '매체의 인지도'에 있다고 해도 좋기에 이 글의 논의는 달라지지 않는다. 문제는 개인이 느끼는 '자부심'의 정도에 있는 것이 아니라 '자부심'이 생산되는 '시스템'에 있기 때문이다.[3]

마치 방송의 '쪽대본'을 쓰듯 짧은 기한 내에 써내야 하는 '쪽글'의 수명은 다음 '쪽글'이 업데이트되는 날짜까지다. 그러면 또다시 '쪽글' 청탁이 들어와 있다. 그렇게 암묵적인 주문생산 구조 아래에서 열심히 '쪽글'을 쓰다 보면 '계'를 타는 것처럼 한 계절에 70매짜리 원고 한두 개 정도는 쓸 수 있게 된다. 젊은 평론가들에게 '쪽글'은 '적금'이나 '계'와 같다. 외롭고 가난하기에 열심히 '쓴다'. 한국에서 문학평론을 한다는 것은 지극히 외로운 일이어서 누군가가(정확하게는 어떤 문예지의 편집위원이) 자신을 알아봐 주기를 간절히 바라며 10매~20매짜리 글을, 바꿔 말해 기껏해야 5~10만 원의 고료를 받기 위해 1주일에서 길게는 한 달을 기꺼이 투자(낭비) 한다. 문학평론을 쓰는 행위가 '외롭다는 것'은 대단히 중요한 '정서'인데, '쓰는 행위'와 '외로움'이라는 정서가 교호하고 있다는 사실이 가리키고 있는 것은 무엇일까? 누가 읽을지 짐작할 수 없는 글, 기껏해

---

3. 나는 많은 '쪽글'을 썼고 그 글들이 어떻게 내 '생활'을 집어 삼켜버리는지, 그 '쪽글'들이 어떻게 내 글쓰기 행위를 자괴감에 빠지게 만드는지 지켜보았다. 그렇다고 이 글이 "다시는 '쪽글' 따위는 쓰지 않겠다."는 선동적인 선언문 같은 것은 아니다. 아울러 '쪽글'을 쓰는 이들을 힐난하거나 폄훼하고자 하는 것은 더더욱 아니다.

야 투고된 잡지의 편집위원 정도에만 가닿을 거 같은 글을 쓰고 있다는 감각은 투고하는 글의 영향력을 실시간으로 감지할 수 있는 메인스트림의 감각과는 너무나 상이한 고립의 정서를 조건으로 하고 있음을 의미한다.[4]

오늘날의 한국 문학장은 하나의 '성'城이다. 아무도 찾아오지 않지만 성문을 지키는 문지기의 수는 점점 늘어가고 있는 기이한 '성'. 성안으로 들어가기 위해서는 '쪽글'이라는 통행증을 제시해야 하고 문지기들은 그 통행증에 부착된 '문학'에 대

---

4. 육체노동을 통해 자신이 소설가임을 증명해야 하는 상황을 우화적으로 그리고 있는 이기호의 「수인(囚人)」(『갈팡질팡하다가 내 이럴 줄 알았지』, 문학동네, 2006)에서도 문학행위가 생활과의 괴리 및 고립의 결과를 낳고 있음을 확인할 수 있다. 생활(고) 때문에 소설을 쓰지 못했던 한 소설가의 토로("그가 소설을 쓰지 못한 데에는…별다른 이유가 있었던 것은 아니었다. 생활 때문이었다." 196쪽)는 시사하는 바가 적지 않다. 생활이 소설쓰기를 가로막고 있다는 사실, 그것은 표면적으로 '빈곤'을 가리키고 있지만, 실은 소설이 생활에서 나온다는 오래된 명제가 이미 붕괴했다는 사실을 새삼스레 알아차릴 수 있게 해준다. 생활 때문에 소설을 쓰지 못한 소설가는 생활로부터 벗어나 산속에 은거하고 그렇게 생활 및 세속과 절연할 때만 '소설'을 쓸 수 있게 되는 것이다. 요컨대 심판관의 "우리가 정말 궁금해 하는 건 선생께선 도대체 어디서 뭘 하다가 이제야 나타났냐는 겁니다."(196쪽)와 같은 질문은 오늘날의 문학장을 향해 있는 것일 수밖에 없다. 소설을 쓰느라 세계의 종말을, 나라가 망해버린 것을 모르고 있던 소설가가 곡괭이 하나를 들고 자신이 소설가라는 것을 증명하기 위해, 마치 미루어둔 일기나 숙제를 몰아서 처리해버리는 것처럼, 몇 주간 수십 미터의 땅을 파, 자신의 소설을 찾아내려 한다. '소설가의 자기 증명'을 위해 쓰인 이 소설은 노동하듯이 소설을 쓰겠다는 작가의 의도를 보기 좋게 배반해버리고 만다. '소설을 쓰느라 세상이 어떻게 돌아가는지 모르고 있다는 사실'이 주는 아이러니한 설정이야말로 오늘날의 소설이 '생활'과 유리되어 있음을 가리키는 것이기 때문이다. 이에 대한 자세한 설명은 2부의 「생존의 비용, 글쓰기의 비용 ― 우리 시대의 '작가'에 관하여」를 참조.

한 혈통과 충성도를 확인한다.[5] 충성도라는 것은 얼마나 문학적인 글을 써왔는가를 의미하는데, 이를테면 한 작가의 작품을 통해 얼마나 많은 '국경을 넘을 수 있는가'와 그 속에 감춰져 있(지도 않)는 '정치라는 숨은 그림'을 얼마나 많이 찾아낼 수 있으며, 얼마나 많은 '감각을 분배'했는지를 발굴하는 것이 요즘 문학성을 측정하는 판별법이다. 한 편의 '쪽글'에 그 많은 것들을 담아야 하니 그 짧은 글을 쓰는 데 2주일도 부족할 터. 고립된 성 안으로 들어가기 위해 젊은 평론가들은 '쪽글' 뭉치를 적금처럼 매달 빠트리지 않고 입금해야 한다. 그렇게 의심 없이 '성실한 노동'을 수행할 때 '문학성'文學城 안으로 들어갈 수 있는 자격이 주어지는 것이다. 실은 문학성으로 들어가는 통행증은 '적금'이라기보다 '로또'에 가까운 것인지도 모르겠다. 그곳에 들어갈 수 있는 이는 극소수에 지나지 않기 때문이다.[6] 계주는 이미 오래전에 곗돈을 가지고 도망쳤지만 모두가 계를 탈 마음에 가슴이 부푼 형국처럼 보인다. 그래서 자꾸

---

5. 대체로 등단 매체와 출신 학교 및 학과로 결정된다. 요즘은 등단 매체보다 출신 학교와 학과에 대한 선호도가 더 커지는 듯하다. 등단 제도를 무조건 긍정하는 것은 아니지만 일정한 절차를 거치지 않고 '알음알이'로 '등단'하는 '인맥'들 또한 늘고 있다는 점 또한 지적해둘 필요가 있겠다. 나는 여기서 어떤 기미를 포착하게 되는데, 이른바 아카데미 안에서 생산되는 논문과 현장에서 생산되는 비평의 '거리'는 언뜻 보면 기이하리만치 먼 것처럼 느껴지지만 실은 '대학'과 '문단'이 철저하게 '내외'하며 긴밀하게 '공모'해오고 있다는 사실!

6. 성안으로의 입성이 허락된 자들은 훗날 문학성의 또 다른 문지기가 되고, 선택받지 못한 대부분은 안정적인 자리를 잡을 때까지는 어떻게든 열심히 비평을 쓰곤 한다.

만 '간질거리는' 어조로 '간증'한다. 나 또한 얼마나 많은 '간증'을 해왔던가. '쪽글' 청탁은 무슨 수를 써서라도 '문학적인 의미'를 발견해야 하는, 일종의 미션과 같은 구조하에 하달되기에, '쪽글'은 주례사나 '간증'의 형식을 취하지 않을 수 없다. '문학성'에 입장하기 위한 입장권, 아니 '비평가라는 시민권'을 획득하기 위해서는 주기적으로 기고하는 '쪽글' 속에 당대 문학에 대한 진심 어린 문학적 고백을 기입해두어야 하는 것이다.

사정이 이러하기에 한국 문학장에서 별다른 의심 없이 통용되는 '문학성'을 구축하는 이는 사력을 다해 '쪽글'을 쓰는 젊은 평론가들이라고 해도 좋다. 여전히 한국문학(정확하게 말해 문예지를 근간으로 하는 작품)을 읽는 독자가 있다면 그들은 온갖 이론들로 점철되어 있거나 알아듣기 힘든 장광설로 이루어져 있는 '특집 기획'을 보기보다 주로 '쪽글'을 읽을 것이다. 작가 인터뷰와 대담, 계간평과 서평 등, 최근에는 문학 웹진을 통해 이러한 '쪽글'의 종류가 더욱 다양해지고 있다. 이 다양함을 한국문학의 '보람'이나 '갱신'으로 읽고 있는 이도 적지 않을 테지만 나는 그렇게 생각할 수가 없다. '쪽글'로 인해 지탱되는 한 줌의 문학성, 젊은 평론가들을 착취해서 구축되는 문학성. 이 철옹성은 한국문학이 닫힌 성안에 고립되어 있다는 것을 증명해주는 징표이기도 하다. 성안의 '군주'는 이미 오래전에 죽었다. 모두가 그 사실을 알지만, 성안 사람들만이 쉬쉬하며 군주의 죽음을 감추려고 하는 듯하다. 그러니 성안에 들어오기 위해 '쪽글'을 들고 서 있는 젊은 평론가들은 '문상객'인 셈임에도, 주인이 없는 성에 손님들이 너무 많이 찾아와 '초상날'이 흡사 '잔칫날'처럼 보이지 않는가.[7]

3. 문학성을 지키는 무사들

이러한 풍경은 구로사와 아키라黑澤明의 〈카게무샤〉影武者 (1980)를 떠올리게 한다. 16세기 무로마치室町 시대의 종말을 다루고 있는 이 영화에 등장하는 '카게무샤'를 오늘날 한국문학장의 젊은 평론가들과 겹쳐보자. '카게무샤'가 적군을 교란하기 위해 영주와 닮은 가짜 무사를 가리킨다고 해서, 이 영화에서 말하고자 하는 것이 '진짜'와 '가짜'의 문제인 것은 아니다. '카게무샤'로 제 소임을 다한 좀도둑이 자신이 수행했던 역할에서 빠져나오지 못해 전투를 쫓아다니며 '주군'처럼 움직이는 '희극'과, 중앙집권을 위한 권력 쟁투의 결과로 빚어지는 '신겐'의 몰락이라는 '비극'은 서로 다른 이야기가 아니다. 흥미로운 것은 의사pseudo역할에 집중한 나머지 본래의 제 모습을 잃어버리게 되는 '카게무샤'의 정체성에 있다. 아니 정체성을 잃어야만 '자리'가 부여되는 존재 구성에 집중해야 한다. 군주의 목

---

7. 매 계절 어김없이 출간되는 두툼한 문예지를 집어 들 때의 이물감만큼은 여전히 생생하다. 내가 느끼는 위화감의 정체는 '그곳에 내 글이 없다.'는 상대적인 박탈감이 아니라, 그 많은 이들이 생활을 잘라내어 애를 써서 쓴 '쪽글'들로 얼기설기 엮여 있는 문예지들이, 고투의 흔적은커녕, 하나같이 '포동포동한 흰 살결'을 마음껏 뽐내고 있다는 '불편한 사실'에 있다.

숨을 대신해야 하는 '카게무샤'의 삶과 겹쳐 보이는 것은 비단 한국 문단의 젊은 평론가들만은 아닐 것이다. 완전히 망가질 때까지 강제하는 자유 또는 자유로운 강제에 몸을 맡기며 자기 자신을 자발적으로 착취하는 "피로사회"의 "성과주체"(한병철) 또한 이와 다르지 않기 때문이다.

> 때때로 자기 자신으로서 자유롭게 살고 싶은 법이지. 그러나 이제 그것이 이기적인 일처럼 여겨지네. 카게무샤는 결코 자기 자신으로 설 수도 없고 걸을 수도 없지. 나는 내 형의 그림자였어. 이제 형을 잃고 나니 무엇을 해야 할지 잘 모르겠군.[8]

힘들게 시민권을 배당받아 성안으로 들어 간 사람이 성 밖으로 나오기란 여간 어려운 일이 아닐 수 없다. 성안은 실체 없는 '대의'로 넘쳐나고 혼자의 몸으로 그러한 '대의'를 거스르기란 어려운 일일 것이다. 그러나 '성안의 대의'는 스스로 '서는 것'을, 스스로 '걷는 것'을, 스스로 '쓰는 것'을 불가능하게 만든다. 그런 점에서 '쪽글'의 문제는 문학성城을 증축하는 일개의 벽돌 역할을 하는 것에 국한되지 않는다. 앞에서 나는 '생활 없이' '원고'만 썼다고 했다. 쪽글(제도)은 생활(삶의 문법)을 잠식한다. 제도는 '나'를 지워버린다. 바꿔 말하면 '문학성'은 개별적 '글쓰기'를 잠식한다. 오랫동안 형의 카게무샤 노릇을 해온 장

---

8. 구로사와 아키라, 〈카게무샤〉 중.

수는 "그림자는 실체가 있어야 의미가 있는 법. 실체가 없다는 사실이 세상에 알려졌을 때 그 그림자는 어떻게 될 것인가?"라고 되묻는다. 우리 또한 이 질문을 할 수 있어야 한다. 군주가 죽었다면 우리는 기꺼이 그 죽음과 대면해야 한다. 중요한 것은 '군주가 살아 있느냐, 죽었느냐.'가 아니다. 군주가 사라진 자리에 그림자 무사가 아닌 다른 무엇으로 서(쓰)는 것이다. 죽은 군주의 어법을 흉내 내는 '쪽글'이 아니라 자신이 내쉬는 '호흡법'으로 쓰는 글이 중요하다.

문제는 비평가의 몸이 어떤 호흡(생활양식)을 통해 조형되고 있는가다. 〈K팝스타〉(SBS)에서 박진영이 강조했던 '공기 반, 소리 반'이라는 명제엔 쓸만한 것이 있다. "말하듯이 노래하라."는 그의 명제는 "자신의 호흡(생활양식)으로 글을 써라."는 명제와 다르지 않기 때문이다. 부풀어 오를 때로 올라 비대해진 문학비평에 부족한 것이 있다면 그것은 '공기'다. 무엇보다 중요한 것은 비평가의 고유한 '호흡'이 조형되는 출처, 생활양식이 쌓이는 장소에 있다고 하겠다. 몸을 조형하는 생활과 습관 및 버릇이야말로 비평의 요체다. 왜 비평가들은 '말하듯이' 자신의 삶과 생활을 반영하는 글을 쓰지 못하는가? '쪽글'에서부터 시작해볼 수 있을까. 지금까지 '쪽글'은 문학의 성안으로 들어가기 위한 '통행료'였지만 이제부터 '쪽글'은 자신의 호흡법으로 글을 쓰는 '모든 이들의 것'이 되어야 한다면 말이다. '쪽글'은 특집이나 '긴 글'을 청탁받기 위해 쓰는 과정적인 것이 아닌, 중심이 아니기에 좀 더 자유로울 수 있고 또

파격적인 방식으로 급진화할 가능성의 영역을 확보해가야 한다. 그렇게 '쪽글'을 급진화할 때, '쪽글'이 생활을 지우고 잠식하는 것이 아니라 지금과는 '다른 몸'을 조형해나갈 수 있는 중요한 '장소'이자 '동력'이 될 수 있지 않을까. 그러기 위해서라도 군주의 그림자가 되어 영원히 죽지 않는 삶을 사는 문사文士들은 기꺼이 자신의 호흡법으로 글을 쓰는 무사武士가 될 수 있어야 한다.

4. 사무라이 정신과 하수구의 어둠

신자유주의 체제에서 구축되는 문학의 자리 또한 자본에 포섭되어 있을 수밖에 없다. 문학이 비문학적 이해관계에 의해 규정되는 것은 이 때문인데, "문학산업을 구성하는 출판사-편집자 및 작가-독자가 각각 자본-노동자-소비자로 위치 지워져 가면서 (문학운동의 시대에 지도자의 기능을 떠맡았던) 비평가는 점차 마케터로서의 위치를 차지하게 된다"[9]는 논의나, 비평가들의 글쓰기가 "영혼의 뒷거래"[10]와 닿아 있다는 언급은, 오늘날 비평의 자리를 설명하는 데 여전히 유효하다. 비평이 홍보용 카피로 전락하거나 뒷거래를 위한 협잡의 창구가 된다는 진단은 문학이 제힘으로 공동체의 질서를 지키

---

9. 조정환, 『카이로스의 문학』, 갈무리, 2006, 42쪽.
10. 권명아, 『문학의 광기』, 세계사, 2002, 29쪽.

던 전문가적 위치를 더는 고수할 수 없음을 의미한다. 이는 지금의 공동체가 이제는 그러한 전문가 집단을 필요로 하지 않게 되었다는 상황 또한 가리키는 것이기도 하다. 이러한 상황에서 비평가는 시대로부터, 사회로부터 버려진 전문가 집단처럼 보인다. 막부 시대가 막을 내리면서 자신의 위치를 찾지 못해 방황했던 '사무라이' 집단의 모습은 오늘날의 '비평가'들과 닮았다. '사무라이'를 다룬 영화들이 대개 일본 전후의 문맥 아래에서 제작된 것일 테지만 여기서는 야마다 요지山田洋次의 사무라이 연작을 대상으로 논의를 조금 더 이어가 보고 싶다.

야마다 요지의 사무라이 3부작 〈황혼의 사나이〉たそがれ清兵衛(2002), 〈숨겨진 검, 오니노츠메〉隠し劍, 鬼の爪(2004), 〈무사의 체통〉武士の一分(2006)의 주인공들은 모두가 제 갈 길을 잃어버린 사무라이들이다.[11] 영화 〈황혼의 사나이〉는 동료들과 어울리지 않고, 술을 한잔도 입에 대지 않고 저녁만 되면 집으로 돌아가는 가난한 사무라이를 주인공으로 하는데, '황혼의 사나이'란 사무라이 출신의 하급 관리를 희화화하는 명명이다. 이때 '황혼'이란 말은 중의적인데, 단지 궁핍하고 고지식한 한 사무라이를 지칭하는 것만이 아니라 '사무라이 시대'를 가리키

---

11. 구로사와 아키라의 조감독인 고이즈미 다카시(小泉堯史)의 더할 나위 없이 정갈하며 군더더기가 없는 인상적인 사무라이 영화, 〈비 그치다〉(雨あがる, 1999) 또한 비로 인해 불어난 강을 건너지 못한 사무라이 부부가 며칠간 쇠락한 여관에 머물면서 일어나는 사건을 다루고 있다. 그들에게는 갈 곳이 정해져 있지 않으며, 그들은 당장 내일 먹을 끼니조차 구하지 못한 상태다.

는 것이기도 하다. 그는 병으로 죽은 아내의 장례를 치르기 위해 사무라이에게는 생명과도 같은, 부친이 물려준 보검을 팔아버리고 칼집 속에 목검을 넣어 다닌다. '황혼'과 '목검'은 막부라는 한 시대와 사무라이라는 전문가 집단의 종언을 가리키는 은유로 읽힌다. 그러나 야마다 요지의 사무라이 연작에 등장하는 이들은 세속의 흐름을 좇아 '신념'과 '신의'를 버리는 당대의 관료나 변절하는 사무라이들과 달리, 마냥 방황하지 않고 그 길 잃음 속에서도 어떤 '정향'을 지켜 내는 모습을 보여준다. 그들이 한사코 포기하지 않으려는 '정신'은 일견 시대의 길 잃음 속에서만 건져낼 수 있는 마지막 생산성처럼 보이기도 한다. 야마다 요지의 사무라이 3부작에서 주의를 기울여 살펴야 할 지점은 사무라이(시대)의 종언이 아니라 흔들림과 길 잃음 속에서만 발견할 수 있는 어떤 정향에 있는 것처럼 보인다.

사무라이 3부작의 특징을, 몰락해버린 사무라이들의 상황과 그들이 공동체 내부에서 제 역할을 잃어버렸다는 데서 찾을 수 있겠지만, 무엇보다 흥미로운 것은, 이러한 영화들의 공통적인 특징이 '사랑' 혹은 '가족애'를 서사의 중심점으로 두고 있다는 데 있다. 역할을 잃어버린 이들이 애써 붙잡고 있으려고 하는 것은 '사무라이의 혼'이라 할 수 있는데, 이는 단순히 '무사도'라는 이름으로 규정할 수 없는 성질을 가지고 있다. 몰락한 사무라이를 다룬 일련의 영화들은, 물리적인 조건의 변화 속에서도 변치 않는 '사무라이 정신'에 집중하는 듯하다. 하지만 그것들이 결국은 휴머니즘으로 수렴된다는 사실에 집중해보자. 서둘러 말한다면 '변치 않는 사무라이 정신'이란 실은 전도顚倒된 것에 불과하다. 야마다 요지가 일관되게 그리는 '변치 않는 사무라이 정신'이란 실은 '휴머니즘적' 태도를 사무라이라는 역사적 인물에 투영한 것에 불과하다.

야마다 요지의 사무라이 3부작에는 공통으로 사무라이와 한 여성의 사랑이 자리하는데, 러브 스토리의 도입은 대중성을 확보하기 위한 가장 보편적인 장치일 터이니 그리 특이한 것이라고 할 수 없을지도 모른다. 그러나 이 영화들에서 '사랑'이 가족애로 수렴되면서 휴머니즘으로 귀착된다는 사실을 주목할 필요가 있다. 그것은 사무라이 정신이나 전통이 그저 불필요한 격식이나 호기가 아니라 '몰락'을 또 다른 기회로 삼는 전후 일본 사회의 매커니즘과 맥을 함께 하는 것처럼 보이기 때문이다. 사무라이 전통은 또 다른 정신으로 승계되고 이행되는 셈인데, 그 정신이란 패전 이후 냉전체제 속에서 일본이 취해온 외부에서 내부를 바라보는 관조적인 태도의 반복을 가리킨다. 〈비 그치다〉(1999)의 마지막 장면에서 비가 그친 뒤 강을 건넌 이 사무라이 부부가 만나는 것은 광활한 '자연'이다. 영주(군주)를 버리고 떠나는 길 위에서 장엄한 '풍광'과 대면함으로써 이 부부가 다시 삶의 의욕을 회복하는 것은 의미심장하다. 길을 잃은 사무라이가 끝내 지키고자 했던 '정신'이 실은 '휴머니즘'이나 '자연의 발견'이라는 보편적인 문제로 회귀해버리는 장면들은 '정치의 종언'이나 '비판 정신의 종말'을 떠올리게 한다. 그것은 오늘날의 한국 문학 비평가들이 '정치적인 올바름'이라는 이름표로 지위의 정당성을 부여받음으로써 무사히 안착하는 '문학주의'로의 회귀와 닮았다. 비장한 사무라이 정신이 느슨한 휴머니즘으로 변주되는 것처럼, 급진적인 갖은 이론들로 무장한 비평가들이 귀착하는 처소는 '문학적인 너무나 문학적인' 텍스트의 온기로 가득한 따뜻한 '내부'이지 않은가.

비평가는 고귀한 정신을 향해 비상할 것이 아니라 세상의 모든 것이 모이는 하수구로 흘러 들어가야 한다. 아그네츠카 홀란드Agnieszka Holland의 〈어둠 속에서〉In Darkness(2011)로 옮아 가보자. 나치즘이 기승을 부리던 2차 세계대전이 막바지로 접어든 폴란드의 한 하수구로 유대인들이 숨어든다. 지상의 질서는 그들에게 삶을 허용하지 않기에, 그들은 하수구에서 14개월 동안 '살아간다.' 나치즘이 지상의 질서를 장악하고 있기에 그들의 생존은 전적으로 '어둠'에 기대고 있다. 어두운 그 길을 누구보다 훤히 꿰고 있는 하수구 관리인인 폴란드인 레오폴드 소하Leopold Soha는 혼란한 시대를 틈타 이득을 챙기려는 '비열한 폴란드'인에 불과하다. 거래를 목적으로 시작했지만, 복잡한 하수구의 길들을 잘 아는 소하의 길눈이 유대인들의 지하의 삶(어둠)을 지속할 수 있게 해주고 결국 그는 지상의 빛('돈')보다 지하의 어둠('숨은 유대인')쪽으로 기운다.

하수구를 종횡무진으로 움직이며 유대인들의 삶을 연장하는 소하를 보며 이 시대의 비평가를 떠올려본다. 비평가란 어두운 세상에 빛을 비춰주는 존재가 아니라, 오히려 빛의 세계로부터 내몰린 이들을 어둠 속에서도 살 수 있게 해주는 '어둠의 길'을 내는 자라고 생각하기 때문이다. 지상의 길(빛)이 아닌 하수구의 길(어둠)은 '걷지 않으면' 알 수 없다. 이 말은 '경험의 절대성'을 강조하기 위함이 아니다. 소하는 매일 하수구를 검침하는 자신의 생활 속에서 '새로운 길'을 내고 있다. 늘 걸었던 바로 그 길에서 말이다. "자신의 생활 속에서, 버릇과 습관 위에서, '없던 길'을 내는 자", 바로 이 문장으로써 비평가는 재정의되어야 한다. '쓴다는 것'은 '우리의 길'을 넓히거나 쾌적하게 만드는 것이 아니며, 단지 아무도 가보지 않은 길을 내는 것만도 아니다. 물론 '쓰기의 수행성'이 자신을 객관화하는 작업을 조건으로 하기에, 자신조차 모르는 문장을 만들어내곤 하지만 자신이 늘 걷는 그 길들 위에서 새로운 길을 뚫어내는 것이야말로 '쓰기라는 수행성의 힘'이라고 생각한다. 체제의 길을 어긋 내면서 새로운 길을 조형해가는 이를 비평가이자 작가라 부를 수 있을 것이다.

자크 랑시에르는 하수구를 "문명의 모든 잔해들이 모이는 곳이자 부자들의 부스러기나 빈자들의 부스러기나 할 것 없이 평등하게 만들어버리는 곳"[12]이라 한 바 있다. 비평가는 성으로 들어가는 시민권을 얻기 위해 제 덩치를 부풀리는 것이 아니라, 하수구 검침원인 소하가 그러했던 것처럼 자신의 일상과

---

12. 자크 랑시에르, 양창렬 대담, 「문학성에서 문학의 정치까지」, 『문학과사회』, 85호, 2009년 봄호, 457쪽.

생활 속에서 단련한 몸으로 '어둠의 길'을 안내하거나 혹은 길을 내어주는 자리에 서야 할 것이다. 비평가의 시민권이란, 문학성에 입장하기 위한 것이거나 그곳에 머물기 위해 필요한 것이 아니라 신자유주의의 격랑 속에서 흘러 들어갈 수밖에 없는 '하수구', 그 어둠의 조건을 자신의 생활과 몸으로 익히고 제 호흡으로 한발 한발 나아갈 수 있을 때만 획득될 수 있다.

생존의 비용, 글쓰기의 비용

우리 시대의 '작가'에 관하여

1. '나는 작가다'

시급한 당면문제라도 되는 것처럼 다급한 어조로 '오늘날의 작가란 누구이며, 그 변화된 위상은 어떠한가'라는 질문을 하는 건 조금 어색하다. 너무 오랫동안 반복해서 물어왔던 질문이기에 지루하고 시시하게 느껴진다. 도서관 서가에 꽂혀 있는 먼지 쌓인 책의 목록 중 상당수가 800으로 분류된 문학 관련 서적이며 그중 대출기록이 전혀 없는 도서의 숫자는 우리의 예상을 웃돌 것이 분명하다. 문학보다 중요한 일이 세상의 단어만큼이나 무한대로 널려 있는 이 시대에 '작가란 무엇인가'에 대해 질문을 하기 위해서는, 바로 그 질문의 발화 자리에 대해 먼저 사유해야 한다. '오늘날 작가의 변화된 위상이란 무엇인가'라고 묻는 이는 누구이며, 왜 그것에 대해 질문하는가? 그 누구보다 많은 글을 쓰지만 정작 '작가'로는 불리지 못하는 이들, 문학과 관련된 글'만' 쓰지만 정작 문학 서적엔 큰 관심이 있지도 않고 문학과는 무관한 삶을 사는 이들, (피로한) 비평가라는 이름. 되물어보자. 비평가들은 작가가 될 수 있는가? 그렇다면 오늘날의 작가란 누구인가?

이 물음은 매번 자신을 스스로 증명해야 하는 '자기소개서적 구조'의 다른 판본처럼 보인다. 끊임없이 자신을 증명해야만 하는 시대, 그것은 쉼 없는 업데이트(자기계발)를 의미하며, 자본제적 질서를 가파르게 몸과 정신에 새겨 넣은 작업을 가리키는 것일 터이다. 자기소개서적 구조가 자신을 증명하지 않으면 언제라도 낙오자가 될 수 있다는, '추방의 일상화'로부터 비롯되는 사회적 증상이라고 할 때, '자기소개서'란 공포를 몰아내기 위한 처방전(각성제)과 다르지 않다. 그러니 '문학'의 자리 또한 '자기계발'과의 친연성을 바탕으로 할 때 용이하게 마련된다고 하겠다. '나는 가수다.'식의 자기 증명이 의미를 획득하는 자리란 언제라도 탈락할 수 있다는 '추방'을 존재의 기본값으로 할 때만 잠시 주어지는 이름표라는 것을 떠올리자.

'나는 작가다' 혹은 '나는 (어떤) 작가인가'라는 선언과 물음이 오늘날의 한국문학장에서는 한사코 담론화되지 않고 있는 것은 그들이 자본제적 질서와 불화하고 있기 때문만은 아닐 것이다. 실로 '작가'라는 지위는 매번 재규정되어 왔지만 '추방과 생존'이라는 문맥 위에서 논의되었던 적은 없다. 그 위상의 고저만 있었을 뿐 '작가'라는 위치, 그 자체에 대한 회의는 한사코 하지 않았다는 것이다. '글'이 담고 있는 내용보다 그것이 어떤 매체에 기고되었는가 의해 그것의 지위가 결정되는 오늘날의 한국문학장 속에서 글을 쓴다는 것, 혹은 '나는 작가인가?'라는 (반) 시대적인 물음에 실존적으로 답하기 위해 '비평가'라는 위치를 동시에 고민해보고자 한다. 누구나 작가가 될 수 있는 시대에 비평가는 작가일 수 있는가는 물음은 시대 착오적인 것처럼 보인다. 비평 또한 문학의 범주에 속하는 것은 분명해 보이지만 어쩐지 알맹이가 빠진 '도넛' 같다. 우리 시대의 소설가들이 짓고 있는 표정을 경유해 (비평을) 쓴다는 것의 자리에 가닿고자 한다.

2. 경험과 생(활)존

지난 시절부터 들어온 익숙한 우화로부터 논의를 시작해보자. 임종을 앞둔 한 노인이 아들들에게 포도밭에 보물이 숨겨져 있다는 유언을 한다. 아들들은 열심히 포도밭을 파지만 당연하게도 보물은 나오지 않는다. 그러나 그해 가을 그 포도밭은 그 나라의 어느 곳보다 많은 포도를 수확하게 된다. 아버지가 물려준 보물은 바로 '경험'이었던 것이다. 보물은 금이 아니라 성실함 속에 있다는 지혜의 유산. 벤야민Walter Bendix Schönflies Benjamin은 「경험과 빈곤」Erfahrung und Armut 1에서 어른들이 젊은 사람들에게 나누어주던 경험의 유통 가치가 떨어졌음을, 그리하여 전혀 새로운 빈곤이 덮쳤음을 이 우화를 서두로 하여 지적한 바 있다. 기술의 비약적인 발달이 사람들

---

1. 발터 벤야민, 『역사의 개념에 대하여 / 폭력비판을 위하여 / 초현실주의 외』, 최성만 옮김, 길, 2008.

사이의 경험과 그 경험을 세대에서 세대로 전해주던 전통적인 서사 형식들을 붕괴시켰고 전쟁과 인플레이션, 세계 경제 위기 등 일련의 세계사적 파국으로 인해 사람들이 내·외적으로 영락해간다는 것이다. 아감벤은 벤야민의 논의를 이어받으며 경험의 파괴에 관해서라면 세계의 파국까지 갈 것도 없이 대도시에서의 평화로운 일상생활만으로도 충분하다고 지적한다. 현대인의 일상이, 권위를 잃어버린 바로 그 일상이 경험으로 번역될 만한 것을 거의 가지고 있지 못하다는 사실을 지적하면서 말이다. 우리가 일상생활을 견딜 수 없는 것은 열악한 삶의 질이나 무의미 따위가 아니라 바로 이 경험의 번역 불가능성에 있다는 것이다.[2]

경험의 파괴와 그로 인해 발생하는 새로운 빈곤을 논하는 데 활용되고 있는 저 '포도밭 우화'는 오늘날의 한국소설의 어떤 표정을 논할 때도 흥미로운 대비를 보여주는데, 소설가라는 것이 육체노동자와 다르지 않음을 우화 형식으로 그려내고 있는 이기호의 「수인」囚人 [3]의 경우가 특히 그러하다. 원자력 발전소의 연쇄적인 폭발로 남한의 70% 이상이 방사능에 노출되어 구성원들의 대부분이 외국으로의 망명 신청을 종료하고 있을 즈음, 소설 집필을 위해 사회와 격리되어 깊은 산속에 칩거하던 한 소설가가 도심으로 내려오면서 발생하는 문제

---

2. 조르조 아감벤, 『유아기와 역사 ─ 경험의 파괴와 역사의 근원』, 조효원 옮김, 새물결, 2010.
3. 이기호, 『갈팡질팡하다가 내 이럴 줄 알았지』, 문학동네, 2006.

를 다루고 있는 이 소설은 오늘날 작가들이 처해 있는 환경이 퍽이나 노골적인 방식으로 묘사되어 있다. 직접적으로는 소설가인 '나'를 향해 "건강보험이 지역가입자로 되어 있군요"(195)라거나 "국민연금은 아예 가입도 안 되어 있는 상태고, 재산세 납부 실적도 전무하고, 등록된 자동차도 없고, 여권도 없고… 도대체 뭐 하시는 분입니까? 실직상태였나요?"(196)라고 묻는 심사자의 질문(심문)에서 확인되며[4] 아울러 "소설가라, 소설가… 모집 직종 난에는 없는 직업이군요."(196)와 같은 언급만으로 오늘날 소설가가 처해 있는 위상이 어떤 것인지를 짐작할 수 있다.

이 소설은 궁핍한 소설가의 사회적 위상을 그리는 것보다는 그가 여전히 '육체노동자'임을 눈물겨운 과정을 통해 증명해내는 데에 집중하고 있다. 무엇보다 주목해야 할 점은 그가 행하는 고군분투가 역설적으로 '작가'라는 지위를 지탱시켜주던 물질적인 근거가 사라져버린 현실을 고스란히 드러내고 있다는 점이다. 자신이 소설가라는 것을 증명하기 위해 '나'가 하는 일이란 곡괭이로 두껍게 둘러쳐진 콘크리트를 파나가는 일

---

4. 이 소설이 마치 카프카(Hermann Kafka)의 「법 앞에서」를 연상시키는 듯한 "수영은 심판장의 문을 열고 들어갔다."(193쪽)라는 문장으로 시작하는 것 또한 흥미로운 대목이 아닐 수 없다. 누군가에게 자신을 증명해야 하는 상황, 그러나 그 무엇으로도 자신이 소설가임을 증명할 수 없는 상황, 그리하여 자기 증명을 위해 20m의 콘크리트 바닥을 곡괭이로 파지만 정작 자기 증명은 자신이 쓴 소설을 발견하는 순간에 획득되는 것이 아니라 바로 곡괭이로 땅을 파는 그 행위에 의해 획득된다는 아이러니!

이다. 그 속에 자신이 쓴 소설이 묻혀 있기 때문이다.5 「수인」
의 이러한 우화적인 설정이 육체노동자처럼 글을 쓰겠다는 작
가의 의지와 입장을 천명하는 것에 방점을 찍고 있는 것은 분
명하나 문제는 바로 그 의지가 외려 오늘날의 소설이 더는 '육
체노동'과는 무관한 것임을 넌지시 드러내는 역설을 발생시킨
다는 데 있다. 곡괭이질을 통해 소설가임을 증명받고자 하는
'수영'의 분투는 '소설'이 '노동'과 괴리되어 있다는 사실을 외설
적으로 드러내는 것이기 때문이다.

> 수영이 서울을 떠나 대관령 근처 태기산 중턱에 있는 화전민
> 의 폐가로 들어간 것은 십일 개월 전의 일이었다. 그는 사 년
> 전 한 문예지의 장편소설 공모에 당선되어 문단에 나온 이후,
> 단 한 편의 소설도 완성하지 못한 작가였다. 그가 소설을 쓰
> 지 못한 데에는… 별다른 이유가 있었던 것은 아니었다. **생활**
> **때문이었다.** 그에겐 뇌졸중으로 쓰러져 사경을 헤매는 외할머
> 니가 있었다. … 그래서 그는 외할머니의 입원비와 간병비를
> 대기 위해 소설 말고 다른 일을 해야만 했다. 그것이 그에게
> 내던져진 현실이었다.6 [강조는 인용자]

---

5. 땅을 파는 소설가의 형상은 「발밑으로 사라진 사람들」(『최순덕성령충만
   기』, 문학과지성사, 2004)이나 「누구나 손쉽게 만들어 먹을 수 있는 가정식
   야채볶음흙」(『갈팡질팡하다가 내 이럴 줄 알았지』)에서 '상상력을 발휘하
   라'는 맥락으로 변주된 바 있다.
6. 이기호, 「수인」, 『갈팡질팡하다가 내 이럴 줄 알았지』, 196~197쪽.

'(육체)노동'과 '소설'의 괴리는 '생활'과 '소설'이 불화하는 위의 인용에서도 확인된다. 여기서 말하는 '생활'은 명백하게 생활고를 의미하는 것이겠지만 그 부분을 하나의 증표로, 볼드체로 표시해둠으로써 '생활'이라는 단어의 다른 자리를 마련해보도록 하자. 물론 이때의 '생활'은 박금산이 『바디페인팅』(실천문학사, 2007)에서 노골적으로 포착한 문화예술위원 보조금에 전적으로 의존해야 하는 오늘날의 작가들이 처해 있는 궁핍한 상황을 가리키는 것이기도 하다. "왜 나는 직장에 매여 있는 사람처럼 소설에 매여 있지 않은가."(박금산, 69)라는 탄식은 생활 때문에 소설을 쓰지 못했다는 '수영'의 항변이 가리고 있는 중요한 사실을 선명하게 드러낸다.

한 논자는 「수인」을 "육체파 소설가의 자기 선언"(신형철)이라 명명했지만 실은 신체의 반복된 숙련을 통해 획득한 "육체파 소설가"라는 지위가 공동체 구성원들과 뭔가를 나눌 수 있는 것이 아니라 오직 "자기 선언"의 의미밖에는 가지지 못한다는 점에 더 주목할 필요가 있다. 생활이 소설쓰기를 가로막고 있다는 사실, 그건 표면적으로 '빈곤'을 가리키지만 무엇보다 소설이 생활을 바탕으로 생산된다는 오래된 명제가 붕괴했음을 의미하는 시대적 표지이기도 하다. 생활 때문에 소설을 쓰지 못한 소설가는 생활에서 벗어나 산속에 은거한다. 그렇게 세상과, 생활과 절연할 때라야만 '소설'을 쓸 수 있는 것이다.

사정이 이러니 '소설가'를 향한 심판관의 다음과 같은 질문은 오늘날의 모든 작가에게 향해 있는 것일 수밖에 없다. "우리가 정말 궁금해 하는 건 선생께선 도대체 어디서 뭘 하다가 이제야 나타났냐는 겁니다."(196) 소설을 쓰느라 세계의 종말을, 나라가 망해버린 것을 모르고 있던 소설가가 곡괭이 하나를 들고 자신이 소설가라는 것을 증명하기 위해, 마치 미루어둔 일기나 숙제를 몰아서 처리해버리는 것처럼 몇 주간 수십 미터의 땅을 파 자신의 소설을 찾아내려 한다. '소설가의 자기 증명'을 위해 집필된 이 소설은 노동하듯이 소설을 쓰겠다는 작가의 의도를 보기 좋게 배반해버리고 만다. 이 소설에서 우리가 주목해야 하는 점은 우직함이라는 미덕을 담지하는 '육체파'라는 표지가 아니라 '세계의 종말'에 대해 아무것도 모르고 있는 무지한 소설가에 있다. '소설을 쓰느라 세상이 어떻게 돌아가는지 모르고 있다는 사실'이 의미하는 아이러니한 설정은 소설과 생활의 윤리를 적나라하게 보여준다.

우리 다 뭐 하는 사람들이지? 왜 이렇게 초조해야 하는 거지? 이렇게 쑥스러워들 하고 있으면 어쩌잔 말이냐. 그리고 너, 노련해져 있는 작가인 너. 세계가 낳은 아이도 아니고, 눈물을 흘리는 엄마도 아닌, 세계 자체가 되어 있는 노련한 신진 작가인 너는 도대체 뭐냐. … 심사위원님들, 난 당신들에게 거짓말을 한 것이 아니었습니다. 당신들을 희생시키고 싶지 않았어요. 난 제도한테 말을 한 것이었습니다.[7]

오늘날 작가의 자리는 세계와의 관계(불화) 속에서 마련되는 것이 아닌 듯하다. '노련한 작가'는 스스로 세계가 되어(소설가의 자기 선언) '제도'에게 말을 건다. 이때의 제도란 국민의 세금(수탈)으로 문인들에게 창작 활성화 지원금을 제공하는(재분배) 문화예술위원회이며 그것은 곧 국가를 가리킨다. 조영일이 오늘날의 한국문학 시스템을 "국가에 투항하는 문학"[8]이라 규정한 것 또한 이러한 맥락에서다.

일찍이 생활과 글쓰기의 불화에 대해 사실적이고 노골적인 방식으로 드러낸 이는 김수영金洙暎이었다. 생활의 쇄사瑣事를 그 누구보다 적나라하게 시와 산문을 통해 형상화했던 김수영은 얼핏 「수인」이나 『바디페인팅』의 주인공인 빈곤한 작가의 형상과 겹쳐지는 것처럼 보이지만 전자의 글쓰기가 생활을 글쓰기의 출처로 하는 것에 반해 후자는 생활과의 유리를 통해서 글쓰기가 이루어진다는 차이를 가진다.

만약에 나라는 사람을 유심히 들여다본다고 하자 / 그러면 나는 내가 詩와는 反逆된 생활을 하고 있다는 것을 알 것이다. // 먼 山頂에 서 있는 마음으로 / 나의 자식과 나의 아내와 / 그 주위에 놓인 잡스러운 물건을 본다 // 그리고 나는 이미 정하여진 물체만을 보기로 결심하고 있는데 / 만약에 또

---

7. 박금산, 『바디페인팅』, 84~85쪽.
8. 조영일, 『한국문학과 그 적들』, 도서출판 b, 2009.

나의 친구가 와서 나의 꿈을 깨워주고 / 나의 그릇됨을 꾸짖어주어도 좋다 // 함부로 흘리는 피가 싫어서 / 이다지 낡아빠진 생활을 하는 것은 아니리라 / 먼지 낀 잡초 위에 / 잠자는 구름이여 / 고생도 마음대로 할 수 없는 세상에서는 / 철늦은 거미같이 존재없이 살기도 어려운 일 // 방 두 간과 마루 한 간과 말쑥한 부엌과 애처로운 처를 거느리고 / 외양만이라도 남과 같이 산다는 것이 이다지도 쑥스러울 수가 있을까 // 詩를 배반하고 사는 마음이여 / 자기의 裸體를 더듬어보고 살펴볼 수 없는 詩人처럼 비참한 사람이 또 어디 있을까 / 거리에 나와서 집을 보고 / 집에 앉아서 거리를 그리던 어리석음도 이제는 모두 사라졌나보다 / 날아간 제비와 같이 // 날아간 제비와 같이 자죽도 꿈도 없이 / 어디로인지 알 수 없으나 / 어디로든 가야할 反逆의 정신 // 나는 지금 산정에 있다— / 시를 반역한 죄로 / 이 메마른 산정에서 오랫동안 / 꿈도 없이 바라보아야 할 구름 / 그리고 그 구름의 파수병인 나.9

김수영에게 '시인'의 지위는 '시'와 '반역된 생활'을 하고 있다는 사실을 자각하는 자리에 설 수 있을 때만 획득할 수 있는 것이다. 시적 화자가 서 있는 '산정'은 생활과 유리된 곳처럼 보이지만 실은 '나'라는 사람을 둘러싸고 있는 생활을 더욱 유심히 보기 위한 자리에 가깝다. "방 두 간과 마루 한 간과 말쑥한

9. 김수영, 「구름의 파수병」 전문, 『거대한 뿌리』, 민음사, 1995.

부엌과 애처로운 처"(생활)를 외면하면 시와 반역되지 않을 수 있겠지만 김수영의 '시'는 바로 시를 배반해야만 하는 그 생활의 자리를 발원지로 한다.

「수인」에서 소설쓰기를 가로막고 있었던 '생활'과 김수영의 위의 시에서 가리키고 있는 '생활'은 얼핏 같은 의미처럼 보인다. 그러나 조금만 자세히 보면 전자가 생활 때문에 소설을 쓰지 못했고, 그리하여 세상과의 격리를 통해서만 소설 쓰기가 가능할 수 있었던 것에 반해 후자는 '생활'과 '시'가 불화하는 자리를 한사코 벗어나지 않으려는 의지("존재없이 살기도 어려운 일")를 통해 시인의 자리를 지켜내고자 한다는 점에서 두 작가의 생활은 전혀 다른 의미로 나뉜다. 이 차이를 작가에 대한 가치 평가의 잣대로 전유하는 것은 문제가 있어 보인다. 다만 이 차이가 세계와의 관계를 절연할 때 비로소 작품을 쓸 수 있는 오늘날의 작가들이 서 있는 지반을 살피는 좌표가 된다는 점, 작가들의 빈곤이 비단 물질적인 것에 국한되는 것이 아니라 '경험'을 나눌 수 없는 '새로운 빈곤'과의 대면을 의미한다는 점만큼은 분명하게 드러내는 듯하다.

작가로서 '생존' 하기 위해서는 '생활'을 괄호 안에 넣어두어야만 한다는 점에서 오늘날의 작가들이 서 있는 자리이자 그들의 글이 생산되는 자리를 '생(활)존'이라 말해볼 수도 있겠다. 생활과 생존이 겹쳐 있는 것처럼 보이지만 실은 생활이 생존이라는 체제의 논리에 되먹혀 있는 상태 말이다. '생(활)존'에서 생산되는 작품에 '경험'이 삭제되어 있다면 그 자리를 대신하는 것은 무엇일까. 오늘날 작가라는 지위의 위상 변화를 살피기 위해서는 생활을 지워버렸음에도 지탱되는 문학성의 새로운 지반을 살피는 것으로 옮아가야 한다.

3. 생존의 비용 : 지우는 글쓰기와 장르 문법

"나는 달로 간 사람의 이야기를 알고 있다."[10]라는 문장으로 시작하는 소설이 있다. 그런 문장을 첫 번째 소설집의 첫 번째 문장으로 기입했어야만 한 소설가가 있다. 그는 언제나 '세계의 뒷면', 다시 말해 '말의 뒷면'을 파고들었다. 한유주의 소설이 죽음의 언저리를 배회하는 이유는 그이가 놓여 있는 세계의 한쪽이 죽음에 반쯤 잠겨 있기 때문이다. 이 작가가 세계의 뒷면에 가닿고자 하는 이유는 세계의 앞면은 이미 붕괴해버렸거나("겉장이 달아나고 없는 세계"[11]) 극심하게 오염되어 버린 탓이다. 한유주는 이러한 세계에서 쓴다는 것은 그 무엇도 구원하지 못하며 외려 또 다른 '야만'의 행위에 지나지 않는 것이라 규정한다.

우리의 세대는 수사학이 선인 세대야. 우리는 아무것도 가진 것이 없는 세대지. 우리의 과거는 전파로 얼룩져 있고 그

---

10. 한유주, 「달로」, 『달로』, 문학과지성사, 2006, 8쪽.
11. 한유주, 「죽음의 푸가」, 『달로』, 44쪽.

러므로 우리는 어떠한 반성도 회의도 추억도 갖지 못한다. 텔레비전의 화면은 한 가지 전파만을 송신하고, 그마저도 뒷면을 갖고 있지 않으므로, 우리에게는 영혼이 없다. 오직 전파만이 영혼의 속도로 직진하고 있을 뿐이다. 그것이 우리의 야만이다.[12]

"세계는 14인치 텔레비전 화면 하나로 축소"되어 있기에 "흑과 백으로 명멸하는 세계는 나를 어두운 방 한구석으로 밀어낼 뿐"(99)이다. 아무것도 가진 것 없는 세대에게 남겨진 것이란 '수사학'밖에 없으니 그것을 부려 세계를 재현하는 것은 전파로 얼룩진 세계에 또 하나의 얼룩을 덧입히는 것일 뿐이다. 세계가 감각의 너머에 있다는 것, 사건이 (미디어에 의해) 너무 일찍 도착해버려 감각되지 않는다는 것, 그것은 정확하게 '경험'을 가지지 못한 세대의 '새로운 빈곤'을 가리킨다. 한유주가 '쓰고 있는' 줄임표나 부정문으로 이루어진 소설, 쓰지 않음을 쓰는 글쓰기, 지우면서 쓰는 글쓰기는 글쓰기 행위가 또 다른 야만이 될 수밖에 없는 오늘의 작가가 서 있는 지반에 대한 논의 없이는 온당하게 설명할 수 없다. 그 전에 소설이 언제나 세계가 부러진 자리에서부터 시작되었다는 점을 환기하자. 글쓰기의 영도零度에 가닿으려는 한유주의 도약이 종종 '자기유폐적인 글쓰기'로 오인되곤 하지만 모국어를

12. 한유주, 「그리고 음악」, 『달로』, 118쪽.

부린다는 것이 매번 '치욕'과 대면해야 하는 현실과의 마주침을 회피하지 않으려는 태도로 읽어야 한다. 그건 세계의 진실을 탐구하려는 소설적 모험의 표지이기도 하다. 부러진 세계를 부러진 언어로, 절룩거리며 쓸 수밖에 없다는 것, 지금 글을 쓴다는 것이 치욕과 대면 없이는 불가능하다는 점을 실어증에 걸린 듯한 화자의 말하기만큼 분명하게 드러내고 있는 경우는 드물다.

> 누군가는 아우슈비츠 이후 서정시를 쓰는 것은 야만이라고 말하기도 했었다. 나는 그들의 야만적인 시대를 지금 다시 본다. 그러나 나를 둘러싼 세계는 야만적이지 않다. 나는 자꾸만 살아남는다. 그것이 나의 삶을 위협한다.
> 살아남음으로써 깨닫게 되는 감정은 다름 아닌 수치스러움이다. 그 수치스러운 감정이 계속해서 깨어 있게 한다. 치욕과 망각으로 점철된 삶.[13]

> 그리고 다시 안개가 내렸다 이곳에 입에 담지 못할 일이 있었다 사람들은 말을 하는 대신 무릎으로 기어 먼 길을 갔다 그리고 다시 안개는 사람들의 살빛으로 빛났고 썩은 전봇대에 푸른 싹이 돋았다 이곳에 입에 담지 못할 일이 있었어! 가담하지 않아도 창피한 일이 있었어! 그때부터 사람이 사람을 만

---

13. 같은 책, 114쪽.

나 개울음 소리를 질렀다

그리고 다시 안개는 사람들을 안방으로 몰아넣었다 소곤소
곤 그들은 이야기했다 입을 벌릴 때마다 허연 거품이 입술을
적시고 다시 목구멍으로 내려갔다 마주보지 말아야 했다 서
로의 눈길이 서로를 밀어 안개 속에 가라앉혔다 이따금 汽笛
이 울리고 방바닥이 떠올랐다

아, 이곳에 오래 입에 담지 못할 일이 있었다…14

1980년대, 이성복을 괴롭게 한(달리 말해 시를 쓰게 한)
'치욕'과 한유주의 '치욕'을 나란히 놓아보자. '안개'가 "입에 담
지 못할 일"을 은폐하지만, 사람의 (개)울음까지는 막지 못한
다. 그들은 밖으로 나가지 못하고 골방에 감금되지만 말하기
를 멈추지 않는다("이것에 입에 담지 못할 일이 있었어!"). 이에
반해 한유주의 '치욕'은 실어증을 낳는다. 한유주도 외친다. '저
곳에 입에 담지 못할 일이 벌어지고 있어!'라고. 저 너머에, 강
건너에, 지구 반대편에 매 순간 입에 담을 수 없는 일들이 벌어
지고 있지만 그 사건은 각종 미디어에 생생하게 담겨 실시간으
로 매일 아침 문 앞에 당도해 있다.15 그러나 야만으로 점철된

14. 이성복,「그리고 다시 안개가 내렸다」전문,『남해 금산』, 문학과지성사,
   1986

15. "2001년 9월 11일…, 우리는 새로운 광경을 목도한다. 미디어란 얼마나 재
   빠른가? 세상에서 가장 거대한 첫 번째 빌딩이 무너지고, 몇 분 지나지 않
   아 세상에서 가장 거대한 두 번째 빌딩이 무너지기도 전에, 무슨 일이 벌어
   지고 또 곪고 있는지 알아차리기도 전에, 카메라는 이미 그곳에 당도해 있

지금의 세계에선 "무릎으로 기어 먼 길을" 가거나 "서로의 눈길이 서로를 밀어 안개 속에 가라앉"히는 일은 일어나지 않는다. 일상은 너무나 평온하다. 세계엔 그 어느 때보다 '평화'와 '이해'가 넘쳐나는 듯하다. '저곳에 입에 담지 못할 일이 벌어지고 있'음에도 불구하고 말이다. 그 사실이 그이를 불안에 떨게 하고 모든 것을 의심하게 만든다. 거짓말을 하지 않기 위해 선택할 수 있는 발화 방식 중 하나를 '침묵'이라고 한다면 한유주의 글쓰기는 이야기를 불려가는 '서사'의 구축을 향하는 방향으로 가지 않을 것이 분명하다. 부서진 세계의 뼈처럼, 모든 단어들이, 문장들이 제각각 떨어져 발아래에서 서걱거리고 있는 한유주의 글쓰기는 유연한 '봉합'이 아닌 그 분절을 분명하게 드러내는 데 집중한다.

붕괴한 세계의 잔해 더미에서 문장을 지우는 글쓰기 양식을 고안해내고 있는 한유주로부터 최근 세계의 종언, 묵시록적 세계관을 주조음으로 하는 『더블』(창비, 2010)을 펴낸 박민규로 옮아가 보자. 박민규의 「카스테라」가 골방에서 — 정확하게는 냉장고 속에서 — "하나의 세계"를 발견한 것과 달리[16]

다. 장면은 0과 1로 전환되어 잠시 대기권 밖을 떠돌다가, 곧바로 세계 곳곳의 안테나로 흡수된다. 전광판, 텔레비전, 갑작스런 호외. 우리의 세대는 너무나 공시적이다. 고통을 느끼기 위한 순간의 여유도 만들어내지 못한다.…장면은 간결하고, 아무런 부연도 하지 않는다. 장면은 감각 너머에 있다. 그것이 우리의 야만이다." 한유주, 「그리고 음악」, 『달로』, 118~119쪽.
16. 골방에서 발견한 세계에 관해서는 「종언 이후의 시공간과 주체성 — 수용소와 골방의 동물들」(김대성, 『무한한 하나』, 산지니, 2016)을 참조.

『더블』은 세계의 종언을 축으로 회전하는 인류의 마지막 운동을 통해 구축한 세계처럼 보인다. 자연스레 코맥 매카시Cormac McCarthy의 「로드』(문학동네, 2008)를 떠올리게 하는 「루시」나 지구의 바닥에 닿기 위해 '디퍼'라는 새로운 종의 인류를 다룬 「깊」과 같은 작품은 말할 것도 없거니와 『더블』을 이루고 있는 다채로운 소설들의 근저에 묵시록적 세계관이 자리하고 있다는 것은 자명해 보인다.

'생존'을 위해 지구가 아닌 화성까지 가서 세일즈를 해야 하는 한 가장의 모습을 물과 공기가 부족한 화성이라는 행성의 정조로 스산하게 묘사한 「딜도가 우리 가정을 지켜줬어요」의 경우부터 살펴보자. 빈곤하고 발기가 되지 않는, 아니 빈곤하기에 발기가 되지 않는 세일즈맨, 바꿔 말해 "최후의 보루조차 사라진 인간"(183)은 화성이라는 행성에서 삶의 돌파구를 찾으려고 한다. 지구에서는 "좋은 시절은 지나갔다"(179)는 문장을 빼고서 시작하는 삶을 기획할 수 없기 때문이다. 과거의 영광을 가능케 했던 '자동차'와 사람들에게 물건을 팔 수 있던 '세일즈'를 하는 수완과 능력은 다시는 의미를 가지지 못하고, 대신 의사pseudo 남근인 '딜도'가 그 역할들을 대체할 때라야만 겨우 '자리'를 부지할 수 있는 형국이다. '딜도'라는 의사 남근에 의해서만 '가정'을 사수할 수 있다는 것인데, 이렇게 겨우 지켜낸 세계엔 '피로'와 '빈곤'만이 남아 있을 뿐이다.

이 '피로'와 '빈곤'으로 점철된 삶의 자리는 "대의와 명분이 살아 있던 시대였으니 이미 까마득한 과거의 일이다"(「龍龍龍

龍」, 88)는 문장과 맥을 함께 하며 "영웅의 시대는 끝이 났다. 바야흐로, 소녀들의 시대였다."(94)라는 박민규다운 어법으로 변주되고 있다. 부패와의 투쟁에서 승리한 인류가 골방의 냉장 고라는 새로운 세계에서 '한 조각의 카스테라'와 조우했던 것 처럼 대의와 명분이 사라진 세계에 그 누구도 나서서 대적할 마음이 생기는 않는 '생존'이라는 괴물이 덩그러니 놓여 있다.

> 인걸은 간 데 없고 가난과 싸워온 반세기였다. 무학의 노인네
> 가 할 수 있는 일은 농사와 칩거, 막노동이 전부였다. 무공을
> 겨룰 상대도 비급을 시전할 대상도 사라진 지 오래였다. 법
> 이 정의를 대신하고 금전이 힘을 대신하는 세상이었다. 용을
> 믿는 세계도, 용이 필요한 세계도 아니었다. 세계는 이미 무
> 목無目 무각無覺으로 무리지어 이동하는 작고 소소한 개미들
> 의 것이었다. … 대의와 명분이 사라진 세계에는 연명延命만이
> 남아 있었다.[17]

"대의와 명분이 사라진 세계에는 연명延命만이 남아 있었 다."는 저 문장이야말로 『더블』이라는 세계를 정초하는 머릿 돌이라 하겠다. 오늘의 세계를 무협 소설이라는 장르적인 어 법으로 설명하는 이 소설은 대의명분이 사라진 시대의 서사 운명을 적실하게 포착하는 것처럼 보인다. '장르적인 문법'이

---

17. 박민규, 「龍龍龍龍」, 『더블 side b』, 창비, 2010, 90쪽.

아니고서는 '서사'를 구축할 수도, 전달할 수도 없는 현실의 문맥을 동시에 보여주고 있기도 하다. 이 소설에 등장하는 여러 도사가 세속의 직업을 가질 수밖에 없는 것은 비단 생활고 때문만은 아니다. '도술'이란 개인적인 능력에 의해서만 획득되는 것이 아니라 그것을 부릴 수 있는 환경과 그것을 필요로 하는 질서 위에서 가능한 것이기 때문이다. 그것을 대의와 명분이라 바꿔 말해도 좋다. 대의와 명분이 사라진 시대에 '생존'이라는 괴물이 그 자리를 대신한다. 서사를 구축할 수 없는 시대에 세계의 뒷면을 검질기게 파고드는, 쓰면서 지우는 글쓰기와 장르 문법이 마주하고 있다. 말하자면 오늘의 작가에겐 '생존의 비용'과 '글쓰기의 비용'이라는 청구서가 반복해서 도착하고 있으며 작품이란 이 청구서에 대한 지불과 무관하지 않다는 것이다.

4. 나는 왜 쓰는가

노동 계급 집안의 '영리한' 소년은, 말하자면 장학금을 타내는, 육체노동으로 살기에는 도무지 적합하지 않은 유형의 소년은, 다른 방법을 통해 자기 위 계급으로 올라가는 수도 있으나(예를 들어 노동당 정치 활동을 통해 올라가는 유형이 있다) 문단 쪽이 가장 일반적이다.[18]

---

18. 조지 오웰, 『위건 부두로 가는 길』, 이한중 옮김, 한겨레출판, 2010, 221쪽.

홀륭한 에세이스트이기도 한 조지 오웰은 글을 쓰는 동기를 "순전한 이기심", "미학적 열정", "역사적 충동", "정치적 목적"이라는 네 가지 요소로 논평한 바 있다. 그가 가장 쓰고 싶었던 글은 정치적인 글쓰기를 예술로 만드는 일이었고 글의 출발점은 언제나 당파성과 불의를 감지하는 데서부터라고 밝히고 있다.[19] 그러한 대의가 존재하고 실현될 수 있던 시대에 문학을 한다는 것은 신분 상승을 위한 중요한 도약대가 되기도 했으며, 당파성을 실현하는 윤리적인 자리였다. 글을 쓴다는 건 사회적 활동의 중핵에 가닿을 수 있는 중요한 행위였을 터다. 작가, 작품, 글쓰기라는 말이 별다른 의심 없이 통용되고 있지만 그 현장의 양상은 크게 달라졌다. 지금, 이곳에서 글을 쓰고 있는 작가들의 좌표가 어디인지를 묻고 그 좌표가 가리키고 있는 방향을 추적해보았다.

다소 위악적인 방식으로 몇몇 작가들의 작품을 읽어보았지만 작품을 밀도 있게 독해하는 것에 목적을 두는 독법이 아니었기에 편의적으로 작품을 재단한 부분이 있을 줄로 안다. 이 글이 집중하고 싶었던 것은 'a'(작품)를 숙련된 언어로 독해하여 가공하는 것이 아니라 외려 숙련된 독해 때문에 삭제되는 'b'(작품이 놓여 있는 지반)를 어떤 식으로든 드러내는 것이었다. 더불어 늘 글을 쓰고 있지만 작가 뒤에서 군림하고 있거

---

19. 조지 오웰, 「나는 왜 쓰는가」, 『나는 왜 쓰는가』, 이한중 옮김, 한겨레출판, 2010.

나 출판 자본에 편승하고 있다는 불안정한 위치에서 벗어날 수 없는 비평가의 자리를 드러내는 경로가 희미하게라도 남겨졌으면 하는 바람이다. '오늘날 작가의 위치는 어디인가.'라는 물음 뒤에 가려져 있던 비평가의 자리를 에둘러 찾아보고 싶기도 했다. 비평가에게 '나'라는 주어의 자리는 어째서 이런 에두름을 통해서만 희미하게 허락되는 아득한 곳일까를 자조하면서 말이다.

잡다한 우애의 생태학

1

　젊은 비평가들에게 전달되는 청탁서에는 보이지 않는 제약들로 **빽빽**하다. 청탁서는 부탁의 형식을 취하고 있지만 실은 무언가를 요구하는 청구서의 형태로 도착하기 마련이다. 영수증만큼이나 간결하고 은행 잔액에 아무런 영향을 미치지 않을 법한 박한 고료 사이엔 보이지 않는 무수한 바리케이드가 설치되어 있다. '제도'의 성문 안으로 들어가는 한정된 출입증을 얻기 위해선 보이지 않는 바리케이드를 그럴듯한 포즈로 넘어야 한다. 그러나 매 계절 부지런히 청탁 원고를 써도 글-쓰기와 삶-살기 사이를 가로막고 있는 바리케이드를 넘기란 쉬운 일이 아니다. 다만 폐쇄적이고 근친적인 제도의 바리케이드에 자꾸만 걸려 넘어질 뿐이다. 청탁 원고를 쓴다는 것은 패배의 전적을 늘려가는 것과 다르지 않다. '성실하게 청탁 원고를 쓴다는 것'과 '패배를 무감각하게 만드는 것'이 등을 맞대고 있다.

　그러니 청탁 원고의 핵심은 '청탁서'를 '결투장'으로 변주할 수 있는가에 달려 있다고 해도 좋다. 청탁서가 요구하고 강요하는 미션을 그럴듯하게 풀어내는 관성에 몸을 맡기지 않고 일견 상식적으로 보이는 '자신의 호흡으로 글을 쓰는 것'이란 정확하게 말해 '제도의 청구'를 거절하고 다른 파선波線을 만든다는 의미를 가진다. 상식을 관성적으로 받아들이지 않고 의문시함으로써 기꺼이 위험한 것으로 변주할 수 있는 자리야말로 '비평'이 시작되는 지점이라 하겠다. 청탁서를 결투장으로 변주하는 필자들은 꾸준히 있었다. 그러나 그들의 결투는 우리들의 결투가 되지 못하고 그들만의 결투로 귀결되기 일쑤였다. 제도와 싸웠고 그 싸움의 이력으로 교수가 된 후엔 더는 '비평'을 쓰지 않은 이들의 (잊힌) 이름들을 나는 여럿 기억하고 있다. 제도의 청탁을 자신만의 결투로 이력화하지 않고 초대장으로 변주하는 것은 불가능한 일일까? 임태훈의 『우애의 미디올로지』(갈무리, 2012)를 읽으며 감지했던 시간의 결은 청탁서라는 씨앗을 결투장이라는 줄기로 키워 초대장이라는 열매를 맺게 한 결이었으며 변주하고 변용하기 위해 골몰한 흔적이었다.

청탁서를 초대장으로 변용하는 것은 그저 의지나 의도만으로 되는 것이 아니다. 기꺼이 몸을 이끌고 제도 밖으로 나가 '너'에게로 다가서려는 노동, 바로 '접속의 능력'이 그 변용을 가능케 한다. 이 저작에서 임태훈이 시종일관 강조하는 '우애'는 '접속하는 능력'의 다른 표현이다. 임태훈이 강조하는 '우애'를 나는 다음과 같은 삶의 조건 위에서 읽었다. 오늘날 한국 사회의 구성원들은 '버텨내는 것'과 '견디는 것'의 전략과 전술을 익히기에 여념이 없다. 자기계발 열풍은 얼핏 '성공신화'에 대한 갈망처럼 보이지만 실은 '지지 않는 것'을 목표로 한다("부러우면 지는 거다."라는 철 지난 유행어의 출처 또한 이러한 문맥에서 이해되어야 한다). 그런 이유로 우리가 빈곤과 싸우며 슬픔과 불안을 견뎌내는 것은 낙오(추방)되지 않기 위한 노력, 지지 않기 위한 노력으로 수렴되어 버린다. '지지 않는 것'이라는 기이한 생존의 전략이 '승리'의 감각을 대체해버린 것이다. '외로움'이 단지 개인이 극복해야 할 정념의 문제가 아니라 정치의 조건(권명아)이라고 할 수 있다면 '고립'과의 싸움은 '지지 않는 것'이 아닌 만나는 것, 연대하는 것, 접속하는 것을 향해야 한다.

'따로 또 같이' 걷고 있는 이들이 모여 함께 걸으며 더 많은 사람이 걸을 수 있는 의욕의 장소를 만들어내는 공리가 바로 임태훈이 말하는 '우애'다. 오직 더 많은 만남, 다양한 만남이 필요할 뿐이다. 새로운 '만남의 실험'만이 '고립'으로 귀결되는 자본제적 체계에 '자립'의 길을 뚫어낼 수 있는 동력일 것이다. 그 실험을 통해 우리는 '당신'이 '나'의 잠재력이라는 '공통의 몫/값'을 공평하게 나눠 가지게 된다. 그러니 비평가들에게도 중요한 것은 '잘 쓰는 것'이 아니라 '잘 사는 것'이다. 잘 쓴다고 잘 살 수는 없는 법. 그러나 잘 살면 잘 쓸 수 있다. 자기 삶의 호흡으로 쓴다면 말이다. 임태훈의 저작에서 가장 선명하게 전달받은 메시지는 그가 무엇보다 '잘 사는 것'에 큰 비중을 두고 있다는 것이었다. 임태훈에게 '잘 산다는 것'은 당연히 '웰빙' 따위가 아니라 '잘 만나는 것', '잘 접속하는 것'이었다. 그 만남과 접속을 가능하게 하는 매개를 발명해내고자 하는 저자의 고투는 도발이나 재기 따위로 갈음할 수 있는 것이 아니다. '문학이냐 영화냐'라는 햄릿식의 과장된 고민이 아니라 접속사를 개발하는 전술서, 내게 『우애의 미디올로지』는 그런 전술, 전략 교본으로 읽혔다. 그래서 나는 이 책을 읽으며 자꾸만 누군가를 만나고 싶었고 골방문을 박차고 거리로 뛰어나가고 싶은 충동에 사로잡히기도 했다.

2

지금과는 다른 세계를 요청하는 것, 다시 말해 '다른 삶'이자 '다양한 삶'을 선택할 수 있는 권리에 대한 요구는 '공통적인 것'을 회복하고 '우리'의 잠재적 능력을 발명하는 것이다. 자본제적 체계가 공고히 하는 사적 소유를 신화화하는 시스템을 기각하는 운동이 필요하다. 예컨대 저작권copyright을 공유권copyleft으로 바꾸는 것, 사적 소유가 아닌 공통적인 것the common을 발명하는 것, 이것이 앞서 언급했던 (나의) 청탁서를 (우리의) 초대권으로 변용하는 능력이며 저자가 '미디올로지'mediology를 굳이 번역하지 않고 반투명한 상태로 내버려 둔 까닭일 것이다. 그러니 임태훈의 『우애의 미디올로지』를 온당하게 읽는 방식은 개념적 의미를 깊게 파고들어 검증하는 것이 아니라 그가 공유한 수많은 개념을 응용하고 변용하는 것일 테다. 임태훈식으로 말해 이 책을 또 다른 매개로 삼는 것, 이 책을 주어나 목적어가 아닌 접속사로 변용하는 것, 나는 그것을 '리믹스'remix라 부르고 싶다. 리믹스란 "이 노래에서 조금 훔치고, 저 노래에서 조금 훔치고, 심심하면 스크래치 한번 해주고, 뒤섞고 섞고, 베끼는"[1] 얄팍한 재치나 재기가 아닌 "겁에 질린 몸뚱이"(11)를 해방하는 접속의 능력을 개발하고 발명함으로써 '신체를 구하는 일'이다.

"누구라도 쉽게 접속할 수 있고 자유롭게 익히고 가르쳐 더 낫게 갱신시킬 수 있는 공공자산public domain으로서의 기술을 중요시하는 미디올로지"(10)가 위기에 빠졌다는 저자의 상황 판단은 만나고 접속할 수 있는 조건이 통제된다는 것을 가리키며 그것은 곧 신체 능력의 말살로 이어진다. 이 책의 서문에서 접하게 되는 '전선'이란 바로 접속하는 신체의 능력이 말살당하는 상황을 가리키는 것이다. 만남이 통제되고 차단된 절멸의 조건 위에서 우리가 첫 번째로 대면하는 것은 '대기'다(1장). '대지'가 아니라 '대기'라는 점을 주목하자. 대지는 자본에 잠식되었고 침윤되었다. 자본으로 뒤덮인 대지는 무한히 열려 있는 것처럼 보이지만 그 열림은 자본의 지도이자 비전vision일 뿐이다. '세계화'란 만병통치약의 정체는 자본의 자가증식

---

1. 김중혁, 「비닐광 시대」(vinyl狂 時代), 『악기들의 도서관』, 문학동네, 2008, 70쪽.

(중독)을 촉구하는 신약일 것이다. 아니 자가증식하는 바이러스이며 스스로 주인임을 자처하며 삶의 전 영역을 독점하는 암과도 같다. '만남' 또한 자본의 지도 위에서만 이루어진다. 무수히 만나지만(접속) 만나지(나눔) 못한다. 자본이라는 '매칭 매니저' 없이는 그 어떤 만남도 가능하지 않다.

그렇다면 '대기'는 어떨까? 질서가 없는 대기에서 모든 것이 뒤섞인다. 무어라 명명할 수 없는 그런 만남이, 어긋남이 교차하는 곳이 대기다. 이 명명할 수 없는 만남을 '우애'라 부르기로 하자. 대기 위에서 맺었던 우애가 대지로 내려와 다른 만남과 접속의 방식들을 생성해낼 수 있을까? 아니 대지의 붕괴란 곧 근본이 무너졌다는 것을 가리키는 것이니 '나'와 '너', '우리'와 '그들'로 구분 짓는 논리 또한 사정이 다르지 않을 것이다. 법과 질서 그리고 동일성이 와해된 상황은 긍정적인 공동성과 부정적인 폭력이 동시에 출현하는 조건이 된다(사사키 아타루 佐々木 中). 재난의 기표를 되려 이행하고 접속하는 정동affect의 양식으로 변주하는 능력은 또 어떤가("3·11은 재앙의 숫자이면서, 시대정신의 개안을 위한 공공 주파수다", 32). '미디올로지'란 '법'과 '근거(대지)'가 붕괴한 조건 위에서 출현하는 공동체의 조형 능력을 가리킨다. 이때 '우리'란 누구를 지칭하는 것일까? 누가 누구인지 알 수 없는 상태, 근본이 무너진 상태에서만 가능한 공동체를 가리키고 있는 것처럼 보이지 않는가. 『우애의 미디올로지』는 비상상태 속에서 조형되는 '근본(원본) 없는 공동체'에 관한 책임이 분명하다.

3

그가 시종일관 "중요한 것은 주어가 아니라 접속사"임을 강조하는 것 또한 이 책이 '근본 없는 공동체'를 조형하는 전략/전술서의 의미를 지니기 때문이다. 문제는 접속력이다. 임태훈이 강조하는 접속력이라는 어휘에서 내가 가쁘게 읽어낸 내용은 다음과 같다. 나와 당신이 서로에게 피뢰침이라는 것, 번개가 내려치는 것이 아니라 이 사이in-between-ness에 번개 같은 에너지가 생성되리라는 것, 우리는 만나서 다른 것이 되리라는 것. "우애의 미디올로지"란 청탁서(소유권)를 초청장(공통적인 것)으로 변주하는 능력이자 재난 속에서 우애를 발명하는 능력이다. 다시 묻자. 우애란 무엇인가? 임태훈의 대답. "정과 사랑을 강조하는 식상한 동어반복이 아니라, 서로를 향해 언제까지라도 '그리고'라 물을 수 있는 변화의 과정이다."(279) 그리고 변주하자. 우애란 "숨겨진 몸을 찾는 놀이"이자 우리들의 삶을 제약하는 조건 속에서 접속사를 발굴하고 공유함으로써 "뜻밖의 친구"(65)들을 만나는 운동이다. 스테로이드를 통해 부풀려 놓은 성과주체의 근육/몸이 아닌 접속과 공명을 공리로 하여 다른 사람들과 세계를 공유함으로써 조형되는 '집합적 신체' 말이다.

'우애'의 요체는 '반복'이 아니라 '변주'다. 새로운 우애를, 새로운 접속의 방식을 발명하는 것을 '잡다한 우애'를 조형하는 운동이라 바꿔 말하고 싶다. 절망과 재난의 리듬에 온몸이 감염된 지금, 임태훈의 『우애의 미디올로지』는 그 속박의 리듬을 뚫고 삶 속으로, 개개인의 호흡 속으로 들어와 우애의 리듬이라는 파선을 긋고 있다. 독점과 독식, 획일화 그리고 재난적 위협이라는 조건 위를 흐르는 잡다한 우애가 만들어내는 예측할 수 없는 에너지 흐름을 따라갈 때 다양성과 잠재성, 그리고 특이성이 혼란스럽게 어울리는 생태계와 만날 수 있지 않을까. 이 책은 우리에게 이렇게 제안하는 듯하다. 어서 이 책을 자르고 리믹스해서 다시 써라. 찢고 분해해서 이 책의 다음 버전을 당신의 책으로 만들어라![2]

---

2. 마지막 문장은 저작권에 관한 전복적인 다큐멘터리 영화, 브렛 게일러 (Brett Gaylor)의 〈찢어라 : 리믹스 선언〉(RiP : A Remix Manifesto, 2009)의 마지막 대목을 변주한 것임.

아직 소화되지 않은 피사체를 향해 쏘아라

1인칭 Shot, 리얼리티 쇼와 전장의 스펙터클

1. 리얼한 '쇼'와 리얼하지 않은 '전쟁'

'리얼리티 TV 쇼'의 미디어 장악은 객관적인 실제에 대한 신념의 상실을 반영하는 당대의 문화적 산물이다. 날 것 그대로를 여과 장치 없이 노출 시키는 것처럼 보이는 표면적인 특징과 달리 '리얼리티 TV 쇼'는 역설적으로 불확실한 사건을 제어하는 데 집중한다. 일반인과 연예인이라는 자질은 '야생'이나 '일상생활'이라는 조건 속에서 균질해지며 예측할 수 없음을 전면에 내세우고 있다고 해도 사회적 통념을 거스르는 법이 없다. '리얼리티 TV 쇼'는 '위험'에 대한 대중들의 욕망을 끊임없이 부추기지만 사건을 예측하고 제어함으로써 불안을 제거한다. 왜냐하면 '리얼리티 TV 쇼'는 관객을 위험에 빠뜨리기보다 위험이 주는 쾌락만을 선사할 뿐이기 때문이다. 올리비에 라작의 주장처럼 '리얼리티 TV 쇼'는 낯선 것을 설명한다고 주장하지만 그것을 이미 알고 있는 것으로 환원함으로써 삶에서 '힘과 위험들'을 내몬다. 이뿐만 아니라 '리얼리티 TV 쇼'는 모든 진짜 이질성을 선험적으로 소화하는 사회적 관계를 칭송하며 '다른 것'을 '같은 것'으로 동화시킴으로써 '무겁고 두려운 물질성'을 회피한다. 그것은 우연 없고, 구멍 없고, 바깥도 없는 스펙터클을 보여줄 뿐이다.[1]

'리얼리티'에 대한 대중문화의 전방위적인 탐식은 구성원의 모든 것을 실시간으로 감시·통제할 수 있는 체제의 구축과 연동되어 있다. 자신의 일상을 공개하는 데 조금의 거리낌도 없는 세대들이 '리얼리티 TV 쇼'를 비롯한 각종 미디어의 주요 소비자층으로 급부상했다. 모든 것을 공개해야 존재를 드러낼 수 있고 아울러 '생존'을 보장받을 수 있는 '리얼리티 TV 쇼' 프로그램의 특성은 당대 구성원들의 심성구조를 주관하는 중요한 기제와 관련된다. 매회 탈락자들을 배출하면서 프로그램의 흥미를 더해가는 '리얼리티 TV 쇼'처럼 언제라도 낙오자가 될 수 있다는 위기감을 내면화하는 것은 삶 속에 언제나 추방의 위험이 도사리고 있음을 보여주는 증거이기도 하다. 이를테면 "나만 아니면 돼"라는 '리얼 버라이어티 쇼 정신'이야말로 '생존'이 화두가 된 오늘날의 시대정신을 적확하게 보여주는 구호라고 봐야 한다. 우리들이 리얼리티 TV 쇼에 열광하는 중요한 이유 중의 하나는 어떻게 하면 살아남을 수 있는가에 골몰하는 이 프로들이 '생존'이 가장 중요한 문제가 되는 신자유주의 시대의 실제적 삶과 무관하지 않기 때문이다.[2]

---

1. 올리비에 라작, 『텔레비전과 동물원』, 백선희 옮김, 마음산책, 2007, 174쪽.
2. 리얼리티 TV 쇼와 신자유주의 시대의 심성구조에 대한 구체적인 사례와
   분석은 필자의 「추방과 생존 ─ 리얼리티 TV 쇼와 지워진 얼굴」(『크리티

리얼리티 TV 쇼에서 우리가 사유해야 하는 무엇보다 중요한 지점은 삶의 모든 공간을 장악한 '카메라'가 모든 것을 투명하게 보여준다는 확고한 믿음에 있다. 이러한 관점perspective의 일방향성은 카메라에 투사하는 절대적인 믿음을 바탕으로 한다. 카메라가 전달하는 정보들이 사건을 투명하게 담아낼 뿐만 아니라 유일한 '사실'이자 '진실한 것'이라는 믿음을 구축하는 신화야말로 특정 관점을 맹신하는 일방적 인식과 다르지 않다. '리얼리티 TV 쇼'는 관음증이나 노출증의 문제에 국한되지 않는다는 것이다. 오직 '리얼한 것'만이 살아남을 수 있는 대중문화 현장은 구성원들이 맺는 새로운 관계양식이 드러나는 극장이거나 실험실이며 새로운 지각체계가 구성되는 장이다. '리얼리티 TV 쇼'는 본다는 것의 지위를 더욱 절대적인 것으로 상정하는 것처럼 보인다. 그런 점에서 '보는 행위'를 근간으로 하는 '1인칭 시점'으로 이루어진 다양한 미디어의 범람은 '리얼리티 TV 쇼'의 유행과 밀접한 관련 속에 놓여 있다. 이 글은 이러한 문제의식의 연장에서 관점의 일방향성을 보다 극단적으로 밀고 나가고 있는 '1인칭 시점'이라는 특정한 양식이 미디어 전반을 장악한다는 사실에 주목하고자 한다.

'리얼리티 TV 쇼'가 '리얼'이라는 가치를 획득하기 위해 미디어 속에서 다양한 형식을 강구하는 데 반해 삶과 죽음의 각축장인 전장戰場이라는 현실이 외려 게임처럼 가상적이고

카』 4집, 올, 2010)을 참조하기 바란다.

리얼하지 않은 현장으로 바뀌고 있는 아이러니한 상황은 고민거리가 아닐 수 없다. 2007년 7월 12일, 이라크 바그다드에서 두 명의 아이가 미군 헬기에서 쏜 기관포에 맞아 쓰러졌다. 아파치 헬기 조종사는 무전으로 태연하게 말을 한다. "이라크 경찰들이 병원으로 데리고 가겠지.", "전쟁터에 아이를 데리고 나온 것이 잘못이야." 이날 『로이터』 통신원을 비롯한 12명의 민간인이 미군 아파치 헬기가 쏜 기관포에 의해 사망했다. 미군이 『로이터』 통신원이 들고 있던 망원렌즈를 소총으로 오인했다고는 하지만 폭격을 당한 이들이 그 어떤 대항 사격도 하지 않았음에도 상처를 입은 사람들을 수습하려는 구조원들에게까지 폭격을 가했다는 점은 이 사건이 오인으로 비롯된 '사고'가 아닌 일상적으로 수행된 '군사작전'에 가깝다는 것을 의미한다.

얼마 전 '위키리크스'WikiLeaks에 공개되어 전 세계인들에게 충격을 준 이 17분짜리 흑백 영상은 미군 아파치 헬기의 시점으로 촬영되어 있다. 이 영상에서 우리는 "내가 쏠게."라는 헬기 조종사들의 흥분된 목소리를 여러 차례 들을 수 있다. 마치 1인칭 슈팅 게임Frist-Person Shooter, FPS을 즐기고 있는 유저user가 레벨 상승을 위해 버튼을 누르는 것처럼 아파치 헬기 조종사들은 십자과녁에 잡힌 사람들을 향해 거침없이 방아쇠를 당긴다. 우리는 여기서 미군의 잔혹성을 비난하기 전에 민간인에게 폭격을 가한 '오인의 구조'에 대해 먼저 질문할 필요가 있다. 무엇이 이들로 하여금 민간인에 대한 폭격을 1인칭 슈팅 게임처럼 만들어버린 것일까. 지상 공격에 최적화되어 있다는 아파치 헬기의 성능이나 기관포의 위력에 집중하기보다 피사체를 정확하게 조준할 수 있는 고성능 카메라에 관심을 기울을 필요가 있다.

헬기에 장착된 카메라가 제공하는 십자과녁에 포착되는 모든 피사체는 잠정적인 적으로 설정된다. 반복해서 발생하는 민간인 폭격과 같은 문제는 미군의 잔혹함이나 작전 수행의 미숙함과 같은 요인에서 비롯되는 우발적인 사태가 아니다. 오히려 이는 십자과녁을 제공하는 '프레임frame의 규정력'과 폭력 수행의 상관성이라는 차원에서 비롯된다고 봐야 한다. 여기서 말하는 프레임은 시각 매체적 정보에 의해 대상을 포착하는 물리적 범위만을 의미하지 않는다. 헬기 조종사에게 제공되는 '프레임'은 일정한 조건 속에서 구성되는 구조이자 체계라고 봐야 하기 때문이다. 적과 아군의 구별, 제거해야 할 대상과 그렇지 않은 대상의 판단 여부는 '프레임의 규정력'에 의해 결정되는 것이다. 이 사건은 일상과 전장이 분리되지 않는 현실의 구조, 이에 따른 지각의 변화, 그리고 전장과 일상의 경계를 넘나들며 지각 구조를 규정하는 테크놀로지의 작동 방식과 관련하여 여러 가지 논점들을 제공하고 있다.

대상을 식별할 수 있는 능력이 첨단 테크놀로지에 의해 생산된 이미지로 대체된 이러한 상황은 비단 전쟁이라는 예외상태에만 국한되는 것은 아니다. 현대전現代戰의 경우 병사는 자신의 눈보다는 전투 수행에 최적화된 첨단 기계가 보여주는 이미지에 전적으로 의존할 수밖에 없다. 이런 사실은 전장에서의 지각의 작동 방식이 일상적인 시각체계와 어느 정도의 합치가 이루어졌던 과거의 전쟁과 현대전이 전혀 다른 지점에 놓여 있음을 의미한다. 말하자면 인간의 지각 능력이 전적으로 테크놀로지가 제공하는 정보로 대체되어버렸다는 것이다. 전쟁무기가 비약적으로 발달함에도 오폭을 비롯한 오인 및 오류 수치가 줄지 않는 것은 적과 아군을 식별하는 판단 능력을 테크놀로지에 양도한 데서부터 비롯된다. 이는 마치 인종주의가 그러한 것처럼 적과 아군의 경계가 특정한 정보 값에 의해 기계적으로 나뉘어 있음을 가리킨다.

민간인에게 폭격을 가한 미군 헬기 조종사들의 관점에서 볼 때, 거리를 배회하는 성인 유색인종들은 죄다 제거해야 할 대상이라는 정보 값으로 설정된 셈이다. 십자과녁에 포착된 피사체는 1인칭 슈팅 게임에서 쉼 없이 출현하는 떼거리mob와 다르지 않다. '몹'은 시간과 장소를 가리지 않고 '프레임' 속으로 침입한다. 이때 전장의 감시와 통제는 항공사진과 감시카메라, 폐쇄회로가 제공하는 이미지에 의해 이루어지며 심지어 실제 눈으로 주변을 경계하고 있을 때조차 병사의 눈은 기계적으로 작동한다는 것을 염두에 둘 필요가 있다.[3] 오늘의 전장은 테크놀로지가 제공하는 특정한 프레임에 의해 구축되고 있다.

1인칭 슈팅 게임은 이러한 변화된 지각 체계를 설명하는

---

3. 장병원, 「눈 먼 전쟁-기계의 탄생」, 『씨네 21』 715호, 2010.

데 많은 참조점을 제공한다.4 우선 1인칭 슈팅 게임이 3인칭 시점의 게임과 달리 전체 상황을 조망하는 눈을 갖지 못한 채 특정한 주관적 시점만을 채택함으로써 폐쇄된 상태의 정보만을 제공한다는 점을 언급해둘 필요가 있겠다. 물론 게임 전체 상황을 조망할 수 있는 시각적 인디케이터, 즉 HUD^{Head Up Dispaly}와 다양한 형식의 정보창이라는 게임 내적인 인터페이스를 동시에 지니고 있기는 하지만 1인칭 슈팅 게임은 게임의 몰입감이나 긴장감을 높이는 1인칭 시점이 주관하는 체제를 축으로 구성되어 있다고 봐야 한다.5 도처에서 출현하는 몹^{mob}에게 공격을 당했을 때 프레임이 진동하거나 화면에 스크래치가 발생하는데, 이는 단순히 외부로부터 받은 공격을 외화하는 효과에 국한되지 않는다. 이 흔들림과 스크래치는 프레임이라는 체제의 붕괴와 무관하지 않다. 게임을 지속하기 위

---

4. 1인칭 슈팅 게임의 시작은 〈메이즈 워〉(Maze War, 1973)나 〈스패심〉(Spasim, 1974)이 개발된 1970년대 초반까지 거슬러 올라가지만 본격적으로 주목을 받게 된 것은 1990년대 초반 〈울펜슈타인 3D〉(Wolfenstein 3D, 1992)와 〈둠〉(Doom, 1993)이 출시되고 나서이다. 이후 〈퀘이크〉(Quake, 1996), 〈언리얼〉(Unreal, 1998)을 거쳐 현대전 개념을 도입한 〈하프라이프〉(Half-Life), 〈소콤〉(Socom), 〈헤일로〉(Halo)로 이어지며 게이머들의 폭발적인 호응을 끌어냈으며 현재는 〈스페셜 포스〉(Special Force), 〈워록〉(War Rock), 〈서든어택〉(Sudden Attack) 등이 꾸준한 인기를 구가하고 있다. 1인칭 슈팅 게임의 활성화를 단순히 게임 산업의 발전으로만 간주할 것이 아니라 냉전체제 붕괴 이후 전쟁과 일상이 분리되지 않는 전 지구적 내전 상황이라는 역사적 맥락과 함께 고려할 필요가 있어 보인다.
5. 1인칭 슈팅 게임과 시각적 요소의 변환에 대해서는 전경란, 「3D 1인칭 슈팅 게임에서의 시각적 요소와 주체」(『한국게임학회』 10권 3호, 2010)를 참조.

해서는 프레임을 위협하는 몹의 공격을 먼저 제압해야 한다. 프레임에 '침입'하는 모든 피사체에 총격을 가해 제거함으로써 프레임을 유지해야 하는 것이다. 프레임 속으로 들어오는 모든 피사체를 적으로 간주하는 1인칭 슈팅 게임은 단순히 게임의 형식으로 한정되지 않는다. 미군의 민간인 폭격 영상처럼 1인칭 슈팅 게임의 형식은 전 지구적 내전이라는 역사적 상황 속에서 개별자들의 지각 체계가 어떻게 구축되는지 외설적으로 드러내고 있는 것이기 때문이다.

2. "끊임없이 조준하라. 시야에서 놓치지 말아라. 그러면 이기리라."

찍는 것shot과 쏘는 것shot의 상동성을 주장한 수잔 손택Susan Sontag의 날카로운 지적처럼 카메라와 전쟁은 밀접한 관계를 맺고 있다. 전쟁이 점점 더 적을 추적하는 정밀한 광학 장치들로 수행되는 행위가 되어갈수록 전선에서 비군사적인 목적으로 카메라를 사용할 수 있는 조건도 점점 더 엄격해졌다. 사진 없는 전쟁은 존재하지 않는 셈인데, 카메라와 총, 그러니까 피사체를 '쏘는' 카메라와 인간을 '쏘는' 총을 동일시할 수밖에 없는 이유는 비유의 차원에만 국한되는 것이 아니다.[6]

---

6. 수잔 손택, 『타인의 고통』, 이재원 옮김, 이후, 2004. 그런 점에서 『로이터』 저널리스트가 들고 있던 망원렌즈가 장착된 카메라를 소총으로 오인했다는 것은 찍는 것과 쏘는 것의 상동성을 환기한다.

이제 '전쟁을 일으키는 행위'와 '사진을 찍는 행위'의 거리는 지워져 있다. 물리적 대결보다는 항공 정찰과 그 시각적 편재성이야말로 힘의 우세함을 드러내는 무기가 되기에 전쟁은 더는 적군을 향해 돌진하거나 눈에 보이는 적을 겨누고 발사하여 쓰러지는 적을 볼 수 있는 육탄전의 양상을 띠지 않는다. '발사'보다 '시각적 조망'의 우세가 더 중요한 요건이 되어버린 변화된 전쟁의 상황을 비릴리오는 다음과 같은 슬로건으로 적확하게 포착해낸 바 있다. "끊임없이 조준하라. 시야에서 놓치지 말아라. 그러면 이기리라."[7] 빛의 투사, 원격 조종 장치와 비디오 미사일의 전자 눈의 투사가 과거 탄도학과 발사 무기들의 뒤를 잇는다. 비릴리오에 의하면 이 '눈'의 기능은 인간적 부동성으로부터 영원히 해방되어 영속적인 운동 속에 놓인 카메라 렌즈의 눈이며, 이제 육군 정찰병의 인간적인 투시법적 시각은 항공 정찰 시각 기계의 탈인간화된 파노라마적 시각에 의해 급진적으로 전복된다는 것이다. 그것은 즉각적인 지각이자 위에서 관망하며 지배하는 지각이다.

수잔 손택이 2001년 말부터 2002년 초까지 아프가니스탄에서 매일 벌어진 폭격 작전을 미국이 플로리다의 탬파에 위치한 중앙본부에서 지휘한 사실을 언급하는 것 또한 관망하며 지배하는 지각을 설명하기 위해서다. 이 작전의 목표는 적군의

---

7. 폴 비릴리오, 『전쟁과 영화 ─ 지각의 병참술』, 권혜원 옮김, 한나래, 2004, 20~21쪽.

공격으로 아군이 사망할 여지를 최소한으로 줄이면서, 될 수 있는 한 충분할 만큼 적군을 사살하는 것이었다.[8] 미국이 자신들의 권력에 저항하는 무수한 적들에 맞서 원격으로 전쟁을 지휘하는 이 시대에는, 대중들에게 무엇을 보여주고 무엇을 보여주지 말아야 할 것인가를 둘러싼 정책이 끊임없이 쏟아져나온다. 문제는 이러한 선별의 논리, 정보와 권력의 유착 관계에 대해 기울여야 할 관심이 '보는 능력'의 비약적 확장에 대한 논의로 대체되어버렸다는 사실에 있다. 시각 기술의 비약적 발달은 모든 것을 볼 수 있게 되었다는 믿음을 절대적인 것으로 만들고 '보이지 않는 것'을 '존재하지 않는 것'과 등가의 것으로 만들어버렸다.

테크놀로지가 제공하는 광학적 시선이 '사실의 전달'이라는 신화가 되는 것은 비단 전쟁 상황에만 국한되지 않는다. 개별자들의 지각 방식 또한 광학적 기기가 제공하는 이미지에 전적으로 의존하고 있기 때문이다. GPS, CCTV, Web Cam, Digital Camera 등의 대중적 보급은 '본다는 것'의 한계 범위를 비약적으로 확장했다. 시각이 인간의 눈이 아닌 기계에 의해 대체되어버린 이러한 상황은 세계를 조망하거나 전망하는 역사 인식의 붕괴와 무관하지 않으며 총체적인 인식을 저해하는 조각난 파편들과 기계화된 이미지가 그 자리를 대신하는 것이라 할 수 있다. 문제는 이러한 상황이 '본다는 것'이 어떠한

---

8. 수잔 손택, 『타인의 고통』, 105쪽.

조건 위에서 구성되는지를 성찰할 기회를 서둘러 폐기처분 해 버린다는 데 있다. '본다는 것'의 자명함은 '보이는 것'만을 맹신하는 구조를 낳을 수밖에 없다. 가령, '셀카'Self Camera를 통해 끊임없이 자신을 스스로 재현할 때라야만 (사회적) 존재감을 체감할 수 있는 환경이나 UCC의 광범위한 확장과 일상화, '유튜브'나 홈비디오 장르라 명명할 수 있는 1인칭 시점 영상 매체의 범람을 이러한 맥락 위에서 해석해볼 수 있다.

3. 나는 찍는다, 그러므로 존재한다.

모든 걸 찍어야 한단 말이야. 빌어먹을.9

비밀스러운 마케팅 전략을 통해 대대적인 성공을 낳았던 영화 〈클로버필드〉Cloverfiled(매트 리브스, 2008)는 영화의 새로운 장르를 개척한 것처럼 보인다. 외국으로 파견을 나가는 친구의 환송회를 찍기 위해 디지털카메라를 처음 만져보는 듯한 이('허드')가 이 영화의 촬영 감독 역할을 맡게 되기 때문이다. 아마추어에게 카메라를 맡긴 이 영화는 놀랍게도 괴물/재난 영화인데, 당연하게도 우리는 기왕의 괴물/재난 영화가 주었던 영화적 스펙터클이 주는 쾌락을 맛볼 수 없다. 대신 극단적인 들고 찍기Extreme Handheld 기법으로 촬영되어 쉼 없이 흔

---

9. 영화 〈R.E.C 2〉 첫 번째 시퀀스 중.

들리는 카메라와 초점이 맞지 않거나 거친 입자의 화면을 견뎌내야 한다. 그러나 관객들이 1인칭 시점의 혼란스러운 이미지들이 주는 어지러움을 견뎌낼 때, 예상치 못했던 새로운 영역과 조우하게 된다. 촬영자의 숨소리까지 생생하게 담아내고 있는 화면은 모든 일이 눈앞에서 벌어지고 있는 듯한 착각이 들 정도의 사실적인 현장감을 구현해내기 때문이다. 현실과 비현실이 아무런 설명 없이 뒤섞인 공간을 만들어내는 이 영화는 관객들에게 "보지 말고, 체험하라!"고 외치는 듯하다. 초점조차 맞지 않는 조악한 영상이 거대 자본을 기반으로 하는 할리우드 영화 산업의 일환이 될 수 있는 것은 관객들이 이미 이러한 동영상에 익숙해져 있기 때문일 것이다. 유튜브나 각종 UCC 등의 영상문화에 익숙한 젊은 관객층들은 혼란스럽고 조악해 보이는 영상에 대한 적응도가 높으며 마치 영상을 '스크랩'하듯 1인칭 형식으로 이루어져 있는 영화 속으로 기꺼이 들어가 혼란스럽지만 생생한 현실감 넘치는 개별자들의 주관적 체험을 공유한다.[10]

이 영화가 기왕의 괴물/재난 영화와 차별성을 갖는 것은 1

---

10. 새로운 영상 세대의 모습을 분명하게 확인할 수 있는 〈클로버필드〉의 다음과 같은 장면을 보라. 거대한 진동과 함께 건물이 붕괴하고 잘린 자유의 여신상 머리가 도심으로 날아든다. 사람들은 갑작스러운 재난으로부터 피하는 것보다 핸드폰이나 디지털카메라를 꺼내 자유의 여신상 머리를 찍는 데 여념이 없다. 천재지변이라는 극한의 상황에서 이들은 안전지대로의 대피보다 트위터나 블로그에 올릴 '인증샷'을 남기는 것이 더 필요한 것처럼 보인다.

인칭 시점으로 이루어져 있다는 형식적인 면에 국한되지 않는다. 흥미로운 것은 파티 중 갑작스럽게 출연한 괴물의 정체가 영화가 끝날 때까지 밝혀지지 않을 뿐만 아니라 그 형체 또한 전체적으로 '조망'되지 않는다는 데 있다. 1인칭 시점이라는 한정된 시각 범주는 외려 생생한 현장감과 사실감을 획득하는 중요한 기제로 기능한다. 영화의 모든 장면은 실제로 눈앞에서 벌어지고 있는 것처럼 극도로 현실적이다. 인위적인 편집이나 각색 없이 카메라에 찍힌 영상을 그대로 '재생'시킨 것처럼 보이는 이 영화에 "재난-SF-시네마베리테"[11]라는 이름표를 붙인 것은 정확해 보인다.

우리는 여기서 1인칭 시점이라는 형식과 재난이라는 영화 내용의 결합이 어떠한 경험적 지평에서 가능한지 물어볼 필요가 있다. 이 거칠고 혼란스러운 영화를 자연스럽게 받아들일 수 있는 것은 어떤 학습효과로부터 비롯되는 것처럼 보이지 않는가. '9·11'이나 동남아의 '쓰나미' 등 각종 재난을 포착했던 영상들이 죄다 거칠고 조악한 홈비디오 형식이었다는 점을 환기해본다면 말이다. 〈클로버필드〉의 중요한 형식적 특징은 생생한 현장감을 전달하는 1인칭 시점에 국한되지 않는다. 빈번히 사용되는 점프컷Jump-Cut과 먼저 기록되어 있던 '롭'과 '베스'의 단란했던 일상의 파편이 깨끗이 지워지지 않은 채 긴박한 영상 중간마다 틈입하는 장면이야말로 재난과 일상의

---

11. 김도훈, 「오, 마이 갓」, 『씨네 21』 637호, 2008.

분리 불가능한, 오늘날의 현실 감각을 적실하게 포착하는 형식적 특징이라고 할 수 있기 때문이다. 캠코더는 '롭'과 '베스'의 단란했던 일상을 담은 영상 위에 덧씌워지고 있으며 '허드'가 촬영을 중단하거나 찍었던 영상을 확인하기 위해 테이프를 돌릴 때 발생하는 간극에서 평온한 일상과 재난의 상황이 겹치는 것을 목도할 수 있게 된다. 1인칭 시점과 재난의 결합은 '재난의 일상화'라는 당대의 현실 감각 위에서 정초 되는 형식인 것이다.

이제 '찍는다는 것'은 단순히 특정한 기억을 기록함으로써 그것을 누군가와 공유하는 것에 국한되지 않는다. "자, 만약 이게 마지막으로 보는 장면이라면 그건 내가 죽었다는 뜻이다."는 '허드'의 진술이 예증하는 것처럼 '찍는 행위'와 개별자의 생존은 밀착되어 있다. 말하자면 생존은 개별자들의 시지각을 통해 '보는 것'에 달린 것이 아니라 광학적 기기를 통한 '찍는 것'에 좌우된다고도 할 수 있을 법하다. '보는 것'에서 '찍는 것'으로의 이 같은 이행은 카메라와 신체가 분리될 수 없는 관계 속에 놓여 있음을 예증하는 것이기도 하다. 일상의 매순간을 카메라로 포착해 기록하고 공유함으로써 존재감을 획득하는 유튜브 세대들에게 있어 '보는 행위'와 '찍는 행위'를 구별하는 것은 어색한 일일 것이다. 개별자들의 시지각이 광학적 기기와 밀착된 이러한 상황은 '찍는 행위'가 무조건 능동적이고 자율적인 행위일 수만은 없다는 사실을 의미 한다.

가령, 〈클로버필드〉와 같은 1인칭 시점으로 촬영된 〈R.E.C

2)(자우메 발라구에로^{Jaume Balagueró}·파코 플라자^{Paco Plaza}, 2009)의 경우 바이러스에 의해 오염된 건물 안으로 들어가는 구조대원의 안전모에 장착된 카메라는 '찍는 행위'와 '구조 임무'가 분리될 수 없는 것임을 분명하게 보여준다. "지금부터 일어나는 모든 상황을 녹화한다. 임무를 완수하기 전까지 연결을 끊지 마라."는 팀장의 당부처럼 폐쇄된 건물에서 벌어지는 모든 일을 찍는 것이야말로 이들에게 부여된 임무인 것이다.[12] 따라서 구조대원에게 '찍는 것'은 선택할 수 있는 것이 아니다. '찍는 행위'는 명령에 의해 강제된 것이지만 안전모에 장착된 카메라는 대원들의 의사와 관계없이 별다른 노력을 하지 않아도 자동으로 '찍고' 있기 때문에 그들은 '찍어라'는 명령의 강제성을 체감하지 못한다. 이들의 안전모에 장착된 카메라는 촬영자의 의지와 상관없이 촬영을 지속하기 때문이다. 도처에서 출현하는 좀비들로 인해 구조대원의 임무를 망각하는 순간에도 그들은 여전히 '찍고 있다.' 이들의 안전모가 벗겨지지 않는 한, 더불어 살아 있는 한 '찍는 행위'는 지속한다. '찍는 행위'와 '생존'이 분리 불가능한 것일 때, '나는 찍는다, 그러므로 존재한다.'라는 새로운 명제가 이미 우리 가까이에 도착했다는 것을 알 수 있다.

---

12. 영화의 중반 이후에 밝혀지는 것이지만 구조대원들이 폐쇄된 건물에 투입되는 실제 이유 또한 누군가를 구하는 것이 아니라 건물 안에서 일어나는 일들을 모두 기록하는 데 있다. 그러므로 임무를 완수하기 위해서는 마지막까지 살아남아야 한다.

4. '여기가 어디지?' : 프레임의 체계를 붕괴시키는 '얼굴'의 물음

〈클로버필드〉나 〈R.E.C 2〉 등이 획득하는 생생한 현장감은 실은 '정교하게 구성된 혼란'에 가깝다. '리얼리티 TV 쇼'에 출연하는 일반인들의 어리숙하고 제어되지 않는 즉흥적인 행위가 시청자들에게 묘한 흥미를 불러일으키는 것처럼 아마추어의 홈비디오 촬영과 같은 조악한 영상은 생생한 현장감을 제공함으로써 위험에 대한 대중들의 욕망을 끊임없이 부추긴다. '리얼리티 TV 쇼가 즉흥적 행동에 대한 호기심과 사적인 것이 주는 즐거움뿐만 아니라 무명의 인물들의 낯선 인성이나 행동들을 다양한 층위의 설명을 통해 시청자들에게 제공함으로써 "분류가 주는 안도감"[13]이라는 쾌락을 생산한다는 점을 간과해서는 안 되는 것처럼 1인칭 시점으로 구성된 미디어에 대한 대중들의 몰입 또한 현장감과 진실성이 주는 쾌락에만 국한되는 것은 아니다. 정교하게 의도된 혼란 속에는 낯선 것과의 접촉이 주는 즐거움뿐만 아니라 미지의 것을 식별하는데서 얻는 지식과 이질성을 소화하는 데서 얻는 안도감이 내장되어 있기 때문이다. '리얼리티 TV 쇼'는 계획되지 않은 '돌출'에 대한 대중들의 욕망을 끊임없이 부추기지만 궁극적으로는 사건의 예측을 통해 그것을 제어할 수 있는 장치를 마련함으로써 불안의 제거를 목적으로 한다. 제한된 정보만 제공하기

---

13. 올리비에 라작, 『텔레비전과 동물원』, 20쪽.

에 관객들이 더욱 몰입하게 만드는 〈클로버필드〉와 〈R.E.C 2〉와 같은 영화에서 '찍는 것'은 목숨을 담보로 하는 위험한 행위처럼 보인다. 그러나 그 행위 또한 미지의 것을 식별하려는 욕망의 해소와 맞닿아 있다는 사실을 환기할 필요가 있다. 앞에서 언급한 1인칭 슈팅 게임의 프레임이 적확하게 예시하는 것처럼 1인칭 시점은 생생한 현장감이 주는 쾌락뿐만 아니라 프레임 내부로 침범하는 이질성을 소화(제거)하는 데서 얻는 즐거움의 획득 또한 목적으로 하기 때문이다.

그렇다고 1인칭 시점이 말초적인 쾌락의 탐닉이나 표준화된 체제의 구축이라는 부정적인 의미만을 함의하는 것은 아니다. 1982년 이스라엘의 레바논 침공을 배경으로 하는 영화 〈레바논〉Lebanon(사무엘 마오즈Samuel Maoz , 2009)에서 구현되는 1인칭 시점은 여타의 영화들과는 다른 목적을 띠고 있다. 〈레바논〉 또한 탱크의 스코프scope를 통해 외부를 조망하는 1인칭 시점을 빈번히 사용한다는 점에서 앞서 살펴본 영화들과 형식적으로 많은 부분을 공유하는 것처럼 보이지만 그것이 전장의 생생한 현장감을 전달하는 것과는 다른 방향을 향해 나아간다. 탱크의 스코프를 통해 구현되는 1인칭 시점은 사실감과 현장감을 증대시키기보다 외려 광학적 기기가 제공하는 시각적 범위의 한계를 빈번하게 노출할 뿐이다. 강철로 이루어진 탱크 내부 또한 외부의 접근이 차단된 예외적인 공간이 아니라 외부로부터 끊임없이 영향을 받는 불완전한 공간으로 묘사되어 있다.[14]

탱크 내부의 병사들이 빈번히 내뱉는 "여기가 어디지?"라는 자족적인 진술은 의미심장한데, 이는 탱크 내부에 설치된 광학적 기기가 제공하는 프레임이 그 어떤 것도 설명해주지 못한다는 사실을 함축하고 있기 때문이다. 아울러 탱크 내부의 군사들이 외부의 지휘체계를 따르지 않고 있다는 사실 또한 주목해야 한다. 거듭되는 상관의 발포 명령에도 불구하고 탱크 내부의 병사들이 폭격 버튼을 누르지 못하는 것은 스코프에 포착된 피사체의 표정이 너무도 생생하게 포착되기 때문이다. 탱크에 장착된 광학 기기는 '무반동 소총'[15]과 달리 처참한 전쟁의 참상을 생생하게 전달하는 탓에 폭격의 대상으로 규정된 체계를 순간적으로 혼란스럽게 만드는 효과를 낳는다. 다시 말해 십자과녁에 들어온 피사체의 생생한 표정이 '프레임의 체계'를 붕괴시켜버린다는 것이다.[16] 조준병 '슈물릭'은 상관의 거듭되는 발포 명령에도 불구하고 십자과녁에 포착되는 대상을 향해 폭격(버튼)을 행하지 못한다. 십자과녁에 포착

14. 상관은 수시로 탱크 내부로 들어와 명령을 하달하거나 병사들에게 경고한다. 그뿐만 아니라 탱크 조준관이 격발을 주저한 탓에 적으로부터 피살당한 아군의 시체 또한 후송될 때까지 탱크 안에 머물며, 시리아 포로 또한 탱크 내부로 들어온다. 전쟁에 참여하는 제각각의 입장을 가진 이들이 공존함으로써 탱크 내부는 혼란에 빠지게 된다.
15. '무반동 소총'은 적을 제거하는데 그 어떤 자극도 받지 않음으로써 대상으로부터의 거리를 만들어내는, 현대전의 상징적인 무기라고 할 수 있다.
16. 적이 누구인가를 분별할 수 없고, 적의 실체를 알 수 없는 무능한 지각의 곤경에 관한 영화라고 할 수 있는 〈허트 로커〉(The Hurt Locker, 캐서린 비글로우[Kathryn Bigelow], 2009) 또한 전쟁과 지각체계의 변화라는 맥락 위에서 함께 고려해볼 수 있겠다.

된 '얼굴'은 피사체를 적이나 아군으로 나누는 전쟁의 기본 전제를 흔들어버리기 때문이다. 전쟁의 참상을 고스란히 외현화 한 피사체의 확대된 '얼굴'은 적과 아군을 분류하는 '프레임의 체계'를 위태롭게 만든다. 광학 기기에 의해 구현되는 1인칭 시점은 현실을 스릴만점의 롤러코스터로 변주하는 '리얼 쇼'로 만드는 것을 중단하고 전지구전 내전이라는 현실적 조건 속에 전제된 적과 아군의 범주를 규정하는 '프레임의 체계'를 성찰할 수 있는 계기를 마련하게 되는 것이다.

1인칭 시점이 생생한 현장감을 전달하는 것은 제한된 시점을 채택하기 때문인데 이는 외부적인 것(다른 시선)을 들어올 수 없게 만드는 폐쇄된 정보만 받는 구조를 의미한다. 위험을 '안전하게 체험'할 수 있는 1인칭 시점으로 이루어진 많은 미디어는 역설적으로 익명의 공간을 생산한다. 1인칭 프레임에 포착되는 모든 피사체는 제거해야 할 대상에 지나지 않는다. 개별자들의 고유성은 1인칭 프레임 속에서 용해되어버리고 생생하게 전달되는 현장감이 만들어내는 '의사pseudo 진정성'은 익명화된 공간으로 추락해버린다. 1인칭 시점Shot에 대한 대중의 열광은 승자독식, 무한경쟁, 적자생존을 근간으로 하는 신자유주의 체제로부터 파생된 것임이 분명하다. 사람들은 망설이지 않고 방아쇠를 당김으로써Shot 차이를 소화(제거)해버린다. 1인칭 시점이 만들어내는 프레임은 '다른 것을 같게 하라!'는 명령이 수행되는 장소인 셈이다. 특이한 존재의 고유성을 절대적이고 단일한 얼굴로 길들여버려 '압축된 얼굴'이 생산되는 장소 말이다. 〈레바논〉에서 확인한 1인칭 시점은 '압축된 얼굴'을 푸는 하나의 프로그램이 어떻게 1인칭 시점 속에서 발견될 수 있는지를 보여준다. 카메라는 개별자들의 얼굴을 '압축'시켜버리는 기능을 가지고 있으면서, 프레임 자체를 찢어버리는 동력을 응집시킬 수 있는 이율배반적인 기능을 동시에 가지고 있다는 사실을 우리에게 알린다.

박카스와 핫식스

1

한 언론 보도에 따르면 '에너지 음료'의 소비가 작년보다 12 배 정도 상승했다고 한다. 롯데칠성의 '핫식스'나 동서식품에 서 수입하는 '레드불' 같은 고카페인 에너지 음료는 단지 밤을 새워 공부할 때만 마시는 것이 아니다. 클럽에서 밤새워 놀기 위해서도 이런 고카페인 에너지 음료를 즐겨 마시고 있기 때문 이다. 서울의 강남과 홍대 클럽에서는 에너지 음료 폭탄주도 많이 팔리고 있다고 한다(양주와 에너지 음료를 1 대 3배율로 섞어 한 잔에 7,000~12,000원에 판다고 한다). 공부할 때도 '핫 식스', 클럽에서 놀 때도 '핫식스'인 셈인데, 이는 원기를 회복하 고 피로를 푸는 데 도움이 되었던 '자양강장제'와 성격을 달리 한다. '타우린'이 함유되어 있던 박카스(생생톤, 구론산바몬드 등)를 밤새워 놀기 위해 마시지는 않았다. 노동과 놀이 사이에 차이가 사라진 현상을 박카스에서 핫식스로 바뀐 음료 문화 의 변화가 잘 보여주고 있는 셈이다. 그러니 저 짧은 신문 기사 에서 한국사회의 어떤 변모의 흔적을 잡아챌 수 있다. 박카스란 '~이 되는 것'을 근간으로 하는 자양강장제이다. 공동체의 구성원으로서의 다짐이나 바람을 표출했었던 것(지킬 건 지키는 건전한 젊은이, 거짓말을 해서라도 꼭 가고 싶다던 군대, 작은 회사를 크게 키워보고 싶다던 중소기업의 신입사원 등)에서 정해진 목표 없이 사력을 다해 하루를 보내는(every day 핫식스) 것으로, 내일을 위해 오늘을 마무리하는 것이 아니라 오늘을 위해 내일을 빌려 쓰는 것으로 변모한 듯하다. 재독 철학자 한병철은 『피로사회』에서 "시대마다 그 시대에 고유한 주요 질병이 있다."[1]고 한 바 있는데 이를 '시대마다 그 시대에 고유한 음료가 있다.'로 변용해볼 수도 있겠다.

2

한병철은 『피로사회』에서 21세기의 시작을 병리학적으로 볼 때 박테리아적이지도 바이러스적이지도 않으며 다만 신경증적이라고 한다. 우울증, 주의력결핍과잉행동장애, 경계성성격장애, 소진증후군 등이 21세기 초의 병리학적 상황을 가리키는데 이 질병들은 면역학적 타자의 부정성이 아니라 긍정성 과잉으로 인한 질병이라는 것이 한병철의 진단이다. 이른바 면역학적 기술로는 다스려지지 않는 새로운 질병이 창궐해 있다는 것. 문제는 이 사회의 그 병을 인지하지 못할 뿐만 아

---

1. 한병철, 『피로사회』, 11쪽.

니라(무통사회) 사회의 구성원들 또한 기꺼이 자신을 끝 간 곳으로 내몰고 있다는 것이다. 한병철이 말하는 면역학적 시대란 공동체를 건사하는 데 있어 '노동'이 중요한 가치로 자리매김하고 있던 시대를 지칭하며 안과 밖, 친구와 적, 나와 남 사이에 그어진 뚜렷한 경계선이 있던 시대(냉전 또한 이러한 면역학적 도식에 따름) 또한 가리킨다. 그러나 오늘날의 세기는 '이질성'과 '타자성'의 소멸을 주요 특징으로 하고 있지 않은가? 이질성과 타자성은 '차이'로 대체되었다. 지난 시절의 It's Different!(휴대폰 광고 문구)에서 오늘의 '좋아요'(페이스북 facebook)로의 이동, 아니 그 연속! 물론 여전히 많은 외부인이 세계 여기저기를 옮겨다니고 있지만 관광객이나 소비자는 절대 면역학적 주체가 될 수 없다.

무엇보다 중요한 것은 면역학적 패러다임이 세계화 과정과 양립하기 어렵다는 데 있다. 면역의 근본 특징은 부정성의 변증법이다. 면역학적 타자는 자아 속으로 침투하여 자아를 부정하려고 하는 부정분자인데 자아는 이러한 부정성으로 인해 파멸한다. 이를 피하려면 자아 편에서 타자를 부정할 수 있어야 한다. 다시 말해 자아의 면역학적 자기주장은 부정의 부정을 통해 관철되는 것이다. 자아는 타자의 부정성을 부정함으로써 타자 속에서 자기 자신을 확인한다. "치명적일 수 있는 훨씬 더 큰 폭력에서 자신을 지키기 위해 자발적으로 약간의 폭력을 받아들이는 것이다."(16) 21세기의 신경성 질환들 역시 그 나름의 변증법을 따르고 있지만 그것은 부정성의 변증법이 아니라 긍정성의 변증법이다. 긍정성의 과잉에서 비롯된 병리적 상태!

긍정성의 과잉이 왜 병리적 상태인가? 같은 것 사이에선 항체가 형성되지 않기 때문이다. 이러한 비면역학적 배척은 같은 것의 과다, 긍정성의 과잉과 관련이 있다. '좋아요, 핫식스!' 과잉생산, 과잉가동, 과잉 커뮤니케이션이 초래하는 긍정성의 폭력은 '바이러스적'이지 않다. '과다'는 면역반응을 만들어내지 않기 때문이다. 과다에 따른 소진, 피로, 질식 역시 면역 반응은 아니다. 긍성성의 폭력은 적대성을 전제하지 않으며 외려 관용적이고 평화로운 사회에서 확산된다. 지젝Slavoj Žižek식으로 말하자면 '변비를 치료하는 초콜릿'('즐겨라!'Enjoy!라는 명령)은 면역학적인 도식이 아니라 과잉과 과다를 위한 도식인 셈이다. 한병철은 "긍정성의 폭력은 박탈하기보다 포화시키며, 배제하는 것이 아니라 고갈시키는 것이다."(21)라고 말하고 있다. 이 새로운 형태의 폭력은 규율사회에서 성과사회로 이행에 의해 산출된다.

피트니스 클럽, 오피스 빌딩, 은행, 공항, 쇼핑몰, 유전자 실험실로 이루어진 오늘날의 사회는 병원, 정신병자 수용소, 감옥, 병영, 공장으로 이루어진 푸코의 규율사회와는 다른 성과사회이다. 이 사회의 주민들도 복종적 주체가 아니라 성과주체로 불린다. '자기 자신을 경영하는 기업가', '나'라는 주식회사를 경영하는 주주. 규율사회가 부정성의 사회였다면 성과사회는 무한긍정의 사회다.' ~해야 한다(앞에서 언급한 박카스의 슬로건 '~이 되고 싶습니다.' 또한 이와 다르지 않다.]'와 '~해서는 안 된다'는 양면 속엔 강제성과 부정성이 깃들어 있다. 그러나 성과사회의 구성원들은 "yes, we can!"만을 외친다. 이 복수형 긍정에서는 금지, 명령, 법률의 자리를 프로젝트, 이니셔티브, 모티베이션이 대신한다. 규율사회의 부정성은 광인과 범죄자를 낳지만 성과사회는 우울증 환자와 낙오자를 만들어낸다. 자신을 계발하는 것이 구성원들의 '덕목'이 된 지 오래다. '스펙'을 쌓아야만 한다는 강박에 자유로운 20대는 그리 많지 않아 보인다. 스펙이 우리를 자유롭게 하는가? 우리에게 허용된 무한한 자유는 새로운 방식으로 구성원들을 관리하는 통치성의 실현인 것은 아닌지 되물어야 한다.

가령, 걸그룹 '티아라'가 7인조에서 9인조 체제로 돌입한 것은 무엇을 의미하는가?[2] 자기계발의 욕구 혹은 자유는 일견 무한한 자유를 허용하는 것처럼 보이지만 실은 개별자의 삶에 있어 '생존'이 가장 중요한 화두로 급부상한 문맥과 긴밀하게 이어져 있다. 자기계발의 열정의 기저에는 '베틀로열', '서바이벌', '추방의 불가피성', '쓰레기가 되는 삶'이라는 성과사회를 구축하고 유지하는 다양한 장치들의 작동에 의한 감정인 것이다. 〈무한도전〉, 〈나는 가수다〉, 〈불후의 명곡〉, 〈K팝스타〉 등에서 확인할 수 있는 것처럼 추방의 불가피성과 생존에의 욕구는 연예인과 일반인을 가리지 않는다. 체계적인 시스템을 갖

---

2. 「티아라 "9인 체제 시동 긴장감 팽팽"」, 『스포츠서울』, 2012년 5월 23일.

춘 기획사에서 생산해내는 아이돌들을 필두로한 K팝 열풍 또한 성과사회의 중요한 '성과'다. 자본제적 체제가 부여한 '미션'을 오늘 완수하지 않으면 우리는 내일 당장 낙오(탈락)한다는 것이 오늘의 공리다.

3

1997년, 한국 사회는 이전과는 전혀 다른 방식으로 변하게 된다. IMF 체제의 도입은 한국인들의 삶과 정서를 완전히 바꾸어놓은 중요한 사건 중의 하나다. 신자유주의 체제는 승자독식, 약육강식의 구조로 되어 있는 탓에 한국인의 생존 의식 또한 이전과는 다른 방식으로 바뀌게 된다. 흥미로운 것은 그러한 변화가 국가적인 정책이나 기업의 운영 체제로부터 뿐만 아니라 대중문화의 변모와 궤를 함께하고 있다는 것이다. 서바이벌형 리얼리티 TV가 거의 모든 방송 프로를 잠식했다는 것, 이것은 비단 브라운관의 문제에만 국한되는 것은 아닌데, '추방과 생존'을 골자로 최후에 남은 1인(생존자)이 모든 것을 독식하는 서바이벌형 리얼리티 TV 쇼의 형식은 신자유주의 시스템의 작동원리를 그대로 보여주는 것이기도 하기 때문이다.

'리얼리티 TV 쇼'의 유행은 비단 특정한 형식의 TV 프로그램 범람으로 국한될 수 없다. '리얼리티'라는 가치의 확장은 구성원의 모든 것을 실시간으로 감시·통제할 수 있는 체제를 구축하는 역할 또한 수행하기 때문이다. 주위의 모두가 더 나은 삶을 위해 노력하는 것처럼 보이지만 그 노력은 삶이 아닌 생존을 향해 있다. 전 지구적 내전 상태는 비단 테러나 국가 간의 분쟁, 종교나 이념의 충돌을 지칭하는 것에 국한되지 않는다. 언제라도 낙오자가 될 수 있다는 위기감을 내면화 하는 것이야말로 삶의 공간과 전장이 구분되지 않는다는 것을 보여준다. 살아남는 것이야말로 IMF 체제 이후 한국 사회의 구성원들이 체득한 가장 분명한 삶의 감각이다. '한방의 인생 역전'이라는 로또식 사고는 삶의 변화를 기대할 수 없는 한국 사회의 형편을 고스란히 드러낸다. 이러한 형편 속에서 탄생한 것이 분명한 '대박'이라는 기괴한 표현이 특정한 의미가 아닌 어디에도 적용 가능한 보편어로 확장되는 추이는 우리의 삶이 가빠르게 생존으로 추락하고 있음을 의미한다. "나만 아니면 돼"라는 '버라이어티 정신'은 생존이 삶의 목적이 되어버린 오늘의 시대정신을 적확하게 드러내는 구호이자 시대 철학이 되어버렸다.

3부 대피소의 별자리 :
이 모든 곳의 곳간

김비, 〈회복의 나무〉, 2019 (디지털아트=아이패드 프로×애플팬슬×Procreate)

세상의 모든 곳간(들)

1. '하나'라는 참혹

　참혹하다. 오직 '하나'만이 허용되는 '이곳'에서의 삶은. 참혹이 참담으로 속절없이 번지는 길 위에 서서 무한(참)히 증식하고 증폭되는 참혹함의 출처를 그러잡는다. 참혹함은 인식이나 감정의 문제가 아니다. 그것은 '삶의 질감'을 가리킨다. 내가 기댄 이곳이 참혹한 것은 오직 '하나'만을 허락하기 때문이다. 하나만 허락한다는 것은 그 하나가 '군림'의 힘을 행사하고 있음을 의미한다. 아니 '하나'는 애써 군림하지 않는 것처럼 보인다. '하나'라는 유일한 질서, 가치, 선택지를 유지하기만 한다면, 다시 말해 '다른 것'이 뿌리내리거나 자생할 수 있는 조건을 통제하기만 한다면 모두가 그 하나를 중심으로 일사분란하게 도열해 자발적으로 차렷 자세를 유지할 것이기 때문이다. 그렇게 '하나'는 '죄' 없이 '선'하다.

　시행착오라는 호위병. 아니 시행착오를 차라리 주술을 외는 마법사라 바꿔 불러도 좋겠다. 군림하는 '하나'는 '시행착오'라는 회로를 가동해 자신을 개선해나가며 한 발짝 앞으로 나아가거나 한 단계씩 위로 올라가는 재생산 체계를 구축한다. 서바이벌 오디션 프로그램의 참가자들만이 프로듀싱producing 되는 게 아니다. 시행착오라는 신화화된 계몽의 명령은 구성원 모두를 하나의 시스템 아래에 두고 제 입맛에 맞게 넣었다 뺐다, 붙였다 뗐다, 들어다 났다, 변덕을 부리며 프로듀싱한다. '하나'는 접근 가능한 것처럼 보일 뿐 누구도 가닿을 수 없다. 성문은 닫혀 있고 그 문턱에서 우리는 끊임없이 미끄러진다. 그렇게 다시 미끄러지면서 시행착오의 세계가 말소해버린 가치를 떠올려보자. '실패라는 가치', 아니 '실패라는 감각'. 그리고 마주 보자. 실패가 말소된 거대한 인큐베이팅incubating의 세계를.

참혹한 이곳에서 내가 기꺼이 맞서야 할 대상이 있다면 그것은 '시행착오라는 구조'다. 그 싸움을 통해 쟁취해야 할 것이 있다면 그것은 '실패라는 감각'이다. 이 감각은 곧장 '낙오'나 '추방'이라는 의미로 입도선매 되는 실패가 아닌 각자의 호흡과 리듬으로 더듬어가며 익히는 삶의 질감을 가리킨다. 반복하지만 시행착오적 구조는 다른 것을 허용하지 않는다. 참혹이란 '하나'를 소유하지 못하는 것을 출처로 하는 것이 아니라 '하나'만을 허용하는 데서 비롯된다. '박탈감' 또한 소유의 여부보다 다른 것을 선택할 가능성의 소거로부터 연유한다. '하나'가 군림하는 세계에 '두 개'나 '두 번'은 없다. 시스템의 회로에서 가동되는 동력 장치 없이 삶을 밀고 나가는 것은 불가능하다. '하나' 이외는 금지되어 있기 때문이다. 그렇다면 '실패'란 무엇인가? 삶의 실감과 질감은 저 자신의 걸음과 리듬으로 삶을 조형해나가는 감각을 가리킨다. 이때 '실패'란 행위의 결과가 아니라 선택의 다양성과 삶의 가능성이 허용되는가를 가늠할 수 있는 중요한 지표이기도 하다. 그런 점에서 실패만이 각자의 삶에 '결'과 '무늬'를 새길 수 있다. 이것과 저것 중 하나를 선택하는 것이 아니라 이것과 저것을 동시에 요구하거나 혹은 모두를 선택하지 않을 수도 있는 자유 또한 허용되어야 한다. '두 개'나 '두 번'은 단지 숫자나 횟수를 가리키는 것이 아니라 선택의 다양성과 삶의 가능성을 요구하는 태도에 가깝다.[1]

'하나'가 주관하는 질서 아래에서 다른 것을 원할 수 있는

---

1. 겹의 참혹. '이곳'은 '대안'조차 여러 개가 아니기에 선택할 수가 없다! 대안 또한 '시행착오적 구조'를 반복하며 '하나'라는 계몽적 구조에 갇혀 있다. 아울러 한 국가가 다른 국가에 대해서 국가(적대)인 것을 보지 않는 것처럼 ("그것은 국가는 다른 국가에 대하여 국가인 것을 보지 않는 것이다. 국가의 이런 성격을 보지 않으면, 즉 국가를 그 내부만으로 보면, 그것을 재분배 시스템으로서 미화하게 된다.", 가라타니 고진, 『세계사의 구조』, 조영일 옮김, 도서출판 b, 2012, 438쪽 미주 8) 공동체(소모임)는 다른 공동체(소모임)에 대해서 공동체임을 보지 않는다. 설사 그것이 대안적이라 해도, 자본제 시스템과 불화하는 것이라 해도 사정은 달라지지 않는다. 외려 '대안'이라는 가치야말로 자기 정당화의 논리로 환원되기 일쑤며 대의가 큰 모임일수록 자기 정당화의 구조를 성찰하고 반성하는 능력은 희박하기 마련이다. 지역의 많은 공동체가 그토록 소통하지 않는 이유가 이로써 좀 더 분명해진다. 네트워킹의 어려움은 고군분투라는 자기정당화를 수난사적인 방식으로 외화하는 연유에서 찾아볼 수도 있다. 열악한 상황과 어려움을 딛고 있다는 고군분투의 감각이 역설적으로 만남과 관계 맺음을 통해서만 조형될 수 있는 '현장(들)'을 더욱 희박하게 만든다. 세상의 모든 대안 공동체를 이런 식으로 타매하고 부당하게 매도해서는 안 되겠지만 '국가가 다른 국가에 대해 국가인 것을 보지 않는다.'는 가라타니의 논의는 거듭 되새길 필요가 있다. 그리고 그 태도를 현장으로 불러들일 필요가 있다.

욕망의 자유와 다른 길을 갈 수 있는 선택의 자유가 봉쇄된 '이곳'은 그럼에도 누군가의 명명과 규정으로 환원되지 않는다. 가령, 부산이라는 지명이나 지역이라는 모호한 이름은 '이곳'에서 생성되고 있는 무수한 면들 중 한 단면만을 겨우 포착할 수 있을 뿐이다. '하나'가 독점적으로 군림하는 시행착오적 구조 속에서 삶의 실감과 질감을 어떻게 그러잡을 수 있을까? 이 글은 '이곳'을 재구성하고 재배치하는 이들의 다양한 만남의 시도들을 기록함으로써 이곳을 '가능성의 중심'에서 바라보고자 한다. 시행착오적 구조를 뚫고 기꺼이 감행하는, 실패를 향한 무수한 도약에서 우리는 '선배'나 '선생'이 아닌 '친구'와 '동료'를 만나게 될 것이다. 칭찬이나 격려가 아닌 '응원'이 살려내는 '우정의 장소'에 당도하게 될 것이다. 그때 이 글은 사람과 사람이 애써 만나 서로의 희망을 나눔으로써 조형되는 장소들에 대한 기록이 될 것이다. 바로 그 '장소'는 우리가 서 있는 '이곳'에 잠재된 '가능성'이다. '이곳'을 부정하거나 냉소하지 않고 아직 사유 되지 않은 것을 발굴하고 발견하는, '그 가능성의 중심'에 설 수 있을 때 우리는 다시 실패할 수 있을 것이다. 부디 그럴 수 있었으면 한다.

2. 세상의 모든 곳場/간間/들

'이곳'엔 저마다의 삶이 부대끼고 경합하고 어울림의 역사가 적층되어 있기에, '이곳'은 삶의 양식을 조형하는 고유한 저

장고庫間이기도 하다. 사람과 사람들의 만남이 일구어내는 모든 장소는 그 자체로 '곳간'이기도 하다. '곳간'은 겨울 동안 먹을 곡식과 다음 해 이른 봄, 땅에 뿌릴 씨앗을 보관하는 전통적인 저장소로 알려졌지만 지금-이곳의 곳간은 커다란 자물쇠를 달아 곡물과 종자를 보호하던 과거의 그것과는 다르다. 각자가 오랜 시간 동안 일구어온 생활의 현장이 바로 곳간이다. 그러니 곳간을 여는 것은 특정한 자질이나 자격의 여부와는 무관한 것일 테다. 많은 이들이 만날 수 있는 장소로서의 '곳간', 그리고 저마다의 능력과 재주를 나눔으로써 각자의 삶을 더욱 풍성하게 만들 수 있는 장場으로서의 '곳간', 마침내 사람과 사람들의 만남을 통해 열리는 '우리 모두의 곳간'.[2]

'곳간'이라는 어휘를 재서술할 때 '이곳'은 삶의 실감과 질감이 축적된 '장소'가 된다. 생활 속에 감춰진 보물을 찾는 것이 아니라 생활 그 자체가 '우리들의 보물'이라는 것을 알게 되는 것. '곳간'이 열리는 곳은 무수한 '생활의 현장'일 수밖에 없다. '곳간'에서 우리는 '생활의 현장'이 곧 세상의 유일한 장르가 살아 움직이는 장소이자 예술의 장임을 알게 된다. 생활과 예술은 언제나 이어져 있으며 서로가 서로에 기대어 있다. '생활이냐, 예술이냐'라는 양자택일의 문제가 아니라 생활과 예술 모두를 요구할 수 있는 권리는 '과'라는 접속사의 (재)발명과

---

2. 필자가 동료들과 함께 열어가고 있는 생활예술모임 〈곳간〉의 취지문을 문맥에 맞게 변형했다. 자세한 내용은 https://www.facebook.com/between-scene 참조.

이어져 있다. 접속사란 단순히 이것과 저것을 연결하는 도구에 국한되지 않는다. 이것과 저것을 연계하는 '와/과'라는 접속사는 '하나'만을 허락하는 현실의 제약을 뚫고 '두 개' 혹은 '두 번'에 대한 권리의 요구이기 때문이다.

접속사의 (재)발명이란 만남과 관계에 대한 요구와 다르지 않다. 만남이라는 사건은 '고립'이 '자립'으로 나아갈 수 있는 길을 연다. 연결과 접속이 현실의 조건을 변주한다. 장-뤽 고다르Jean-Luc Godard의 언급을 변주하는 히로세 준의 설명을 참조해보자. 그는 '쌍안경과 무전기를 손에 든 만 명의 아이들'의 영상 그 자체는 '단순한 것'에 지나지 않지만 이 영상이 '농민들의 귓전에 울려 퍼지는 맨 처음 총성'인 '단순한 음성'과 '와'로 접속할 때 비로소 이들의 영상과 음성은 '혁명적'인 것이 된다고 주장한다.[3] '원 플러스 원'은 대형 마트의 판매 전략인 것만은 아니다. 연결과 접속은 현실을 가능성의 중심에 두는 태도이며 동시에 잠재된 힘에 대한 믿음이기도 하다. 이것과 저것을 연결하고 접속할 때 다른 사건이 발생한다. 생활예술이란 생활이 예술을 끌어올리고, 예술이 생활을 끌어올림으로써 생활의 가능성과 예술의 가능성을 주고받을 수 있을 '사이-공간'을 생성하는 실험의 이름이다. 그 실험의 목표는 하나다. 삶의 가능성을 (재)발견하는 것.

---

3. 히로세 준, 『봉기와 함께 사랑이 시작된다』, 김경원 옮김, 바다출판사, 2013, 63쪽.

접속사가 '권리에의 요구'라는 동력을 가질 때 그것은 '사이-공간'을 창출하는 힘으로 연결된다. 이곳과 저곳을 접속할 때 '사이between-공간scene'이 열린다. '곳간을 연다.'는 것은 권리에의 요구를 통해 사이-공간을 조형하는 것이다. 없는 것/곳을 만드는 것이 아니라 '이미' 있지만 '아직' 발견하지 못한 것/곳을 접속으로, 만남으로, 관계를 통해 끌어올릴 수 있다는 것이다. 그것은 현실의 잠재성에 대한 믿음과 다르지 않다. 그러니 '접속사'는 각각의 것들을 이어주는 '다리'라기보다 제한되고 감금된 현실의 수많은 장벽을 뚫어내는 '굴착기'에 가깝다.

3. "사라지며 비추며": 백수들의 실험실 〈생각다방 산책극장〉

'하나'밖에 없는 세계의 참혹함 속에도 '사이-공간'은, '곳간'은 열린다. "재난 유토피아"라는 새로운 개념을 창안해낸 리베카 솔닛은 "이 시대의 잠재적 낙원의 문은 지옥 속에 있다"[4]고 했다. 폐허를 조건으로 열리는 '사이-공간'을 이야기할 때 그 첫 자리에 재개발 지역에서 우정과 놀이를 통해 장소화를 일구어낸 〈생각다방 산책극장〉(2011년 5월~2015년, http://blog.naver.com/beluckysuper)을 떠올리는 것은 자연스럽다. 언제 헐릴지 알 수 없는 대연동 재개발 지구에 자리 잡고 있던 〈생

---

4. 리베카 솔닛, 『이 폐허를 응시하라』, 22쪽.

대연동 시절을 마감하며 대문 앞에서 '생각다방 산책극장'의 친구들이 모여 기념 사진을 찍었다. (2014년, 제공 : 생각다방 산책극장)

각다방 산책극장〉은 누구나 쉽게 접근할 수 있는 '열린 장소' 의 표본으로 삼을 만하다. 그곳에서는 특별한 능력 없이 누구 라도 '주인공'이 될 수 있고 함께 모여 음식을 만들어 나눠 먹 고 서로의 얼굴을 그려 선물을 하고, 강정마을에 보낼 만두 를 빚고 친구들의 생활을 기록해 잡지를 만들어 무료로 배포 한다. 화려하진 않지만 재개발 지구에 사람들이 모이는 것만 으로도 고유한 화음과 멜로디가 만들어지는 기적 같은 음악 회가 열리는 곳. 이 '백수들의 유쾌한 실험실'은 '놀이 조합원'이 라는 새로운 연대의 방식을 발명했고 급작스럽게 도착한 '재개 발' 통보를 '재(能) 개발'이라는 마법 같은 변주를 통해 "사라지 며 비추며"[5] 모든 이들이 주인이 되어 하루하루를 꾸려나감으

칠산동으로 옮긴 '생각다방 산책극장'에서 열렸던 '홈메이드 콘서트' 밴드 '그릇'의 공연 장면. (2013년 11월)

로써 새로운 시작의 길을 만들었다.[6]

〈생각다방 산책극장〉이라는 장소는 끝자리, 구석, 내밀린 곳, 벼랑 끝, 마지막 남은 곳으로 몰아세우는 현실의 조건 속에서 '마지막'이라는 최후의 어휘가 아닌 그럼에도 '남았다'는 것의 의미를 환기한다. '남았다는 것'이란 어떠한 상황 속에서도 남을 것이라는 '의지의 힘'이지 않겠는가. 그러니 '남았다는 것'은 잉여나 결여가 아니라 '없는 곳'까지 조형하고 발명할 수 있는 의욕이며 희망이다. '남았다는 것'이 의지의 힘이라면 그 힘은 무엇을 희망(지향)하는가? 어떤 힘에 기울어지는가? 무엇에 기꺼이 그 의욕을 내어주는가? 만남이다. 남아 있는 힘은 또 다른 누군가와의 만남을 위해, 남아 있는 나를 알아보고 또 남아 있는 너에게 손을 내밀며 사라지지 않을 수 있는 장소

5. 김일두, 〈새벽별〉, 『곱고 맑은 영혼』, HELICOPTER Records, 2013.

6. 〈생각다방 산책극장〉은 2013년 7월 말 재개발로 인해 대연동 시절을 마감하고 이후 복천동으로 옮겨 '시즌 2'를 열었다.

를 조형한다.

4. 말하는 관객, 51%에 대한 응원 : 플랫폼으로서의 〈모퉁이 극장〉

〈생각다방 산책극장〉의 '백수들의 실험실'에서 발명해낸 '놀이 조합원'으로 이룬 연대의 양식은 '아마추어의 반란'이라 부름직하다. 생활과 놀이 중 하나만을 택해야 하는 현실의 조건을 뚫어내어 '생활놀이'의 가능성을 실천할 수 있었던 것은 이들이 전문가 집단이 아니라 아마추어들이었기 때문일 것이다. '전문가'가 자신이 속해 있는 분야를 깊이 파고 들어간다면 '아마추어'는 '들어갔다 나오기'를 반복하며 여기에서 저곳으로 이동하고 이것과 저것을 연계한다. 아마추어적인 태도 속에 외려 새로운 결속의 방식을 생성해내는 장소가 또 하나 있다. 원도심 중앙동에 있는 〈모퉁이극장〉을 거점으로 영화의 관객들이 모일 때 연대의 장소가 조형된다. 시네마테크가 영화를 아카이브 하는 공간이라면 〈모퉁이극장〉은 영화를 본 관객의 목소리를 상영, 기록, 복원하는 것을 목표로 하는 '시네마-피플 테크'에 가깝다. 관객이 주도하는 '관객 문화 생태계' 및 '문화예술 생태계'를 조성하기 위해 독립 및 실험영화 정기상영회, 공연 및 세미나를 위한 공간 운용을 비롯하여 오직 관객들을 위한 하룻밤이라 할 수 있는 '관객들의 밤'을 개최해오고 있다. '시민 관객 주도형 잡지'를 표방하는 잡지 또한 창간된 바 있다.

〈모퉁이극장〉의 일련의 기획들은 영화의 관객이라는 익숙하고 평범해보이는 대상을 '그 가능성의 중심'으로 대함으로써 새로운 영화 생태계를 조성하는 데 집중하고 있다. 관객의 재서술을 통해 영화가 (재)상영된다는 것은 관객을 '수동적'인 '소비자'로 대하던 기왕의 관점을 전복시킴으로써 '영화'라는 매체의 중심을 전환하는 급진적인 시도라 할 수 있다. 〈모퉁이극장〉에서라면 '관객은 말하는 존재다.'라는 문장은 특별한 것이 아니다. 일견 평범하고 소박해 보이는 '관객의 말'은 〈모퉁이극장〉이라는 아지트에서 만난 또 다른 관객들과의 '나눔'을 통해 기왕의 영화와는 다른 새로운 해석과 관점을 견지한 '선언'이 되는 시네마틱한 순간을 만들어내기도 한다. '시네마틱한 순간'이란 무언가가 폭발하는 순간을 의미한다. 관객이 영화에 관해 말을 할 때를 떠올려보라. 관객의 말문이 터진다는 것은 단지 비유가 아니다. 관객의 말이 도화선이 되어 영화가 폭발한다. 두 번의 폭발이 가능하다. 먼저, 영화가 관객에게 도착하는 순간의 폭발. 이 폭발은 각자와 좌석에서 고요하게 이루어진다. 폭발의 강도는 오직 영화의 도착을 품고 있는 관객만이 느낄 수 있다. 그리고 곧 두 번째의 폭발이 시작된다. 관객의 말이 터져 나오는 순간 말이다. 관객이 말을 할 때 또 다른 영화가 시작된다고 했다. 스크린 바깥으로 넘쳐나는 폭발이 있다. 그러니 영화 또한 온전할 수가 없다. 관객의 말(폭발)에 의해 영화는 다른 몸을 가지게 되기 때문이다. 관객의 말에 의해 영화가 탈구축되는 현장. 관객의 말은 영화를 재구축하는 창조적인 행위다. 스토리의 순서와 질감이 관객의 말에 의해 바뀌고 인물들의 구도 또한 바뀐다. 관객의 말이 영화를 엉망진창으로 만드는 것처럼 보이지만 그것은 동시에 영화를 재구축하는 힘이기도 하다. 중심을 흐트러트리면서, 아니 여러 개의 중심을 만들면서, 옆으로, 옆으로 끝없이 증식하면서. 관객의 말이 시작될 때 영화가 활성화된다.

이런 역량은 〈모퉁이극장〉이라는 특정 단체로 환원되어서는 안 되며 환원되지도 않는다. '영화의 관객'은 누군가의 호명으로부터 생겨나는 것이 아니라 영화를 좋아하는 모두가 가지고 있는 '공통의 이름'이기 때문이다. 영화의 관객을 불러모아 그들이 서로의 말을 나눌 수 있는 플랫폼의 역할을 활성화하는 것과 영화의 관객을 프로모션을 위한 방식으로 활용하는 건 '자리를 내어준다.'는 의도로 구분되는 건 아니다. 이 위태로운 동거가 폐쇄적이고 독점적인 방식으로, 말하자면 결국 내부로 흡수되는 전형적인 폐해를 반복하지 않기 위해서라도 관객들이 함께 만들어낸 성과를 나눌 수 있는 구조적인 순환체계를 갖출 수 있어야 한다.

2013년 7월 1일에 시작된 BIFF 팝콤POP-COM 7의 프로그

---

7. Popularization Committee의 약자로 부산국제영화제 영화연구소에서 주관하는 시민참여 씨네 프로그램으로 2013년 7월 1일부터 10월 28일까지 약 4개월간 열렸다. 〈필로아트랩〉의 이지훈을 위원장으로 하여 생활예술모임 〈곳간〉의 김대성, 영화평론가 조재휘, 〈모퉁이극장〉의 김현수/김영광의

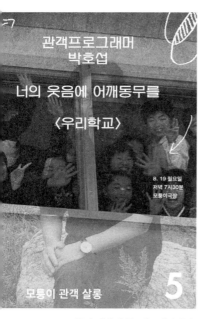

모퉁이 관객 살롱 5회 〈너의 웃음에 어깨동무를〉 홍보 포스터 (제공 : 그린그림)

램 중 하나인 〈모퉁이 관객 살롱〉은 관객이 프로그래머가 되어 영화를 선정하여 함께 영화를 본 뒤 관객 프로그래머의 진행으로 영화의 안과 밖을 넘나들고 연계하며 '관객성'의 의미를 (재)발견하는 데 집중했다. 8월 19일에 있었던 〈모퉁이 관객 살롱〉에서는 일본의 재일조선인 학교를 새로운 관점으로 접근한 다큐멘터리 영화 〈우리학교〉(김명준, 2007)를 상영했다. 이 영화를 선정한 시민 관객 프로그래머 중 한 명인 박호섭 씨는 2007년 시네마테크 부산에서 이 영화를 보고 "영화가 내게 무언가를 내려줬다"는 인상적인 표현으로 말을 시작했다. 〈우리학교〉라는 다큐멘터리 영화를 보고 박호섭 씨의 삶은 바뀌었다고 한다. 영화라는 천사가 전해준 '말'을 들어버렸기 때문이지 않을까. 〈우리학교〉를 본 후 그는 자신이 이끌고 있던 유소년 축구팀과 함께 일본으로 건너가 재일조선인 학교와 친선 경기를 통한 '축구 교류'를 시작한다. 한 사람의

기획 및 진행으로 관객-시민들과 함께 열어갔다.

모퉁이 관객 살롱 5회 〈너의 웃음에 어깨동무를〉 (제공 : 팝콤)

관객이 영화가 전하는 것을 기꺼이 받아들일 때 그의 삶은 바뀌기도 한다. 세상도 그렇게 조금씩 바뀌는 것일 테다. 영화로부터 무언가를 건네받은 이가 또 다른 메신저('관객이라는 천사')가 되어 삶의 경계를 넘어간다. 아마추어만이 '국경'을 넘을 수 있다. 삶의 바탕을 이루고 있던 축구를 통해 경계를 넘고 국경의 장벽을 허물었다. 경계를 넘고 장벽을 허문다는 것을 '통역'이라 말해도 좋다면 그건 이곳과 저곳을 만나게 함으로써 만남의 토대를 새롭게 발명하는 것이기도 하다. 그는 우리에게 "21세기엔 '진짜 축구'가 올 것이다."는 말을 전해 주었다. 아마추어는 '아직 도착하지 않은' 시간을 환대한다.

영화의 관객이 현장에서 전한 미래의 말은 주변을 살리고 돕는 응원이기도 하다. 격려나 지지와 다르며 칭찬이나 호의와도 다른 것처럼 보이는 응원한다는 것은 무엇일까? 너무 익숙하고 평범한 말이기에 그 힘을 쉽게 잊어버렸던 응원한다는 말. '당신을 좋아합니다.'보다 '당신을 응원합니다.'라는 문장이 더 깊은 곳까지 내려갈 수 있음을 알겠다. 응원이란 필드 위에서 함께 뛰는 건 아니더라도 경기장에서 함께 하는 것이다. 우리가 혼자가 아님을 알리는 신호로서의 응원. 조금 '더' 좋아하면 흘러넘친다. 흘러넘치는 것을 곁의 사람들과 나누는 것이 응원이라 생각한다. 좋아하는 마음만으로는 아무것도 할 수 없다고 하지만 각자가 '좋아하는 것'을 공유하고 나누는 행위가 어떤 서식지를 지켜낼 힘이 된다. 그것이 응원 문화다. '응원'은 '한 번 더'(다시) 만나는 것이다. '한 번 더' 찾아가는 것이고 '한 번 더' 연락하는 것이며 '한 번 더' 불러보는 것이다. '응원'과 '두 번'이라는 권리.

응원한다는 것은 내 맘에 꼭 든다는 것을 가리키지 않는다. 그 대상의 51%에서 의미를 발견할 수 있다면 응원할 가치가 있다. 우리의 삶을 둘러싸고 있는 51%, 우리의 삶 속에 잠재된 51%. 그간 '51'은 실패의 숫자로 인식되어왔지만 이제 이를 응원의 숫자로 변용해야 한다. 우리 삶의 '51'을 구해야 한다. 얼마나 많은 '51'이 우리를 둘러싸고 있는가! '51'의 목록을 되살려내고 가꾸어나가는 작업. '51'은 자꾸만 증식하는 숫자이며 너와 나의 삶을 긍정하는 숫자이자 응원의 숫자다. 세상의 모든 '곳간'이 우리 삶의 '51'을 응원하고 있다.

5. 울퉁불퉁한 원 : 〈사람(랑)사슴〉전展

그리고 나는 아직 미약하지만 지역 미술계에 의미 있는 하나의 시도를 응원하고자 한다. '아직' 작가라는 이름을 부여받지는 못했지만 서로 도움으로써 스스로 '작가'의 이름을 쟁취한 이들의 전시, 〈사람(랑)사슬〉전이 바로 그것이다.[8] 7월 16일 작가와의 대담이 진행되는 풍경은 다소 생소했다. 참여한 모든 작가가 자신의 작품에 대해 무척 상세히 프리젠테이션을 하는 모습이. 무척이나 성실하게, 준비한 페이퍼를 읽으며 자신이 진행해왔던 작업의 궤적을 설명하고 지금의 작품이 만들어지게 된 정황에 관해 말했다. 모두가 조금은 흥분해 있었는데, 아마도 자신의 작품을 '잘 설명해야 한다'는 과제를 앞에 두고 있었기 때문이지 않았을까. 아니, 어쩌면 지금과는 다른 방식으로 진행한 작업이 어떤 의미를 가지는 것인지 직접 말하고 싶었기 때문인지도 모르겠다. 대학원 수업에서 만난 이들(2명의 수강생과 6명의 청강생)이 세미나를 조직해 함께 공부하며 전시를 기획하고 '작업'을 했다고 한다. 이전과는 다른 방식으로 진행한 작업이란 단지 방법론이나 주제에 국한되지 않는다. 선생의 도움 없이, 출신 학교를 기반으로 접속하는 미술장의 시스템이 부여하는 길이 아닌 동료 작가들과의 협력으로 전시를 구성했다는 점이야말로 '다른 방식'이자 '다른 길'의 요

---

8. 전시 〈사람(랑)사슬〉展은 인디스페이스 아지트(https://www.facebook.com/indiespaceagit)에서 2013. 7. 12~7. 16까지 진행되었고 참여 작가는 다음과 같다. 권도유, 김은주, 박세란, 박에스더, 심소정, 전이영, 하민지, 엄준석(기획).

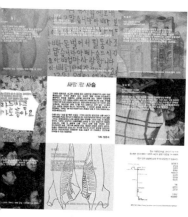

〈사람(랑)사슬〉전 (제공 : 사람
(랑)사슬)

체일 것이다. 그러니 생소함의 정체
란 작가들의 상세한 프리젠테이션
에 있는 것이 아니라 협력을 통한
다른 길을 제시하는 그 행위에 있
었던 것!

〈사람(랑)사슬〉이라는 기획전
을 보며 평론가 신형철이 손택수의
시를 자신의 말로 갈음한 문장을
떠올렸다. "사람과 사람이 만나 받
침의 모서리가 닳으면 그것이 사랑
일 것이다. 사각이 원이 되는 기적
이다."9 읽는 이로 하여금 속절없이 동의하게 만드는 이 문장
이 얄밉기도 하고 그의 매끄러운 비유가 이토록 울퉁불퉁한
세계 속에서 가능하다는 것에 위화감을 느끼고 있었던 차, 참
여 작가 모두가 나와 패널들과 토론을 하는 장면을 보며 나는
'매끄러운 문장(세계)'을 다음과 같은 문장으로 고쳐 쓰고 싶
어졌다. '우리에게 필요한 것은 사각이 원이 되는 기적이 아니
라 사각들의 만남으로 울퉁불퉁한 원을 만드는 것이다.'

무언가를 배우는 사람의 기쁨과 그 에너지가 전시장에 넘
쳐났다. 더운 전시장에서 3시간 동안 대화를 진행할 수 있었
던 동력이 배운 이론을 통해 자신의 작업을 증명하고 설명하

---

9. 신형철, 『느낌의 공동체』, 문학동네, 2011, 42쪽.

는 것으로부터가 아니라 누군가를 만나게 되었을 때의 기쁨으로부터 촉발된 것임을 알겠다. 작가들이 한결같이 강조한 새로운 배움이란 생소했던 '이론'을 통해 자신의 작업을 돌아보는 계기를 마련한 것에 국한되는 것이 아니라 '함께'라는 새로운 만남의 방식을 작업의 방법론으로 도입한 것이지 않았을까. 이 기획 전시에서 눈여겨봐야 하는 것은 개별 작품들의 완성도가 아니라 작품과 작품 사이를 희미하게 잇고 있는 '함께'의 흔적일 것이다. 비록 그 흔적이 그리 선명하지 못했고 작가들의 프리젠테이션도 8할이 자신의 작품의 궤적을 설명하는 것이었지만 그럼에도 이 기획전이 성사되었다는 것에 방점을 찍어두고 싶다. 몇몇의 작가는 이전의 '나와 결별(자아를 죽이고)하고 심지어 자신의 작업물을 훼손하면서까지 다른 길로 가겠다는 강력한 태도를 피력했지만(박에스더, 〈원하는 만큼 오려가도 좋아요〉) 그것이 자기비판을 수행하며 또 다른 나를 내세우는 회로를 반복하는 것은 아닐까 하는 의구심이 든 것도 사실이었다. 모든 작가들이 수행하는 '성찰'이 결국 '이전의 나와 결별'하는 '자아성찰'이라는 점에서 '나'(나르시시즘)로부터 얼마나 거리를 둘 수 있는 것인지 가늠하기 쉽진 않았지만 함께 하는 이 작업에서 누군가가 '나'를 내세우지 않고 죽어주었기에 '새로운 가능(성)'이 열렸다고 생각한다. 보이지 않은 죽어주기가 있었기에 '사람(들)' 속에서 '사랑'을 발견할 수 있었을 것이다. '울퉁불퉁한 원'을 발명할 수 있었을 것이다.

반복하지만 지역엔 군림하는 하나의 힘이 너무 크다. 무언가를 하기 위해선, 자신을 스스로 증명하기 위해선 기존(유일한)의 하나에 편입해야 한다. 이때 자연스레 위계가 만들어진다. 귀한 호의이기에 결코 의심해서는 안 되는 위계 말이다. 이 완전무결한 위계의 학습을 통해서만 '하나'의 세계에 들어갈 수 있다. 대개의 선생과 선배들은 제자와 후배에 무관심 하지만 몇몇 선생과 선배는 기꺼이 제자와 후배를 돕는다. 바로 이 '귀한 도움' 속에 내재된 '위계'라는 암묵적인 동의 구조가 못내 아쉽다. 그러니 동료보다는 선생과 선배에 의지해야만 '하나'에 접근할 수 있다. 여러 가능성을 실험하고 있음에도 〈사람(랑)사슬〉전이 '인큐베이팅 시스템'을 답습하고 있다는 느낌을 지울 수가 없었다. "배우는 사람으로서 '아직'은 (정식) 작가가 아니라는 이야기(태도)"가 희망하는 것은 무엇일까? 더 많은 동료보다는 더 많은 선생과 선배들의 도움이지 않을까? 토론 중에 몇 번 거론되었던 '〈사람(랑)사슬〉이 계속될 수 있을까'라는 물음에 누구도 자신 있게 답하지 못했다. 그러나 계속되지 않더라도 이 작업은 그 자체로 충분히 의미가 있다. '계속'(연속)보다는 '또다시'(실험) 하면 될 일이다. 그러기 위해서는 더 많은 동료를 만나야 하며 '함께'라는 실험을 다시 시도해야 한다. 그때 삶과 예술을 이어주는 또 다른 사슬이, '울퉁불퉁한 원' 속에서 선생과 선배가 동료가 되는 기적을 만나게 될 것이기 때문이다.

6. 매일매일 성실하게 실패하는 운동 : 카페 〈헤세이티〉

매끄러운 이 도시의 흐름에 딴죽을 걸듯, 자본이 주관하고 명령하는 속도를 비웃으며 구르는 돌처럼 거리에 삐죽이 튀어나와 있는 '인문진지'人紋陣地가 있다. 부산시 금정구 장전동의 카페 〈헤세이티〉Haecceity는 푸근하고 아늑한 소파에 기대어 사람들을 구경하거나 자신의 업무를 보는 여타 카페와 달리 튀어나온 못처럼 사람들의 발을 걸며 말을 건다. 숱한 강좌와 공연, 그리고 크고 작은 세미나가 열리는 〈헤세이티〉는 카페에 모여 있는 구성원들과 그들이 나누는 말의 질감에 따라 모습을 달리하는 것처럼 보인다. 사람이 장소를 만든다는 진실을 〈헤세이티〉를 통해 경험하게 되었다. 이제는 〈헤세이티〉의 명물이 되어버린 '입간판'은 카페 길목에 튀어나온 못처럼 버티고 서서 자명하고 상식적인 흐름을 방해하고 알 수 없는 불편함으로 거리를 지나는 사람들을 '콕콕' 찌른다. 때로는 선언문으로, 때로는 분노로, 때로는 조롱으로, 때로는 유머로, 때로는 시로 매일매일 그 모습을 달리하는 〈헤세이티〉의 입간판은 이곳이 다른 카페들과 달리 도시의 안팎을 들고 나며 '호흡하는 장소'이자 '유영하는 장소'임을 환기한다. 거의 매일 내거는 '입간판'은 늘 다른 내용으로 대체된다. 간판보다 한발 앞서서 사람을 만나는 이 '입간판'은 그러므로 매일 실패한다. 흰 전지 위에 거친 필치로 적힌 입간판에서 나는 매일매일 성실하게 실패하는 힘을 배운다. 장소가 곧장 비평이 되고, 운동이 되며, 일상과 생활이 되면서 동시에 문학이 되는 마법 같은 순간과 만나기 때문이다. 〈헤세이티〉의 입간판은 자립 뮤지션

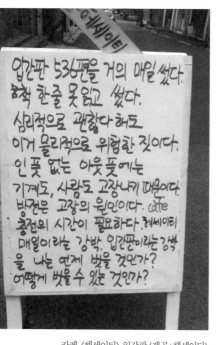

입간판 536편을 거의 매일 썼다.
책 한 줄 못 읽고 썼다.
심리적으로 괜찮다 해도
이거 물리적으로 위험한 짓이다.
인풋 없는 아웃풋에는
기계도, 사람도 고장나기 때문이다.
방전은 고장의 원인이다. café
충전의 시간이 필요하다. 헤세이티
매일이라는 강박, 입간판이라는 강박
을 나는 언제 벗을 것인가?
어떻게 벗을 수 있을 것인가?

카페 〈헤세이티〉 입간판 (제공 : 헤세이티)

'한밭'이 매일매일 서울 마포구 상수동 거리를 운행하며 공연과 퍼포먼스, 그리고 인디 음반 및 서적을 판매하는 '구루부ᵏ 구루마馬'와 닮았다. 입간판은 바퀴가 없지만 매일매일 성실히 실패하면서 바퀴와는 다른 운동성을 가진다. 카페가 생활예술 공간이 될 수 있는 것은, 매일매일 실패할 수 있는 것은 어떤 믿음을 포기하지 않기 때문이다. 삶에 잠재된 가능성에 대한 믿음 말이다. 바퀴 없는 카페는, 거리로 나가 있는 입간판은 '그 가능성의 중심'에 서서 부박하고 가난한 이곳에 잠재된 무한한 힘들을 끌어올리고, 또 그러모으고 있다.

카페 〈헤세이티〉라는 장소가, 매일매일 성실하게 실패하는 입간판은 이미 도심 속에 열려 있는 곳간 중의 하나다. 생활예술모임 〈곳간〉에서 카페 〈헤세이티〉를 거점으로 '문학의 곳간'이라는 정기프로그램을 시작한 것은 우리 삶 속에 이미 열려 있는 '문학의 곳간'을 발견하고 기꺼이 그곳과 접속하고자 하는 바람 때문이었다. 문학에 대한 아우라가 이미 오래전 망실된 조건 위에서 '문학'을 어떻게 다시 또 새롭게 읽어낼 수 있을까? '영화의 관객'을 재서술한 것처럼 '문학의 독자'를 재서술할 수 있을까? '관객'을 통해 '영화'가 재배치되는 것처럼 '독자'를 통해 '문학'이 재배치될 수 있을까? 문학의 재배치란 곧 문학의 활성화를 의미한다. 어떤 활성화인가? 그건 문학이라는 제도의 가용 범위를 넓히는 것이 아니라 개별자들의 삶과 문학을 접속하는 방식을 발명하는 것으로서의 활성화이자 문학을 공통적인 것으로 재배치하는 발명을 의미한다. 활성화란 새로운 접속의 방식, 다른 접속 면을 발명하는 것이기도 하다. 문학을 우리 모두가 나누어 쓸 수 있는 공통적인 것의 자리에 놓아두고 그 자리를 함께 열어 일상 속에 잠재된 문학의 곳간을 여는 현장으로 가볼 차례다.

7. 손목이 있는 존재들이 만드는 이야기 : 생활예술모임 〈곳간〉[10]

---

10. 생활예술모임 〈곳간〉은 '자립할 수 있는 삶'을 중요한 가치로 내세우며 2013년 7월, 문학평론가 김대성과 미술 작가 송진희가 연 모임이다. 수년간 크고 작은 대안 모임에서 활동해온 이력을 바탕으로 삶이라는 생태계를 보살피는 것의 중요성과 이미 존재하는 장소와 관계망을 활성화하는 것을 중요한 기조로 삼고 있다. 따로 공간을 건사하는 데 드는 비용을 줄여 이미 있는 공간을 옮겨 다니고 연계해 그 장소를 새롭게 여는 작업에 집중하고 있다. 제도적인 후원 없이 자립하는 작은 모임들을 옮겨 다니며 자립을 응원하고 지속할 수 있게 돕는 것에 주력해왔다. 이미 있는 장소를 잘 보살펴 그곳의 활성화를 위한 콜라보 작업을 하기 위해선 '사귐의 노동'이 필요하다고 생각하며 이를 '기록'과 '비평'이라는 작업을 통해 진행하고 있다. 쉽게 잊히거나 망실되는 사람과 장소를 기록하고 그 이력 속에 잠재된 가치를

'문학의 곳간'을 연다는 것은 저마다의 생활 속에서 문학과 접속할 수 있는 다른 면들을 발명하고 실험한다는 것이다. 이 때 기본이 되는 '읽기'란 획기적인 독해방식이나 방법론의 갱신을 의미하지 않는다. 징검돌을 놓듯이 한발 한발 앞으로 나가는 것으로서의 읽기, 한 사람만 걸을 수 있는 오솔길을 걷는 것과 같은 읽기. '읽기'라는 행위가 '잇기'가 되는 순간이 있다. 목적지에 당도하기 위한 읽기만이 아니라 누군가가 넘어올 수 있는 징검돌을 놓는 읽기는 나(이곳)와 너(저곳)를 잇는 '길'을 만든다. 문학 작품을 공들여 읽는 행위가 사람의 말과 어휘를 공대하고 보살피는 일상적인 문맥으로 잇는 길을 내는 것이야말로 '문학적 행위'가 아니고 무엇이겠는가. 저마다의 삶의 이력이 다르기에 읽기-잇기의 방식 또한 다를 수밖에 없다. 작품 전체를 관통하는 혜안이나 전문가적인 태도가 아니더라도 각자가 살아온 이력을 바탕으로 작품을 읽어내거나 작품을 경유해 자신의 생활과 삶을 이을 수 있다. 그 이야기는 작

일상으로 길어 올려 '자립할 수 있는 생태계'를 건사하는 데 작은 등불의 역할을 하고자 한다. 각자가 오랜 시간 동안 일구어온 생활의 현장이 바로 '곳간'이다. 그러니 곳간을 여는 것은 특정한 자질이나 자격의 여부와는 무관하다. 많은 이들이 만날 수 있는 장소로서의 '곳간', 그리고 저마다의 능력과 재주를 나눔으로써 각자의 삶을 더욱 풍성하게 만들 수 있는 장(場)으로서의 '곳간', 마침내 사람과 사람들의 만남을 통해 열리는 '우리 모두의 곳간'을 기조로 하여 만남과 나눔을, 생활과 예술을 실험하는 것을 목적으로 인문생활예술 강좌, 공연 기획, 전시 기획, 총서 작업 등을 진행하고 있다. (2018년의 부기 : 2017년 1월 송진희는 〈곳간〉 운영진에서 물러나고 2018년 말을 기점으로 해 생활예술모임 〈곳간〉은 시즌 2를 준비 중이다.)

〈곳간〉의 친구들과 중앙동 작업실에서 옥상 파티를 하고 있다. (2018년 7월 17일, 부산 중앙동 〈히요방〉)

품의 것도, 작가의 것도, 독자의 것만도 아니다. 작품과 작가에 기대어, 또 독자에 기대어 하나의 이야기가 시작된다. 서로가 서로에 기대어 말을 시작하고 나눔으로써 '이야기'를 조형해가는 작업은 작품-작가-독자 그리고 만남이 이루어지는 '장소'가 함께 관여하는 공통적인 행위에 가깝다.

　　문학의 지위가 바닥에 떨어져 한낱 신문지 조각처럼 바닥에 뒹군다는 것은 사람과 사람 사이의 '말'이, 또 '이야기하는 존재'의 지위가 그만큼 추락했다는 것을 의미한다. 지지하고 응원하는 작품이나 작가가 있다는 것은 여러모로 의미가 있는데, 그 앞자리에 누군가의 말을 세심하게 듣고 살필 수 있는 영역을 지켜가는 일의 중요성을 놓아둘 수 있겠다. 얼핏 하찮아 보이는 말이 귀하고 드문 말로 변하는 것을 '문학적 순간'이라 불러도 좋다면 이 경험 또한 '문학의 곁'에서 수확할 수 있는 열매라 하겠다. 말을 보살피고 존중하는 태도 속에서 '문학적인 것'이 재발견되고 활성화된다. 작품의 결을 살피고 그 행간에서 무언가를 찾으려는 애씀은 우리의 삶과 사람-살이의 결을 살피고 관계라는 행간에서 무언가를 찾으려는 애씀으로 이어진다. 그건 문학에 대한 태도에만 국한되는 것이 아니라 '작품'이 생산되는 세상의 조건과 이어져 있을 수밖에 없다. '작품'의 생산과 공유에 우리 모두가 구성적으로 관여하고 있다. '말과 이야기의 나눔'이라는 집단적이고 공통적인 행위에 의해 우리들의 삶 또한 새롭게 구성되고 발명된다.

일상적인 관계 속에서 나누는 말에 '문학적인 순간'이 잠재해 있다. 주고받는 말의 힘이 사람을 살리고 관계를 보살피기도 한다. '문학의 곳간'은 특정 작가나 작품을 독해하는 것을 넘어 바로 이 일상 속에 잠재된 문학적인 순간을 함께 여는 작업이기도 하다. 사람을 보살피거나 키우지 않는 사회란 '감사'가 없는 세상을 의미한다. 영혼의 성숙이 깊을 수 없는 감사 앞에서 가능하다는 짐멜의 말을 떠올려보자.[11] 사람을 보살피며 키울 수 없는 사회란 '말'이 몰락한 곳이다. 모두가 '평범(균질)하게 사는 것'을 삶의 목표로 삼는 이유는 사람을 키우지 않는 오늘의 형편과 무관하지 않다. 점점 더 하찮은 것으로 내몰리고 있는 문학작품을 경유해 각자의 읽기를 매개로 서로

---

11. 게오르그 짐멜, 「감사, 사회학적 접근」, 『짐멜의 모더니티 읽기』, 김덕영·윤미애 옮김, 새물결, 2005.

의 삶을 잇고자 하는 '문학의 곳간'이 열리는 현장은 '머잖아 너의 삶도 나처럼 하찮아질 거야.'라는 목소리[12]에 대해 저항하는 급진적인 장소이기도 하다. 누군가가 '이야기'를 하는 현장에서 나는 '절망을 절망하지 말 것'이라는 당부를 듣게 된다. 이야기한다는 것은 누군가가 살아가고 있다는 것이며 계속 살아나갈 것이라는 의지를 서로를 확성기로 삼아 증폭시키는 일이다. 그 목소리들의 진동 속에서 알게 된다. 곁에 누군가가 사람을 보살피고 지켜내고 있음을.

'문학의 곳간' 52회 엄기호의 『고통은 나눌 수 있는가』를 함께 읽었다. (2019년 2월 23일, 부산 남천동 〈로봇프로이트〉)

그 사실을 알려주는 소설 한 편으로 이 글을 마무리하도록 하자. 김애란의 「서른」. 이 절망적인 이야기에서 서둘러 절망에 빠지기보다 어째서 '나'가 '성화 언니'에게 자신의 이야기를 전할 수 있었던 것일까를 먼저 물어야 한다. 누구보다 열심히 살았지만 노력한 삶을 보상 받을 수 없는 사회에서 다단계로 흘러 들어간 '나'가 거의 모든 관계가 파괴되어버린 후 독서실을 함께 썼던 언니에게 유서와도 같은 편지를 보내는 이 소

---

12. "너는 자라 내가 되겠지 ……겨우 내가 되겠지.", 김애란, 「서른」, 『비행운』, 297쪽.

설에서 우리는 '평범함이라는 모습으로 군림하는 통치술'이 어떻게 지옥의 문을 여는지 확인할 수 있다. 어려운 상황에서도 자신을 챙겨주고 보살펴주었던 한 언니에 대한 기억이 절망을 이야기하게 한다. 유서가 편지가 되는 기적, 어쩌면 편지가 유서로 침몰하는 참혹 사이에 우리가 있다. 이야기한다는 것은 곁에 아직 누군가가 있다는 징표다. 누구인지 기억나지 않지만 언젠가 힘주어 잡은 탓에 "퍼렇게 멍이 든 손목"(「너의 여름은 어떠니」)에 대한 부채감을 이야기하는 소설 또한 곁을 보살폈던 존재에 대한 것이다. 무언가를 내어주고 잡을 수 있는 존재가 곁에 있다는 것, 말하자면 손목이 있는 존재들이 이야기를 만든다. 손목을 마주 잡을 때 '장소'가 만들어진다. 누군가가 그 손목들이 만든 장소에서 살아난다. 마치 기마 자세처럼 손목과 손목을 잡아 누군가를 들어 올리는 것을 떠올리게 된다. '하나'가 군림하는 참혹하고 부박한 이곳에서 사람과 사람이 만나 모두의 '곳간'을 열어간다. 오늘의 '곳간'에서 나는 이러한 진실과 마주한다.

Hello, stranger? Hello, stranger!

새로운 우정의 물결Nouvelle Vague, 코뮌commune을 향한 열정

1. 문학의 곳간 : 만남의 나눔

글쓰기에 대한 열망으로 신열을 앓고 있는 한 인물의 '고군분투기'라 생각했던 강영숙의 『라이팅 클럽』에서 정작 중요했던 것은 '문학에 대한 신열'이 아닌 '교동의 주부 글짓기 교실'을 가득 채웠던 '어울림의 신열'이었다. 그것을 뒤늦게나마 알아차릴 수 있었던 것은, 가장 오래되고 낡은 매체인 '문학'을 통해 만남과 나눔의 방식을 실험해보고자 열었던 '문학의 곳간'이라는 모임을 통해서였다. 누군가에게 독점된 것이 아닌 우리 모두가 나누어 쓸 수 있는 '공통적인 것으로서의 문학'에 대해 이야기하는 것이 시대착오적으로 들릴 수 있음을 모르지 않지만 문학 속에 축적된 문장과 어휘들을 각자의 삶과 접속할 때 만남과 나눔의 장소가 마련될 수 있을 거라는 희망으로 동료들과 함께 〈곳간〉을 열었다. 두 번째 모임의 대상 텍스트였던 김연수의 소설집 『세계의 끝 여자친구』(문학동네, 2009)에 수록된 「세계의 끝 여자친구」에 등장하는 시 윤독 모임 '함께 시를 읽는 사람들'(함시사)을 읽으며 묘한 우정

'문학의 곳간' 14회 풍경. 한쪽 방에선 '문학의 곳간'이, 한쪽 방은 밀양송전탑투쟁현장에 후원금을 보내기 위해 참석자가 챙겨온 판매 물품들이 가지런히 놓여 있다. (2015년 12월)

을 느꼈는데, 그 우정이란 '문학'으로 뭉친 '공동체'에 방점이 찍혀 있는 것이 아니라 문학이 누구나 읽고 쓸 수 있는 권리를 담지하고 있다는 점, 그리고 바로 그 권리가 '만남의 권리'와 다르지 않음을 인지하는 데 있었다.

생활예술모임 〈곳간〉에서 열고 있는 '문학의 곳간'은 작가나 작품에 대한 깊이 있는 독해보다는 문학 작품과 만나는 순간의 감흥이나 어떤 문장과 어휘가 환기하는 삶의 순간들을 공유하는데 애를 쓰고 있다. 빠지지 않고 참석하는 이들도 드문드문 있지만 매회 알 수 없는 이들이 책 한 권을 들고 모임 장소로 나온다. 그리고 신기하게도 서로에 대해 거의 아무것도 알지 못하는 이들이 문학 작품을 경유해 숱한 삶의 이력과 감흥의 순간을 나눈다. '문학'을 매개로 만남이 이루어지는 순간. 아니 이 말은 이렇게 수정되어야 한다. 만남을 매개로 문학이 발명되는 순간으로. 서로를 알지 못하는 이들이 함께 어울려 삶의 이력으로부터 길어 올린 말과 글을 나누는 현장에서 나는 '문학적 순간'을 본다. 일상이 이런 순간으로 열릴 때 문학이 우리의 삶을 보살피고 키울 수도 있지 않겠냐는 희망을 품게 된다. 여기서 말하는 '문학적 순간'이란 이론적인 것도 전문가적인 것도 아니기에 누군가의 눈에는 평범한 친목 모임처럼 보일 수도 있을 것이다. '문학의 곳간' 곁에 『라이팅 클럽』의 한 장면을 포개어 두고자 한다.

> 퇴근해서 돌아가면 글짓기 교실 책상 한켠에 회원들이 쓰다 말고 모아놓고 간 노트가 수북하게 쌓여 있었다. 시골에서 자란 어린 시절 얘기부터 학교를 다니다가 키가 크다고 왕따당한 얘기, 아버지가 바람을 피워 다른 여자네 집으로 간 얘기, 언니와 낯선 지방에 있는 친척집에 심부름을 다녀온 얘기 등 지루하고 평범한 얘기들이 비뚜름한 글씨체로 적혀 있었다. … 글짓기 교실 청소를 하다가 그 노트를 들춰본 나는 곧잘 "세상에, 이런 쓰레기들을 보았나!"라고 말하면서 내던져버리곤 했다.[1]

소설의 화자인 '영인'은 순수문학만을 고집하는 '문학소녀'로 이렇다 할 글을 쓰지 못하지만 평생 '글쓰기 열병'을 앓는다.

---

1. 강영숙, 『라이팅 클럽』, 자음과 모음, 2009, 172~173쪽.

별 볼 일 없는 문예지에 수필을 써 '등단'을 한 자신의 어머니('김 작가')와 그녀를 '작가'로 따르는 계동의 주부들을 경멸하지만 훗날 자신이 "깔깔거리고 박수를 치고 또 갑자기 진지해졌다가 또 음담패설로 빠지는 계동 여자들의 대화"(157)에 의지하고 있었음을 깨닫는다. 스스로 '쓰레기'라 칭했던 수준 낮은 글들의 질긴 생명력("그런데 쓰레기들은 계속해서 조금씩 더 자랐다.", 173)이 서로의 말과 글을 들어주고 읽어줌으로써 일구는 관계의 힘으로부터 연유하는 것임을 '영인'은 뒤늦게 알아챈다. 그리고 먼 타국에서 '교동의 주부 글쓰기 교실'과 비슷한 '라이팅 클럽'을 열어 사람들을 모은다. 물론 '라이팅 클럽'의 "자, 그럼 우리 술도 한 박스 비웠고 허드슨 강변으로 산책이나 갑시다."(259)와 같은 문장이 슬며시 보여주는 것처럼 그곳에 모인 이들은 정작 '글쓰기'보다는 저마다의 삶의 이력을 사람들에게 전달하는 데 대부분의 시간을 할애한다. 분명 이들에겐 '글'의 내용보다 글을 '쓰는 행위 그 자체'가 더 중요한 가치였을 것이다. '글쓰기'라는 형식을 공유하고 그것을 지속함으로써 삶을 더욱 가치 있는 것으로 조형하는 만남은 소설 속에만 존재하는 가상적인 것이 아니라 지금 이곳에도 편재한다. 눈에 잘 띄지 않는다고 해도 글쓰기를 매개로 사람들이 만나 서로의 이력을 나누며 사귀는 모임은 적지 않다. 쓰기의 열정이 곧 만남의 열정임을, 그 열정이 삶에 대한 존중과 다르지 않음을 소설 안팎의 '무명 작가'들로부터 배우게 된다.

이야기란 본질상 '전달'하는 것이 아니라 '나누는' 것이라고 한 것은 벤야민이었다.[2] 나누는 순간 이야기는 다른 것이 된다. 이야기만 그런 것이 아니다. 나누는 행위란 곧 다른 것이 되는 이행의 과정이기도 하다. 나눈다는 말 속엔 가르고 나눔으로써divide/share 다른 무언가가 되는 과정을 함축하고 있기 때문이다. 다른 것이 되고자 하는 열정이 이야기를 만든다. '이야기한다는 것'은 '만남의 방식을 발명하는 것'과 다르지 않다. 이야기하기를 멈출 수 없는 것처럼 만남 또한 멈출 수 없다. 알 수 없는 열정의 온도가 누군가와의 만남으로 우리를 이끈다. 만나서 나누게 한다. 이야기 온도와 나눔의 온도. 끓는점에 가닿지는 못했지만 곧 끓기 시작할, 예열 없는 그 알 수 없는 열정이 이야기를 나누게 한다. 누군가로부터' 시작하지만 누구의 '것'으로 귀결되지 않는 이야기가 있다. 학연이나 지연이 아닌, 선생이나 선배의 도움 없이, 관계의 소유권을 주장하지 않음으로써 기꺼이 나누고, 언제라도 만날 수 있는 권리를 공유하는 기이한 열정이 있다. 그 열정을 출처로 하는 인사말은 다음과 같다. Hello, stranger?

2. '마트'Mart라는 세계

어느 날, 국제시장을 걷다가 마음에 드는 수세미를 발견

---

2. 발터 벤야민, 「이야기꾼: 니콜라이 레스코프의 작품에 대한 고찰」, 『서사·기억·비평의 자리』, 최성만 옮김, 길, 2012.

했었다. 풍성한 거품과 함께 깨끗해지는 그릇들을 단박에 떠올릴 수 있을 정도로 내 마음에 꼭 들었던 터라 기쁜 마음으로 가격을 치르고 돌아서는 순간, '마트에서 사면 더 싸지 않을까?'라는 생각이 나를 휘감았다. 건너편 가게에서 본 기가 막히게 예쁜 컵들을 만지지도 못하고 가격만 눈으로 살피기를 반복하며 내가 '(대형) 마트의 세계'에 완전히 잠식되어 있음을 알게 되었다. 마트에 잘 가진 않지만 항상 물건의 가격을 비교하고 조금이라도 더 저렴한 물건을 사기 위해 기억력과 주의력을 동원하는 데 익숙해져 버린 '알뜰한' 습관(가성비라는 강박)이 실은 세상의 사물(대상)들을 온통 가격표가 부착된 상품으로 만들어버렸다는 것. 설사 '마트'를 거부한다 해도 고작 슈퍼를 '선택'함으로써 합리적 구매라 손쉽게 정당화해버리는 태도는 내가 아무리 애를 쓴다 한들 겨우 슈퍼 앞 정도까지만 도착할 수 있음을, 그 이외의 다른 형태의 교환(만남)은 상상(선택)할 수 없을 거라는 한계 지점을 가리킨다.

모든 것을 매매하고 교환의 논리로 바라보게 만드는 이 소비자의 감옥보다 더욱 문제가 있는 것은 마트라는 세계가 개인의 선택과 판단을 스스로 끊임없이 심문하게 한다는 데 있다. '마트에서 사면 더 싸지 않을까?'라는 심문의 구조는 단지 물건을 구매할 때만 작동하는 장치가 아니다. 모든 것을 상품 교환의 논리로 환원해버리는 이 거대한 마트라는 세계는 개인이 자신을 믿지 못하게 함으로써 항상 '내가 오판했을 수도 있다.'는 심려로 자신을 감금시켜버리는 회로와 다르지 않다. '마트'는 개별자들을 끊임없이 심문하게 만드는 거대한 시스템이다. 선택과 결정의 자유를 마트라는 시스템에 양도할 때 우리가 상실하는 것은 상상의 능력인지도 모른다. 상상할 수 있는 능력의 상실은 새로운 만남의 가능성까지 박탈한다. 대인·대물 관계가 죄다 상품의 논리로 환원되어 그 어떤 새로운 관계도 상상할 수 없을 때 내 옆에 있는 이에 무심해지거나 지금의 관계를 끊임없이 회의하고 심문하게 되지 않는가. 자본제적 체제 아래에 엎드려 자본을 향해 절하는 우리는 영영 서로를 알아보지 못한다. 오직 '마트라는 세계'의 명령에 따라 선택하고 결정함으로써 '더 많은 것을 욕망할 수 있는 자유'를 자발적으로 포기하는 셈이다. GPS의 일상화로 공간 지각 능력을 상실해버린 것처럼 마트라는 세계에서 우리는 사물·사람과 새로운 관계 양식을 상상하고 또 발명하는 능력을 잃어버리고 있는 것은 아닌가.

다시 묻자. 마트라는 세계는 어떤 곳인가? 상품이 넘쳐나는 곳일 뿐만 아니라 모든 것을 상품으로 만들어버리는 곳이다. 근자에 공중파와 케이블 방송을 점령하는 일반인을 대상으로 하는 오디션 프로그램을 나란히 놓아보자. 마지막까지 생존한 이가 모든 것을 차지하는 이 승자독식 프로그램이 신자유주의적 구조를 그대로 체화하고 있다는 것은 이제 두말할 필요도 없는 상식이 되었지만 저마다의 고유한 삶의 이력을 발산하던 개별자들이 미션을 통과하면 할수록 점점 자신의 고유성을 잃어버리고 하나의 상품이 되어가는 모습이야말

〈곳간〉의 친구들과 만든 플랜카드가 시청 앞 시위 현장에서 펼쳐진 장면. '문학의 곳간' 27회에선 주거생존권을 지키기 위해 투쟁하고 있는 만덕5지구에 보내기 위한 플랜카드 만들기 작업을 진행했다. 2016년 4월 30일 부산 중앙동 〈히요방〉에서 소설가와 미술작가, 대학생, 시민이 모여 만덕에 보낼 응원의 메시지와 각자의 염원을 담았다. (사진 제공 : 만덕5지구대책위)

로 '서바이벌'이 통치성governmentality의 다른 얼굴임을 우리에게 알려준다.[3] '서바이벌(살아남아라)'이라는 시대의 명령은 구성원들 모두를 자본제적 시스템에 적합한 단말기로 만들어버리는 생산producing의 논리와 다르지 않다. '생존'이라는 시대의 명령어는 '종'種의 생산과 관리를 위한 시스템의 패스워드인 것이다.

마트라는 세계에는 '상품'과 '생존'만이 있다. 그곳에서 생산

---

3. '유튜브'에 올라와 있는 〈오디션 레전드〉라는 이름의 영상엔 30편의 일반인 오디션 클립이 등록되어 있는데 이 중 90%가 '예선전' 무대라는 점은 우연이 아니다. 자세한 내용은 http://www.youtube.com/watch?v=7slNSjFQK6Q&list=PLeny4SOttr2s6GXaKW9tNC0tKQTCVd_88를 참조.

되고 관리되는 것은 개별자들의 '욕망'만이 아니다. 만남의 방식 또한 관리와 통제의 대상이 된다. 체제의 명령에 따를 것을 맹세한 사람만이 선택되어 양육producing된다. 이런 세계에서는 사람이 클 수 없다. 사람이 한없이 작아진다. 언제라도 대체 가능하기 때문이다. 사람이 사람(의 능력)을 믿지 않고, 사람이 사람을 키우지 않는다. 모두가 스스로의 결정과 판단을 심문하고 회의함으로써 가까스로 '생존'해 기껏 '상품'이 된다. 눈에 띄지 않지만 마트라는 세계가 금지하는 것이 있다. 보이지 않은 금지에 의해 사라진 것들이 있다. 허락하지 않은 만남을 금지하며 만남의 열정이 사라졌다. 그건 나눔의 금지이자 다른 것이 되고자 하는 열정의 상실을 의미한다. 모두가 납작하게 엎드려 자본제적 체제에 절하는 마트라는 세계에선 동료를 만날 수 없다. 우정을 나눌 수 없다. 곳곳이 마트화되어가는 이 세계 속에서, 다만 이렇게 써둔다. 매일매일 만남을 발명할 것, 동료들을 보살피고 키울 것, 낯선 사람에게 다가갈 것, 그리고 이야기를 나눌 것, 더 많은 만남을 욕망할 것, 다른 만남을 발명하고 또 욕망하기를 훈련할 것.

3. 우정의 서명, 미래의 서명

얼마 전 십 수년 만에 부산국제영화제에 참가했던 것은 아마도 5개월 동안 기획하고 진행한 〈BIFF Pop-Com〉과 많은 이들이 공들여 조형한 〈모퉁이 관객 살롱〉[4] 덕일 거다. 이런 저런 다급한 사정들 때문에 생각만큼 열심히 영화를 챙겨보지는 못했지만 10편 남짓한 영화를 볼 때만큼은 분주하고 가쁘게 움직이며 보면서 메모하고, 보고 난 뒤 동료들과 이야기를 나누었다. 평범하고 특별할 것 없는 시간이었으면서 동시에 지금껏 가지지 못했던 귀한 시간이기도 했다. 며칠간 약속된 짧은 영화평을 쓰느라 보냈다. 무척이나 평범한 글을 썼고 그것이 내 일상의 별 볼 일 없음에 대한 표지처럼 느껴져 조금 울적해진 상태로 다시 며칠을 보냈다.

  그리고 뒤늦게 한편의 글을 읽게 되었다.[5] 그 글은 덤덤하게, 평범하게, 일상적인 문장으로 시작하며 필자가 다루고 있는 영화 또한 특별할 것이 없는 평범한 영화처럼 보인다. 그 평범 속에서 영화가 우리에게 보내는 메시지를 수신하고 다시 우리에게 그 메시지를 전달하고 있다. 이 필자가 매개한 메시지에는 영화의 선배들이 보낸 서명署名과 그 서명에 영향을 받은 현역 감독이 남긴 서명, 그리고 이들의 서명을 우리에게 전달하는 '사라'라는 인물의 서명이 새겨져 있다. 평범 속에 각인된 숱한 서명을 캐내어 영화의 관객들에게 돌려주는 세심함에서 영화의 관객들이 어울려 서로의 이야기에 귀 기울였던 순

---

4. 9명의 시민관객이 프로그래머가 되어 각자 영화를 선정해 '모퉁이 극장'에 모여 함께 영화를 본 뒤 관객들과 관객 프로그래머가 이야기를 나누며 영화와 영화의 관객을 응원하는 프로그램이다.
5. 김현수, 「함께 뛸게, 사라」(http://www.biff.kr/artyboard/board.asp?act=bbs&subAct=view&bid=9612_09&page=1&order_index=no&order_type=desc&list_style=list&seq=31273)

간을 떠올렸다. 한 편의 짧은 글에서 나는 영화의 관객이 발신하고 영화의 관객이 수신하는 '나눔의 서명'을 발견하고 잠깐 감동했다.

내가 놓여 있는 세계가 점점 축소되고 있다는 느낌에서 벗어날 수 없는 나날들을 보내며 스스로가 만든 다급함을 감당하지 못하고 동료들을 향해 다그쳤던 못난 순간들을 떠올리게 된다. 별 볼일 없는 작업을 하고, 별 볼 일 없는 생각을 하고, 별 볼 일 없는 글을 쓰고 있는 것은 아닐까 하는 고민을 그 누구에게도 말하지 못했다. 제도 바깥에서 만난 동료들이 쓴 글을 읽을 때면 언제나 그들이 먼저 나를 응원하고 있음을 알게 된다. 응원의 서명, 나는 그것을 내 동료들로부터 배웠고 기꺼이 그들로부터 더 배워나가고 싶다.

'관객'은 '평범한 사람들'이지만 그들은 매번 평범 속에서 시네마틱한 순간을 길어 올리는 비범한 사람이기도 하다. 영화의 관객은 영화의 또 다른 주인공이다. 평범한 일상을, 평범한 사람들이 서로의 목격자가 되어줄 때 '평범의 미래'가 열린다. 영화의 관객이 영화의 미래를 연다. 매일매일을 쌓아 올린 평범 속에 깃든 무한한 힘을 발명해내고 곁에 있는 사람에게 알리는 이들을 만나왔다. 학연이나 지연과 무관한 이들과 맺어온 만남 속에서 품을 수 있었던 평범함과 비범함에 관한 희망 또한 이와 다르지 않다. 습자지 아래에 희미하게 비치는 동전을 연필로 꼼꼼하게 공들여 색칠할 때 서서히, 그러나 너무나 정직하게 드러나는 문양처럼 아직 보이지 않고 가치를 인정받지 못한 이들의 옆에 머물며, 매일매일의 이력을 나누고 응원할 때 평범의 서명이, 동료가 오랫동안 조형해온 서명이 드러난다. 그것이 함께 조형해가야 할 내 미래의 서명이라고 말하고 싶다.

4. 하나의 장르, 바로 그 한 사람

매일 매일 시합에 나가는 느낌이다. 생활예술모임 〈곳간〉을 시작하면서 모든 것이 달라졌다. 가시적으로 바뀐 건 크게 없어 보이지만 오늘 마시는 공기조차 다르다! 오직 몸을 움직여야만 아주 작은 일이라도 할 수 있고, 한 사람이라도 만날 수 있다. 내가 움직이지 않으면 그 무엇도 할 수 없고 그 누구도 만날 수 없다. 그래서 요즘은 운동선수가 된 느낌이다. 매일 매일 시합에 나간다는 것은 일상을 실전으로 감각한다는 것이다. '목검' 승부(연습) 따위는 없다. 세상은 내게 '진검'을 준 적 없지만 나는 내가 가진 오래된 목검을 진검처럼 휘두른다. 그토록 뛰고 싶었던 필드 위가 아닌가. 그토록 만나고 싶었던 사람들이 아닌가. 내 몸을 움직여 무언가를 하고 또 누군가를 만나면서 삶을 꾸리(만지)는 이 '질감'을 뭐라 설명할까.

시합에 나간다고 했지만 그것이 꼭 우열을 겨루는 일인 것만은 아니다. 겨룸이라기보다는 어울림이기에 이 시합에 우열은 없다. 만남이 서로를 고양하고 긴장시킨다. 그 긴장이 대화를 실전으로 만들고 각자의 목검을 진검으로 만든다. 그렇게

'문학의 곳간' 28회는 음악가이자 산문가인 '봄눈별'을 초대해 그의 산문집 『내 마음 속의 난로』를 함께 읽고 부산 민주공원 내의 숲에서 연주회를 가졌다. (2016년 5월 28일)

서로를 돕고 키운다. 매일매일 시합(실전)을 치르니 매일 매일 실력이 드러난다. 그리고 나는 그 일상에서 오늘의 배움을 얻는다. 이기는 것보다 돕고 키우며 실력을 쌓아가는 법의 중요성을. 우열 없는 어울림을 통해 상대의 이력을 알아간다. 그리고 마침내 그의 글과 말, 그리고 행위의 결(역사)을 감각할 수 있게 된다. 오직 그 순간 살아 있음을 느낀다.

학연이나 지연, 그리고 성별이나 나이와 무관하게 만난 낯선 이들과 나눈 자발적 우정. "누구의 부하도 되지 않고 누구도 부하로 두지 않는"[6] 삶은 새로운 만남을 발명하고 또 훈련하는 관계의 실험을 통해서만 가능하다. '마트라는 세계' 안에

---

6. 사사키 아타루, 『잘라라 기도하는 그 손을 ― 책과 혁명에 관한 닷새 밤의 기록』, 송태욱 옮김, 자음과모음, 2012.

서 낯선 이를 만나고 또 그들과 우정의 장소를 일구는 일련의 작업은 놀이이자, 문화이며, 축제이자, 투쟁이다. 만남의 열정이 용접하는 이 일련의 연쇄 운동이 '장르'를 만든다. '하나의 장르'가 가리키고 있는 것은 그것이 지반^{condition}의 문제이며 '생태계'의 문제와 연동되어 있다는 점이다. 그 어떤 장르로도 설명할 수 없는 존재들의 어울림. 시스템에 포섭되지 않는 '별종'은 '취향'이 아닌 '생명'의 문제와 연결되어 있을 수밖에 없다. 그러니 그것은 짧은 시간에 출현했다가 사라지는 것도 아니며 우연적인 사건으로 만들어지는 것 또한 아니다. 오랜 시간 조형해온 '삶의 양식'이 다른 이들과의 만남으로, 관계의 부단한 실험을 통해, 서로가 나누는 위계 없는 응원에 의해 선명해지는 것이다. 그렇게 우리가 만질 수 있는[7] '장르'가 출현한다. 우리가 비로소 알아보고 또 기꺼이 응원할 때 '나눌 수 있는' 가능성의 영역이 조형되는 것이다. 하나의 장르는 '선물'이다. 저마다의 나무가 각기 다른 열매를 맺듯이 하나의 장르 또한 다른 열매를 나눠준다. 나눠주는 이도, 나눠 가지는 이도 조금의 망설임이나 부끄러움도, 미안함도 없다. 드나드는 이가 많으면 많을수록 풍성해지는 '곳간'처럼 말이다.

5. 새로운 우정의 물결

---

7. 만질 수 있다는 것은 '나눌 수 있음'을 함의한다. 나는 앞으로 삶의 '질감'이나 '실감'의 의미를 '나눌 수 있는 것'의 문맥과 연관해 이론화/방법론화 시키는 과제를 스스로 '허락'하고 싶다.

제이슨 바커와의 대담에서 마이클 하트는 다음과 같이 말했다.

저는 허위의식을 뒤집는 것이나 진리가 우리를 자유케 하리라는 믿음이 아니라, 욕망의 훈련이 필요하다고 생각합니다. 뭔가 다른 것을 원하는 것 말입니다. … 우리는 삶 속에서 더 크고 더 많은 욕망을 가져야 합니다. 우리는 소비주의를 넘어서야 합니다. 그러니 당신의 아이팟을 사랑하세요. 저도 제 아이팟을 사랑합니다. 다만 다른 더 많은 것들을 사랑하세요.[8]

나는 마이클 하트의 말을 다음과 같이 변주해보고 싶다.

저는 허위의식을 뒤집는 것이나 진리가 우리를 자유롭게 하리라는 믿음이 아니라, 만남의 훈련이 필요하다고 생각합니다. 뭔가 다른 것이 되길 원하는 것 말입니다. … 우리는 삶 속에서 더 크고 더 많이 만나야 합니다. 우리는 '마트라는 세계'를 넘어서야 합니다. 그러니 당신의 동료를 사랑하세요. 저도 제 동료를 사랑합니다. 다만 다른 더 많은 낯선 이들을 만나세요.

함께 생활예술모임 〈곳간〉을 열었던 한 동료는 "삶에도 인

---

8. 제이슨 바커, 『맑스 재장전』, 은혜·정남영 옮김, 난장, 2013, 59쪽.

디가 필요하다."는 문장을 썼고 그 문장으로 한편의 글을 완성해 발표했다.[9] 그 글은 '인디'라는 문화가 태동했을 1997년 즈음부터, 서면 복개천에 있던 〈문화공간 반〉에서 부산대 앞의 2층 주택 지하에 있던 〈시네마테크 1/24〉에 이르기까지 다른 삶의 양식을 욕망하며 끓어오르는 열정이 그 어떠한 기록도 가지지 못한 채 속절없이 망실되고 또 오염되는 것에 대한 안타까움과 '인디'를 둘러싼 오해에 대해 조목조목 문제를 제기하고 있다. 그리고 지금, 우리 곁에 여전히 존재하는 '인디적인 것'을 발견하고 재조명했다. '인디'는 '홍대 앞'에 있는 것이 아니며 음악이나 영화 등 특정한 양식에 국한되는 것도 아닌 '삶'의 문제임을 우리 주변에서 작지만 그래서 더 생생한 모임들을 통해 설명했다. 그리고 결정적으로 "삶에도 인디가 필요하다."는 문장을 쓰고 나눴다. '인디'를 '삶'과 접속시켰을 때 발생했던 강력한 전류를, 굽이치던 거대한 물결의 감흥이 아직 생생하다. 인디는 산업적인 것이 아니며 취향도 아니다. 나는 그것을 우리가 사는 이곳의 생태계의 문제로 이해했다. 이미 존재하지만 우리가 아직 모르는 모임들, '말하고(쓰고)-듣는(읽는)', '노래하고-춤추는', '만나고-사귀는', '생활하고-놀이하는' 에너지로 연결된 작은 코뮌들. "삶에도 인디가 필요하다."라는 문장을 통해 내가 보고 느낀 것은 바로 우리 옆에 흐르고 있는 연대의 전류였으며 만남이 만들어내는 파동이었다. 그 전류와

---

9. 송진희, 「삶에도 인디가 필요하다」, 『신생』 55호, 2013년 여름호.

파동의 힘으로 생활을 타고 넘어가는 물결wave이었다.

　동료란 보이지 않는 파장을 감지하고 아직 도착하지 않은 파도를 알아보는 '낯선 사람'이다. 마치 서핑 선수가 수평선 너머의 보이지 않는 파도를 감지하고 바다에 온몸을 던져 물살을 헤치고 나아가는 것처럼 내 옆의 낯선 이에게 먼저 손을 내밀어 환영의 인사를 건넬 수 있어야 한다. "Hello, stranger?"[10] 이 인사말은 낯선 만남이 주는 매혹을 가리키는 서명이면서 동시에 낯선 사람이라는 표현에 들러붙은 공포의 표지를 환대의 표지로 변주하는 접촉이다. 그리고 아직 누군지 알 수 없는 낯선 이에게 기꺼이 먼저 인사를 건네며 현실을 밀고나가려는 의지의 선언이기도 하다. 서퍼surfer가 파도에 올라타며 더욱 큰 파도를 만들어내는 것처럼 아직 보이지 않는 힘의 증언자이자 우정의 목격자가 될 수 있을 때 우리 모두가 잠재적인 구성원으로서 저마다의 삶 속에 흐르고 있는 새로운 우정의 물결Nouvelle Vague을 더 크게 키울 수 있을 것이다. 누군가가 독점하는 것이 아닌 모두가 나눌 수 있는 더 큰 물결을 만드는 연대의 운동이 현실 속의 코뮌을 가능케 하는 동력이 된다. 이 낯선 물결에 다가가 몸을 맡기며 세상에 흐르는 새로운 우정의 열정을 응원하고 키워나가고 싶다. 그러자면 다시 한번 더 나누어야 한다. 이미 도착했지만 아직 오지 않은 낯선 이들을 향해, "Hello, stranger!"

---

10. 영화 〈클로저〉(Closer, 마이클 니콜스, 2004)의 대사.

이야기한다는 것,
함께 살아가는 힘을 기른다는 것

1

무서운 생각이 들 때가 있다. 그 순간은 감당할 수 없는 일을 견뎌내야 할 때가 아니라 불가능해 보였던 견딤의 시간 이후에 찾아온다. 사력을 다해 견뎌내었지만 아무것도 변하지 않았다는 것, 더는 가용할만한 힘조차 남아 있지 않다는 것을 알아차리게 되는 순간, 무서운 생각이 온몸을 휘감는다. 견딤의 시간을 성실히 감내했지만 달라지는 것이 없을 때 그간의 시간은 벌을 받는 시간이 되어버린다. 구원을 기대할 수 없는 고해성사가 매일 밤 이어질 때, 무릎 꿇은 자리는 벌 받는 장소가 되고 그곳에서 벌벌 떠는 사람은 홀로 고립된다. 견딘다는 것은 혼자의 힘으로 버텨낸다는 것이 아니다. 견딤이란 '발신하는 힘'의 다른 말이기도 하다. 그러니 무서운 생각이란 끊임없는 발신에도 아무런 응답이 돌아오지 않는 수신의 부재, 침묵의 시간을 가리킨다.

메아리조차 돌아오지 않는 시간 속에서 쓰이는 글이 있다. 이를 악물고 반복하는 윗몸일으키기처럼 맨손으로 자신을 스스로 들어 올리는 시간. 겨울나무처럼 앙상한 가지들 모조리 드러내어 놓고 두 손 높이 들어 벌 받는 자세로 쓰는 글. 어떤 이들에게 글쓰기란 고스란히 고해성사를 위한 것이 될 수 있다는 것을, 그것이 절대자에게 용서를 구하고 다시 시작할 수 있는 걸음을 허락받는 것이 아니라 무릎을 펼 수 없는 걸음으로, 무릎걸음으로 걸어야 한다는 것을 나는 알지 못했다. 그 누구도 아닌 자신이 자신에게 벌을 내려야 하는 사람들이 쓰는 글 속에서 나는 구원의 기미를 찾아야만 했다. 그들의 글을 읽은 순간 구원의 가능성을 찾는 것이 내 몫이자 책임이라는 것을, 응답해야 하는 수신자의 자리에 놓여 있음을 알게 되었다. '성매매·성 산업 스토리 공모전'이라는 형식 속에서 나는 심사위원이라는 자리에 있었지만 외려 내가 더 필사적일 수밖에 없었던 이유는 그 때문이었다. 턱없이 늦었겠지만 이 글이 당신들께 하나의 응답으로 도착했으면 한다. 수신자를 찾지 못해 벌 받는 당신들의 발 앞에 겨우 당도할 수 있기를, 그렇게 발신에 애를 써왔던 당신들께 수신자가 되어달라는 요청의 마음으로 이 글을 쓴다.

2

침몰한다는 것, 그 속수무책의 사태를 온몸으로 전하는 글들의 시간은 느리기만 했다. 침몰의 시간이 더디게 진행된다는 것은 어쩌면 침몰한다는 사태보다 더 고통스러운 일인지도 모른다. 늪에 발목 잠긴 이들이 허리까지 가라앉는 데 걸리는 더딘 시간을 가늠할 수 있겠는가. 잔혹한 것은 그이가 그 늪을 혼자의 힘으로 벗어날 수 없다는 사실에만 있는 것이 아니라 침몰의 시간을 앞당길 수도 없다는 데 있다. 늪이 허리께까지 차올라 옴짝달싹할 수 없는 상태에서 쓴 글, 이 공모전에 응모한 대부분의 글이 내겐 그렇게 읽혔다. 그런 이유로 내가 이 이야기들 속에서 읽은 첫 번째 문장은 필사의 구조 요청이었다. 구조 요청이란 논리 정연한 입장 표명이 아니라 당혹감 속에서 외치는 비명이다. 그 비명에서 구조 요청의 메시지를 수신하는 이가 나타나기 전까지 첫 번째 문장은 속절없다. 내맡겨진 그 첫 문장이 수신되지 않을 때 그것은 유서의 첫 문장이 되어버릴 수도 있다. 누구의 유서일까? 누군가가 가라앉고 있음을 그 누구도 알지 못한다는 것은 이 세계가 가라앉고 있음을 의미한다. 구조 요청이 메시지가 되지 못하고 유서로 침몰할 때 익사하는 사람은 한 명이 아니다. 구조 요청이 물과 뭍의 경계를 가리키는 표식일 수 있다면 구조 요청에의 응답은 이곳에 딛고 설 땅이 있음을 알리는 신호다. 사람이 사람을 구한다는 것은 언제나 한발 늦은 것일 수밖에 없지만 그런 이유로 사력을 다하는 필사의 행위이기도 하다. 그러니 가라앉고 있는 이들의 구조 요청에 대한 응답은 침몰하는 세계에 가하는 심폐소생술과 다르지 않다.

이야기한다는 것이 그와 같다. 가라앉고 있는 이가 이야기를 시작할 때란, 그 무용한 일에 애를 쓸 때란, 바닥을 알 수 없는 수심이 결코 삼킬 수 없는 '생의 의지'가 물 밖으로 길어 올려지는 순간이기도 하다. 구한다는 것은 불쑥 내민 누군가의 손을 누군가의 손이 기꺼이 잡아끈다는 것이다. 손과 손의 맞잡음이 이루어지는 순간, 침몰하는 세계가 잠깐 그 기울기를 바로 잡는다. 그러나 공모전에 응모한 글을 읽으면서 이야기가 그이를 올라타, 그이가 이야기에 끌려다니는 경우도 있음을 알게 되었다. 리베카 솔닛은 적지 않은 이야기가 침몰하는 배를 닮았으며 그중 많은 사람이 배와 함께 가라앉는다고 했다.[1] 이미 기울어져 있는 불리한 싸움은 애를 쓰면 쓸수록 소진되어버린다. 그러다 마침내 스스로가 자신의 적이 되고 만다. '나'는 '나'의 적에게 가장 하찮고 나약한 존재다. '나'는 매일 손쉽게 진다. 패배가 만성화되고 무감각해지면 이제 더는 우울하지 않다. 다만 게을러질 뿐이다. 불리한 싸움을 멈추는 순간, 이길 수 없다는 사실보다 다시는 싸울 수 없게 되어버렸다는 절망의 크기가 더 크다. 연약하고 희미한 것들이 지긋지긋하게 느껴질 때, 냉철하고 냉담하게 그것들을 바라보게 될 때 이길 수 없는 모든 싸움은 쓸모없는 짓이 돼버리고 만다. 이야기한다는 것은 불리한 싸움을 이어나가는 일과 다르지 않아 보인다. 침몰하는 이야기란 이야기하기를 멈춘 상태를 말하는 것일 테다. 똑같은 이야기를 반복하거나 이야기하는 행위가 시시하게 여겨지는 순간, 우리는 이야기와 함께 침몰한다. 이때

1. 리베카 솔닛, 『멀고도 가까운』, 김현우 옮김, 반비, 2016, 14쪽.

희미하고 나약한 것들은 귀신처럼 그 기미를 알고 가파르게 녹슬어 무거운 쇳덩이가 되어 침몰을 더 치명적인 것으로 만든다.

연약하고 희미한 것들에 기대어 불리한 싸움을 할 때, 질 줄 알면서도 싸움을 이어갈 때가 가장 강한 순간이지 않을까. 불리한 싸움의 역사가 우습고 하찮은 것이 되어버리는 동안 각자가 '애쓰는 사람'이었음을 쉽게 잊어버린다. 불리한 싸움을 계속해나가기 위해선 우선 부지런히 애를 써야 한다. 그건 거대한 구조선을 타고 누군가를 구하기 위해 바다로 나가는 것이 아니라 고무보트를 타고 노를 저으며 바다에 떠 있는 일에 가깝다. 이 거대하고 폭압적인 망망대해에서 희미하고 연약한 것들을 만나기 전까지 각자가 타고 있는 고무보트는 조난한 것과 차이가 없다. 그러나 조난한 누군가를 만나는 순간 '표류'는 '항해'가 되지 않는가. 언제라도 좌초될 수 있는 연약하고 희미한 것들에 기댈 때만 시작할 수 있는 항해가 있음을 알게 된다. 도움을 구하는 이가 언제나 누군가를 먼저 돕는 것처럼. 다시 리베카 솔닛의 전언. "나(I)는 누군가에게는 유용한 바늘이다. 하지만 거기에 꿰는 실은, 물론, 그림자다."[2] 이야기란 바닥으로 침몰하는 인간이 대면해야만 하는 불가항력적인 문제를 '해결'하는 도구가 아니라 불가항력적인 문제를 '나누

---

2. 같은 책, 195쪽, 브렌다 힐먼(Brenda Hillman)의 시 「수트라 끈 이론」을 재인용.

는' 공동의 행위라는 것, 바로 그 나눔과 공유에 의해서만 주체가 사멸하지 않고 자신의 인격을 유지하며 다른 사람들과 함께 공동체적인 삶을 살아갈 수 있는 것이다.

그런데 나눌 수도 없고, 기억하기도 힘든 이야기 앞에서 이 문장을 인용해도 좋은 것일까. 공모전에 접수된 글들을 여러 차례 읽었음에도 내가 이 이야기들을 정확하게 기억하고 있지 못하다는 사실을 인식하고 망연자실해졌다. 어째서 기억하지 못한 것일까? 서둘러 답해본다면 첫째, 상투적이기 때문이며 둘째, 구조적으로 탄탄하지 않기 때문이다. 이 두 문제 모두를 반박해나가며 망각의 구조를 드러내 보자. 상투적이라는 것은 인식 가능한 틀을 갖추었다는 것을 의미한다. 바꿔 말해 공동체 안에서 쉽게 이해 가능한 형태를 취할 때 우리는 그것을 두고 상투적이라고 표현한다. 이해 가능한 것이 기억되지 않는다는 것은 모순적이다. 성매매의 경험을 가진 여성들의 자기 고백에, 그 절절한 사연에 나는 너무 성급하게 '상투적이다'라는 인장을 붙인 것은 아닐까? 어쩌면 그것은 그들의 이야기와 대면하지 않기 위한 자기방어와 같은 것이 아니었을까. 기억할 수 없다는 것, 너무 빨리 휘발되어버린 것은 그런 이유 때문이 아니었을까. 이들의 글이 응집되지 않고 버성겼던 것은 바로 이 사회가 서둘러 그들의 삶을 단순하게 규정하고 재빨리 알은 체 했기 때문이다. 더 듣지 않아도 이미 다 안다는 그 같은 태도는 더는 듣고 싶지 않다는 무언의 압력이다. 단 한번도 자신의 말을 이어가 본 기회를 얻지 못했기 때문에 이들의 이야기가 더 나아가지 못하고 한곳에 계류되어 있었던 것은 아닐까.

　이야기를 조금 더 이어가 보자. 성매매를 하게 되는 각자의 사정이야 다양하겠지만 그들의 가정사는 대개가 비슷하다. 가난한 살림, 폭력적인 아버지, 자신에게 무관심한(관심을 기울일 여력이 없는) 가족. 그 폭력과 무관심을 피해 가출을 하고 그렇게 세상에 버려진 이들이 갈 수 있는 곳은 제한적일 수밖에 없다. 대개의 글이 이러한 구조를 반복하고 있다. 뻔한 구조, 상투적인 구조, 지긋지긋하게 듣고 봐온 구조. 그래서 사람들이 귀담아 듣지 않는 이야기, 그런 삶. 이런 상투성이 수십 년간 반복되고 있다는 것은 수십 년간 이러한 구조가 변하지 않았다는 것이다. 그런 이유로 수십 년간 이 이야기를 듣지 않았다는 것이고 응답하지 못했다는 것이다. 상투적인 구조와 삶, 이들의 이야기는 이들만의 몫이거나 이들만의 책임이 아니다. 그들을 상투적인 삶의 굴레에 밀어 넣을 때 발생하는 이윤을, 쾌락을, 욕망을 우리 모두 조금씩 나눠 갖지 않았던가. 야금야금 모른 척, 맛보지 않았는가. 우리가 이 상투적인 이야기의 배후가 아닌가?

3

　토크 콘서트에서 한 참석자가 "어째서 이들의 어휘는 이토록 제한적인가?"라는 질문을 했다. 제한된 어휘를 교육과 사유의 문제로 환원해서는 안 될 일이다. 이들의 어휘와 표현이 제한적이라는 것은 이들의 이야기를 들어주는 이가 제한적이 었음을 가리키고 있는 것이기도 하기 때문이다. 늘 같은 사람 에게 같은 이야기를 하지 않았을까. 그 누구도 이들의 이야기 를 들어주지 않았기 때문에, 그 누구도 응답해준 적 없기에 이 들의 어휘가, 이들의 표현이 멈춰 있었던 것이 아닐까. 우리가 이들의 이야기에 귀 기울여 들음으로써 이야기를 하고 나눌 수 있는 사람의 범주가 넓어질 때 이들의 어휘와 표현 또한 다 른 지평을 얻을 수 있지 않을까. 이야기한다는 것은 계류된 시 간을 흐르게 하는 물꼬를 트는 일이기도 하다. 시간이 흐르지 않는다는 것이 성매매 경험을 가진 여성들의 이야기 속에 고 여 있는 공통된 문양이었음을 떠올리게 된다. 어디를 펼쳐도 암초처럼 만나게 되는 몇 개의 문장을 인용해본다. "그 순간의 과거가 모여 현재의 나를 괴롭힌다는 것"(「무제」), "멋모르고 지냈던 그 시간들은 점점 더 지독한 상처가 되었고 그 상처들 은 덧나고 고름나 있었다.", "과거는 오늘이 되어 오늘은 내일이 되어 나를 놓아주지 않는다."(「유죄」), "죄를 지은자의 시간은 쉽사리 흘러가지 않는 법이니까."(「유죄」), "분명 오늘이지만 어 제에 사는 나"(「타인의 삶」).

계류된 삶의 시간, 좌초되고 침몰해 있는 시간, 그 시간을 흐르게 해야 한다. 계류된 시간이란 삶이 연속성을 가지지 못 한다는 것을 뜻한다. 내가 나일 수 없으며, 내가 나를 부정해 야 하는 이 형벌의 시간 속에서 상실되는 것은 아팠던 과거의 시간이 아니라 '인간으로서의 존엄'이었을 것이다. 이야기한다는 것은 계류된 시간이 흐를 수 있게 길을 트는 것이다. 그건 혼자서 하는 '윗몸일으키기'와는 다르다. '이야기'라는 말 속에는 이야기 하는 이와 이야기를 듣는 이가 '이미' 만나고 있기 때문이다. 그 만남이 전제되어 있기에 '이야기'가 성립될 수 있다. '시간이라는 배' 또한 한 부분이 힘을 낸다고 해서 움직일 수 있는 것이 아니다. 이 배의 엔진을 가동시킨다는 것은 순환의 구조를 회복한다는 것이기 때문이다. 이야기야말로 멈춰 있는 시간의 배를, 그 안의 엔진을 가동할 수 있는 연료이자 서로의 기관을 잇는 전선이다. 이 시간에 전류를 흐르게 해야 한다. 그렇게 흘러갈 수 있게 해야 한다. 이야기 하고 듣고 나누며 다른 것이 될 수 있는 삶을, 그런 권리를 회복해야 한다고 서둘러 말해도 되는 것일까? 이렇게 말하는 것으로 충분한 것일까?

망설이기보다는 이야기를 조금 더 이어나가 보기로 하자. 이야기한다는 것이 계류되고 좌초된 시간이 흐를 수 있는 물꼬를 트는 것과 다르지 않다고 했다. 이야기를 나눈다는 것은 한 사람의 경험을 귀 기울여 들으며(존중하고) 그 삶-이야기의 목격자가 된다는 것이다. 목격자란 어떤 이야기에 연루된다는 것이며 그것은 책임의 영역에 들어선다는 것이기도 하다. 그렇게 발신과 수신의 연계망이 생길 때 이야기는 지켜진다. 이야기의 돌봄. 지킨다는 것은 유지를 목적으로 하는 것이 아니라 이야기를 활성화한다는 것이며 이야기가 살아갈 수 있는 생태와 환경을 돌본다는 것이다. 이야기한다는 것은 잠수부가 되어 심연을 탐사하는 것이라는 문장을 떠올려보자.[3] 모든 이야기에는 두 명의 잠수부가 있다. 바닥에 가라앉아 있는 파편들을 길어 올리는 잠수부와 그렇게 길어 올린 파편들의 더께를 닦아 감춰져 있던 문양을 발굴하는 잠수부. 이야기하는 이와 이야기를 듣는 이 또한 이와 다르지 않다. 그러니 바닥으로 내려가 애써 캐내야 하는 것이 산호와 진주가 아니어도 좋다. 저마다의 삶의 바닥에 가라앉은 파편(시간)들을 길어 올려 뭍으로 가져왔을 때, 그 파편들을 자세히 들여다보고 매만지는 누군가의 눈길과 손길을 통해 드러나는 문양은 한 사람의 것일 수만은 없다. 이 흔적의 겹침이 고유한 빛을 발할 때 그것이 진주나 산호가 아닌들 무슨 상관이겠는가.

「장기투숙자」의 '이모'와 '삼촌', 바로 그 이름을 부여하고 단절되어 있던 이들을 만나게 해주었던 '아이'를 떠올려보자. 아이라는 메신저, 아니 아이라는 천사. 이야기가 꼭 그와 같은 일을 한다. 이야기야말로 사람들을 잇고 관계를 만들며 삶을 바꿀 수 있는 동력을 제공하기 때문이다. 여기 뒤늦게 도착한 우편물이 하나 있다(「타인의 삶」). 누구에게도 보여주지 못한 일기, 기록, 고백, 바닥에 가라앉은 시간의 수신자가 된다는 것. 발신자 주소가 지워진 이 편지를 누군가가 수신할 때만 계류되어 있던 시간이 흐를 수 있다. 토크 콘서트의 주인공이지

---

3. 한나 아렌트, 『어두운 시대의 사람들』, 홍원표 옮김, 인간사랑, 2010, 298쪽.

만 그 자리에 부재했던, 부재로서 그 존재를 아프게 증명했던 (변정희) '언니들'이 아픔과 슬픔의 바닥의 물살에 휩쓸려 사라지거나 마모되지 않게, 그 깊은 잠수의 시간이 무용한 것이 아니라 귀한 것임을 알려 그 시간이 선명하게 드러날 수 있게 응답을 해야 하지 않을까. 이야기한다는 것이, 잠수부가 된다는 것이 함께 살아가는 힘을 기르는 일이라면 말이다.

고장 난 기계

1

숨어 지내는 데 도시는 최적화된 공간이다. 은둔자와 도망자는 외곽으로 나가지 않는다. 오래전부터 그들의 목적지가 도시를 향했던 이유에 대해서라면 도시야말로 끝없이 은둔자와 도망자를 생산해내고 있었다는 점을 상기해보는 것으로 충분하다. 도시에서 산다는 건 '만족'이나 '충만'과 같은 감각과 결별하는 것으로부터 시작된다고 해도 좋다. 안락과 여유라는 기본적인 정서조차 구매하지 않으면 누릴 수 없는 완고한 자본제적 교환 공리는 도시에서 우리의 선택지가 '과잉'이거나 '결핍'말고는 없음을 선고하는 듯 보인다. 주변부 출신의 20/30대가 대도시의 번듯한 구성원이 되기까지의 지난한 여정을 핍진하고 감각적인 언어로 탁월하게 그려내었던 김애란의 초기 소설을 인용하지 않더라도 도시에서 '보통'과 '평범'을 목적지로 하는 삶을 추구한다는 건 투명하지만 결코 만질 수 없는 진열대 안의 명품이나 아무리 애를 써도 헤어나올 수 없는 다단계처럼 일상화된 지옥의 모습을 하고 있다.

나를 제외한 모두가 술래여서 도망치기를 멈출 수 없거나 아무리 잡아도 술래의 시간이 끝나지 않는 술래잡기처럼, 도시에서 열심히 산다는 건 '도주'와 '추격'을 무한히 반복하는 것에 가깝다. 이른 새벽부터 늦은 밤까지 도시 구석구석을 천천히 배회하는 또 다른 무리의 사람들은 술래잡기 규칙 바깥에서 과잉과 결핍 사이를 헤매는 중이다. 도망치는 것도 아니고 누구를 좇는 것도 아닌 이 유영을 '산책'이라 부르기로 하자. 새벽부터 한밤중에 이르기까지 도시가 밝힌 욕망의 전등은 꺼질 줄을 모르고 그 아래를 하릴없이 걷고 또 걷는 이들을 서둘러 충분히 살아 있는 것도, 그렇다고 죽은 것도 아닌 언데드undead 상태라고 부르지는 말자. 설사 그들이 현실로부터 도피하는 것처럼 보일지라도 산책은 과잉과 결핍을 어떻게든 비껴가며 보이지 않는 사잇길을 찾기 위해 더듬는 미지의 걸음인지도 모르기 때문이다.

　어디서부터 손을 봐야 할지 엄두가 나지 않는 수많은 어긋남으로 점철된 도시를 출처를 잃어버린 부속품처럼 겉도는 사람들의 걸음은 고장 난 기계처럼 보인다. 과감하게 말해본다면 이 같은 '고장 난 상태'란 고치고 바로잡아야 할 오류나 하자가 아니라 차라리 도시적 삶의 조건에 가깝다. 이 도시와 그곳에서 살아가야 하는 우리는 고장 난 상태를 벗어날 수 없다. 그러니 무언가를 바로잡거나 고치기 위해 걷는 게 아니다. 고장 난 상태로 걷고 있다. 고장 난 상태를 삶의 조건으로 삼아 그 상태로 살아가는 방법을 마련하는 일은 '매뉴얼'에 나와 있지 않은 새로운 작동법과 사용법을 발명하기 위한 모색이기도 하다. 고장 난 기계를 고장 난 상태로 계속 사용하다 보면 때론 기계의 쓰임과 기능이 바뀌기도 한다. '고장 난 기계'를 도시적 삶의 존재론이라 간주해본다면 이는 앞질러 절망을 선고하기 위한 냉소가 아니라 새로운 삶의 양식을 모색하기 위한 일상적인 시도들을 지칭하는 것에 가까울 것이다. "상처받은 이가 걷는다."(김영민)는 전언이 상처라는 세속의 어긋남을 위무하거나 그로부터 도피하기 위한 시도가 아닌 것처럼 고장 난 채로 걷는 것은 '고장'이라는 이 세상의 조건을 부대끼며 살아내기 위한 실천의 일환이라 부르지 못할 이유가 없다.

2

　2014년 가을부터 2016년 가을까지 나는 송도 해변 근처에서 홀로 살며 사람들을 피해 그 주변을 바장였다. 오랫동안 힘썼던 일들과 애면글면 애썼던 관계들이 파도에 휩쓸린 모래성처럼 속절없이 산산이 조각나버렸을 때 아무것도 하지 못한 채 납작 엎드려 있다가 어떻게든 다시 회복하기 위해, 혹은 하루하루를 버텨내기 위해 송도 일대를 걷고 또 걸었다. 당시엔 재활과 회복을 위한 걸음이라 생각했지만 어쩌면 도주와 은둔 사이에서 정처 없었는지도 모르겠다. 무허가 판잣집 사이를 헤집고 다니며 장군산을 올랐고 인적이 없는 길을 따라 감천항 주변의 거대한 냉동창고 사이를 걸었다. 가끔 아무도 없

손몽주, 〈My Encounter site : 송도 엔카운터〉, 2015

는 송도 해변을 걸었으며 할 수만 있다면 기암절벽 사이에 서서 낚시를 하고 있던 낚시꾼들처럼 거의 매일 암남공원으로 숨어들고 싶었다.

장군산을 넘어 암남공원으로 진입하고 싶었지만 아니나 다를까 군부대가 길목을 차단하고 있어 산 아래로 내려올 수밖에 없었는데, 암남공원으로 가는 길목에 자리한 〈미부아트센터〉에서 손몽주의 〈My Encounter site: 송도 엔카운터〉 전시를 보게 된 건 2015년 여름이었다. 천정에서부터 내려온 수많은 스테인리스 봉은 벽면에 투영된 옛 송도의 풍경을 온전하게 감상하는 것을 방해했다. 작가의 유년 시절의 모습을 담은 듯한 옛 송도에서 찍은 사진은 빛바랜 이미지가 아닌 날카로운 칼날에 베여 잘려나가거나 단호하게 찢긴 단면처럼 보였다. 그해 송도 해수욕장을 찾은 관광객의 숫자가 광안리를 앞지를 수 있었던 건 2013년부터 송도가 행정적 드라이브에 걸려 급격한 속도로 관광지화되고 있었기 때문이었다. 그 광폭한 변화 속에서 옛 송도를 희뿌윰한 노스텔지어의 정조만으로 덮어버릴 순 없었을 것이다. 빛바랜 시절을 떠올리는 것이 매서운 절단면처럼 보이는 틈새를 통해서만 가능하다는 것은 이제 도시가 남긴 상처에서조차 짓무르거나 짓이겨진 지난 시절의 흔적을 기대하기 어렵다는 것을 차갑고 투명하게 시사하는 것만 같았다. 무엇보다 아이러니한 것은 기억 속 극장처럼 어두운 전시장 곳곳을 날카롭게 내리긋고 있던 스테인리스가 벽에 투영된 옛 송도 이미지 앞에서 개발의 환등상처럼 너무도 찬란하게 빛나고 있었다는 점이다.

2016년 내내 암남공원 입구는 폐쇄되어 있었는데, 송도의 옛 영광을 효과적으로 구현하기 위해 지난 시절 철거되었던 케이블카를 재설치 하는 대규모 공사 때문이었다. 그해 말 나는 계약만료로 송도에서 장림으로 주거지를 옮겨야 했기에 이듬해 여름 초입이나 되어서야 '회복의 고향'으로 귀환하는 마음으로 송도 암남공원을 다시 찾을 수 있었다. 그때 뜻하지 않게 손몽주의 〈with 총각집〉(설치, 2013)을 떠올리게 되었던 건 송도의 경관을 완전히 바꿔 놓은 거대한 케이블카 때문이었다. 송림공원에서 암남공원을 연결하는 거대한 케이블카의 와이어선은 해변과 아파트, 낚시꾼들과 작은 섬, 청명한 하늘과 바다를 가로지르고 있었고 그 사이로 수많은 차량과 밀려드는 관광객으로 빼곡히 채워져 송도 일대는 순식간에 숨 막히

손몽주, 〈with 총각집〉, 2013

는 풍경으로 바뀌어 있었다. 새로운 공간을 창출하는 데 탁월한 역할을 해왔던 손몽주의 '고무밴드'는 지난 시절 송도 바닷가에 떠 있던 유일한 상가였던 '총각집play boy'을 구현하는 데에도 여지없이 활용되었는데, 탄력적인 고무줄을 매개로 기억과 가상의 공간을 교직해 재창조했던 송도의 (미래적) 장소성은 시대착오적인 케이블카라는 관광 상품을 지탱하는 와이어선으로 대체되어버린 것처럼 느껴졌다. 어느새 송도의 풍광은 행정적 탐욕의 민얼굴을 노골적으로 드러내고 있는 것 같은 거대한 와이어의 위압적이고 흉포한 모습으로 대체되어 있었다.

3

추석 연휴에 찾았던 내 아버지의 고향인 강원도 삼척의 장호항도 사정은 다르지 않았다. 좁은 국도를 가득 메웠던 차량의 행렬은 차례를 지내기 위해서가 아니라 얼마 전에 개장(!)한 케이블카를 타기 위해 몰려든 것이었다. 몰개성적인 케이블카는 대도시 사람들이 지방으로 내려가 그곳의 풍광을 마음 놓고 감상하는 데 최적화된 관광 상품이다. 문제는 군소 도시의 주거지만 횟집과 펜션으로 재편되는 것이 아니라 관광객들의 시선 쾌락을 위한 폭압적인 경관의 재편 탓에 그곳의 풍광 또한 획일화되어 간다는 점이다. 송도를 다시 찾았던 그 날, 케이블카 설치 이후 강제 철거 통보를 받은 송도 해녀촌에서 내건 분노와 호소로 점철된 플래카드를 애써 뒤로 하고 암남공원에 들어섰지만 차마 두도 전망대까지 가지 못하고 발길을 돌릴 수밖에 없었다. 더 먼 곳으로 나아갈 요량으로 육지로부터 등을 돌리고 있는 듯한 형상을 한 두도頭島를 마주 볼 엄두가 나지 않았기 때문이다.

두도가 멸종된 초식 공룡의 뒷모습처럼 보였던 건 전적으로 김성연의 〈도시의 공룡들〉(2005)의 영향 때문이었을 것이다. 〈도시의 공룡들〉 연작은 광안리, 주례, 범일동, 수정동, 복천동, 용호동에 이르기까지 부산 곳곳을 집어삼키고 있는 '도시-공룡'과 그 틈바구니에서 서식하는 '타자-공룡'을 디지털 작업으로 동시에 포착함으로써 도시의 속성과 그 이면을 강렬하게 환기한 바 있다. 가장 단순한 방식으로 가장 명징하게 근대 도시에서 탈근대 도시로 이행하는 동안 발생하는 도시화의 문제들을 가시화했던 그 작업에서 나는 도시라는 거대한 기계가 말살하는 것과 끝끝내 멸종하지 않는 존재가 겹쳐 있다는 관점을 시사 받을 수 있었다. 언젠가 암남공원의 끝자락에서 건너편의 두도를 바라보았던 짧은 순간, 도시 경관 속에서 멸종하는 (비)존재를 뒤쫓는 '회안悔顔의 시선'과 그들을 내쫓는 '추방의 시선'이 겹쳐 있음을 예감할 수 있었다. 그러니

김성연, 〈도시의 공룡들〉, 2005

케이블카가 장악해버린 암남 공원에서 두도를 바라보는 일은 내가 아무리 노력한다고 해도 멸종 위기의 초식 공룡을 뒤쫓는 안타까움이 아니라 그들을 내쫓는 말살의 시선으로 미끄러질 수밖에 없지 않겠는가.

도시엔 수많은 종류의 은 둔자와 도망자로 넘쳐나지만 정작 숨은 건 도시 그 자신이다. 도시를 가로지르며 다른 공간을 상상하는 것은 생각처럼 쉽지 않겠지만 '도주'와 '추격'이 아닌 방식으로 이곳을 걸어내는 일은 해볼 만한 일이다. 아무리 도시가 제 살을 갉아먹으며 파괴와 증식의 이중주로 미쳐 날뛴다 해도 도시의 욕망 바깥으로 외출해보는 '산책'이라는 삶의 양식은 고장 난 세상을 고장 난 상태로 걷는 것을 지속하는 일상적 실천의 하나다. 걷기의 역사에서 도구적 이성의 인류학적 연원을 추적해볼 수 있다면[1] '산책'은 도시의 욕망

1. 프레데리크 그로, 『걷기, 두 발로 사유하는 철학』, 이재형 옮김, 책세상, 2014.

송도 암남공원에서 바라본 '두도' (2019년 3월)

바깥으로 걸어 나가봄으로써 고장 난 세상을 고장 난 채로 살아내는 생활적 실천의 한 방식이며 목적지를 가지고 있지 않은 탓에 매번 다른 경관과 조우할 수 있는 기회를 제공한다. 그건 고장 난 기계가 고장 난 상태라는 조건을 살아내는 수행적 반복을 통해 도시가 명령하는 매뉴얼엔 없는 욕망의 기능과 작동법을 의도 없이 발명하는 일이기도 하다. 지금도 어딘가에서 도시라는 거대한 고장의 체계 속을 고장 난 채로 걸어내는 사람들이 있을 것이다. 도시의 경계를 넘나드는 '고장 난 기계의 산책'은 구성원의 관광객화라는 획일화되어버린 도시의 욕망 체계를 소리 없이 바꾸는 일을 한다.

텃밭과 마당

1. 목소리의 온기가 지켜지는 장소

　선물처럼 도착한 이름의 이력을 밝히며 이야기를 시작해 보고 싶다. 오래된 라디오 방송을 들었던 밤, 젊은 시절 정성일의 목소리를 듣기 위해서였지만 고요한 새벽 시간을 보듬는 정은임의 조용한 목소리가 정성일과 청취자들의 목소리를 지키는 울타리임을 알게 된다. 영화 평론가 정성일과 라디오 DJ 정은임의 대화 속에서 전해지는 열기, 그 온도. 정성을 다하는 사람이 품는 염원은 소인이 만료되지 않는 편지처럼 결국 목적지에 도착하게 되어 있다. '언젠가 세상은 영화가 될 것'이라는 한 영화 평론가의 터무니없는 믿음이 그곳에서 존중받고 지켜질 수 있었던 것은 그의 화려한 언변 때문이 아니라 누군가가 오랜 시간 정성을 다해 일구어가고 있는 세계에 귀 기울이는 정은임의 성실한 태도에 기대어 있었기 때문이다. 그 둘의 대화에서 나는 영화라는 바다를 향해 출항하는 선원들의 모습을 보았다. 아직 도착하지 않은 영화라는 새로운 영토를 향해 나아가는 새벽의 개척자들이 만들어가는 '시네코뮌'의

뜨거운 열기. '정영음'(《정은임의 FM 영화음악》)은 모두가 잠든 새벽, 막 태동하기 시작한 영화 마니아들의 아지트이자 진지였다. 1992년 11월 8일 오프닝에서 정은임이 직접 쓴 것으로 추정되는 발언은 다음과 같다. "무리 속에 있으면서도 제각기 고립된 우리들, 저희 〈FM 영화음악〉 이 시간을 함께하시는 여러분 모두를 엮어드리는 끈이 되고 싶습니다." '정영음'은 해가 뜨기 직전, 잠깐 허락되는 '목소리의 코뮌'이기도 했다.

'정영음'은 잠들지 못한 영화 마니아들이 숨어드는 다락방이었을 뿐만 아니라 '영화의 마을'에 도착한 이들의 염원을 담은 목소리의 온기가 지켜지는 장소이기도 했다. 목소리의 온기라니. 어째서 수십 년 전의 목소리가 가까스로 우리에게 전해질 때 예스러움을 간직한 복고의 정겨움이나 빛바랜 음색이 아니라 '온기'로 도착하는 것일까. '정영음'에는 없던 장소와 없던 관계를 개척할 때만 발현되는 '떨림'이 있었다. 망설임을 부러 감추지 않으면서도 매번 망설임을 딛고, 망설임을 헤쳐 한 발짝 내딛는 걸음의 결기가 있었다. 아직 도착하지 않은 미지의 영역을 향해 나아가는 이들의 떨림과 망설임, 그것을 동력으로 하는 결기 어린 걸음이 목소리의 온기를 지키고 있었던 것이다. 나는 그 온기가 지금-여기-우리 곁에서 진행되고 있는 크고 작은 모임들, 작업들, 만남들 속에서 지켜지고 있는 온기와 이어져 있음을 직감했다. 온기가 전하는 하나의 메시지가 있다면 온기란 그저 보존되어야 하는 것이 아니라 이곳에서 다시 이어야 한다는 것이다. 그것은 다시 잇고 지켜야 하는

'우리 곁의 온기'가 있다는 것을 알리는 신호이기도 하다. 1992년 어느 날의 새벽, 목소리들의 온기가 가느다란 전파를 타고 2014년, 지금-여기-우리에게로 이어지는 온기의 여정. 그 길은 하나가 아니다. 그러니 1992년이 아니어도 좋고, 라디오가 아니어도 좋다. 어딘가에서 지켜지고 있는 온기는, 누군가가 지켜내고 있는 온기는, 저마다의 여정을 따라 지금, 이곳에 도착하는 중이기 때문이다.

2. 선물처럼 도착한 이름 : '오스트'

저마다의 목소리가 도착하는 이 순간, 공연이 끝난 뒤 옹기종기 모여 앉아 서로의 목소리에 귀를 기울이며 말을 주고받았던 순간은 각자의 삶의 이력 속에서 길어 올린 열매를 나누어 가지는 선물 같은 시간이기도 하다. 그때 선물처럼 도착한 이름, 오스트. 그것은 'O.S.T'라는 오래된 이름을 다시 살려내 우리가 이어받았던 온기의 이름이기도 하다. 영화를 일상으로 불러들이고 일상에서 영화를 다시 상영할 수 있게 도왔던 오리지널 사운드 트랙Original Sound Track은 영화의 한순간을, 어쩌면 누구도 기억하지 못할 수 있는 장면을 불러내어 지키고 키웠던 영화의 울타리이기도 했었다. 꼭 영화가 아니더라도 일상의 스쳐 지나가 버리는 순간 속에, 사람의 표정과 말속에, 저마다가 오랫동안 간직해온 희망이 담겨 있다. 우리에게도 고유한 목소리가, 어떤 염원이 언제까지고 머물 수 있는 트락이 필요하다. 한 사람의 목소리가 지켜지는 장소, 그 목소리의 염원이 내려앉아 새겨진 발자국이 만드는 오솔길, 그렇게 생겨나는 없던 길을 밟아 다다르게 되는 어떤 장소. 그래서 다시 살려내 고쳐 부른 이름, 기꺼이 지금-이곳에서 이어받은 이름, '오스트'라는 오래되었지만 생소한 이름으로 서로를 부르던 시간이 있었다.

서로의 이름을 부르고, 서로의 목소리에 귀를 기울이던 그 나눔의 시간은 이곳에 당도한 '온기'를 수신하는 시간이었으며 각자의 자리에서 일구어가고 있던 '텃밭'을 만나는 시간이기도 했다. 우리 모두에게는 삶의 이력으로 길어 올려 일구어가는 각자의 텃밭이 있다. 노래를 짓고 부르는 이력으로, 생활 속에서 예술을 발견해내던 부지런한 손으로, 이곳과 저곳을 바지런히 옮겨다니는 발걸음으로, 사라질 수도 있는 공간과 사람들을 지켜내는 정성스러운 기록으로, 작고 생생한 현장 속에 잠재된 귀한 가치들을 키우고 보살피는 말과 어휘로, 자기만의 속도를 지키며 묵묵히 걷는 걸음으로, 자신의 방을 열고 그곳을 장소로 가꾸어 아낌없이 나누는 초대와 환대로, 오랜 시간 지켜온 희망의 등불이 꺼지지 않게 지켜주는 지지와 응원으로, 서로에게 힘을 전해주는 곁의 자리에서 우리 모두는 따로 또 같이 각자의 텃밭을 일구던 이력을 아낌없이 나누며 '여기의 텃밭'을 일구어가고 있다.

만남은 이 텃밭에 이랑을 만드는 일이다. 그것은 내 것과 네 것을 구분하는 경계선을 만드는 것이 아니라 저마다가 가

꾸고 지켜온 텃밭이 만날 수 있는 길을 트는 일이기도 하다. 각자의 텃밭을 만나게 하고, 겹치게 하여 세상의 문턱을 넘어갈 수 있게 돕고, 또 아낌없이 나눔으로써 '우리 모두의 텃밭'을 일구는 일. 함께 공연을 보고, 둘러앉아 이야기를 나누던 순간은 서로의 텃밭이 만날 수 있는 길을 만드는 시간이기도 했다. 각자의 텃밭을 열어 누군가를 초대할 때 새겨지는 발자국들이 만드는 오솔길을 따라 닿게 될 어떤 장소. 서로의 목소리에 귀를 기울이며 온기를 지켜가던 시간 속에서 '우리들의 텃밭'이 영글어가고 있음을, 저마다의 고유한 목소리의 온기를 잇고 나누는 동안 수확의 시간이 다가옴을 느꼈다.

3. 우리 모두의 텃밭, 우리 모두의 마당

텃밭은 하루아침에 만들어질 수 있는 곳이 아니라 각자가 오랜 시간 지키고 가꾸어 온 곳이자 사귐의 이력과 나눔의 이력으로 일군 '공통의 장소'이다. 누군가의 것이 아닌 지금 이곳에 함께 있는 이들의 것이자 지금 이곳에서 아낌없이 나누고 있는 이들에게 허락되는 '우리 모두의 텃밭'. 바로 지금, 이곳에, 곳곳에, 그런 텃밭이 있다. 다양한 공연이 펼쳐졌던 무대는 예술가들의 이력 위에서 길어 올린 또 다른 텃밭이겠지만 그 수확물이 객석으로 전달될 때, 동시에 관객들 또한 각자의 이력 속에서 그것을 잘 이어받을 때 공연장은 나눔의 교류가 이루어지는 '마당'이 되기도 한다. 공연이 끝난 뒤 모여 앉아 저마다의 희망으로 발견한 장면들을 나누었던 자리 또한 마당이라 불러도 좋겠다. 어쩌면 그렇게 서로가 만나 각자의 텃밭에서 캐낸 수확물을 나눌 수 있는 마당이야말로 우리에게 절실하게 필요했던 장소였는지도 모른다. 함께 공연을 보고 이야기를 나눈 이력이 쌓여갈수록 지금 이곳이, 우리의 주변 곳곳이, 우리의 만남이 이루어지는 모든 곳이 언제라도 마당이 될 수 있는 장소임을 알게 되었다. 여기저기 흩어져 있던 사람들이 모여 눈빛을 주고받으며 안부를 나누고 그간 손과 발로 일군 수확물들을 펼쳐놓고 나눌 때 그곳은 마당이 된다. 유명한 이들로 채워진 잘 갖추어진 무대가 아니라도 지금도 계속되고 있는 일상 속의 작은 공연과 그곳을 채우던 동료 관객이 있던 자리 또한 우리들의 마당이었다. 그런 곳에서 우리 모두 깨닫하지 않았을까. 저마다의 텃밭이 필요하고 또 그곳을 보살피고 일구는 애씀이 중단되지 않아야 하는 것처럼 텃밭에서 얻은 수확물들을 펼쳐놓고 나누는 마당 또한 필요한 장소라는 것을.

각자의 텃밭에 싹을 틔우고 열매를 맺게 도왔던 단비 같은 코멘트들, 아낌없이 주고받았던 말의 온기, 수면 위로 떠오르는 어휘들을 나누었을 때 일어났던 마음의 파문들, '오스트'라는 이름으로 서로를 부를 때 무대 뒤로 사라졌던 공연의 시간이 다시 흐를 수 있었다. 둘러앉아 서로의 말에 귀 기울이고 함께 일군 텃밭에서 길어 올린 수확물을 나눈 이력이 『OST』라는 이름의 이 아트북이다. 시민회관 앞 등나무 아래에서, 무

LIG 문화재단의 의뢰로 생활예술모임 〈곳간〉에서 공연비평팀을 꾸려 공연 관람 후 모여 2시간동안 소감을 나누었다. 그때 나누었던 이야기를 바탕으로 『OST』라는 공연비평아트북을 제작했다.

대 위의 연주자들과 무용수들이 땀을 흘렸을 극장 한쪽의 연습실에서 우리들이 나누었던 말들은 각자의 텃밭 위에서 그림과 이미지로, 글과 사진으로 쌓여갔다. 이 책엔 공연에 대한 충실한 리뷰뿐만 아니라 저마다의 텃밭에서 가꾸어온 수확물들로 가득하다. 공연을 매개로 만남과 사귐을 이어가며 우리 모두의 텃밭과 마당이라는 없던 장소를 만들어간 다채로운 시도들로 이루어진 이 아트북이 누군가에게 전하는 정성어린 편지로, 또 초대장으로 가닿을 수 있었으면 하는 마음으로 하나하나 엮고 쌓았다. 텃밭과 마당이란 특출나게 뛰어난 능력을 갖춘 이들에게만 허락된 영토가 아니라 모여드는 사람들의 발걸음으로, 머무르며 함께하는 시간으로 마련할 수 있는 것임을 알게 되었다. 일상 속에서 성실하게 길어 올린 저마다의 수확물들을 아낌없이 나눈 이 기록들이, 우리가 만나고 나누었던 표정 하나하나를 빼곡히 펼쳐둔 이 페이지가 또 다른 누군가에게 온기로 전달되기를, 그렇게 온기가 이어져 누군가에게 '우리 모두의 마당'에 이르는 이정표가 될 수 있기를 희망한다.

모두가 마음을 놓고 빛/빚을 내던 곳에서

〈생각다방 산책극장〉을 기리며

　　누구나 펼치기 어려운 페이지page 하나쯤은 갖고 있다. 환한 기억들로 가득해서 그 '빛'을 아껴두고 싶은 경우도 있겠지만 마주 하고 싶지 않은 어두운 기억의 무게 때문이거나 너무 많은 이야기가 쌓여버려 펼칠 엄두를 내기가 어려운 페이지 말이다. 은총 같은 시간은 내가 가진 깜냥의 너머로부터 오지만 늘 곁에서 나를 굳건히 지켜주는 버팀목이 되는 것처럼, 빌려 쓴 기억이 나지 않는다고 해도 늘 갚아야 할 것이 쌓이는 것이 관계의 신비이자 이치라면 '빛'과 '빚'은 단지 글자만 닮은 게 아닐 것이다. '펼치기 어려운 페이지'란 빛과 빚이 겹쳐 있는 관계의 이력을 가리키는 표지이기도 하다. 미세한 진동으로 다가왔지만 피뢰침을 쥐고 있던 것처럼 언제라도 나를 뒤흔들어버릴 것 같은 두려움과 기대를 하게 했던, 그러나 어느 순간 고요하게 사라져버린 〈생각다방 산책극장〉(2011~2015)은 내게 빛이자 빚과 같은 장소. 오랫동안 미루어두었기에 펼치는 것이 점점 더 어려워진 페이지, 나는 지금 그 페이지를 가까스로 펼쳐 두고 한 귀퉁이에 몇 마디의 말을 적어두려고 한다. 언젠가 붙여두었던 기억의 포스트잇을 더듬어가면서 말이다.

대안alternative이란 말을 부적처럼 품고 다니던 시절, 상환 날짜를 잊고서 백지수표처럼 그 말을 타고 여기저기를 돌아다니다 당도하게 된 〈생각다방 산책극장〉은 곳곳이 '이미' 열린 상태여서 좀처럼 안으로 들어가기 힘든 곳이었다. 새로운 장소에 입회하거나 관계를 맺는다는 건 뭔가를 돌파하거나, 극복하거나, 협의하거나, 하다못해 다짐하는 정도의 결의가 필요했는데 그곳은 어디에도 자물쇠가 없었고 '대안'이라는 입장료 또한 요구하지 않았다. '지역의 가능성'이라든가 '대안적 삶의 양식'이란 어구를 만능열쇠처럼 사용하고 있었기 때문일까, '대의'를 찾을 수 없는 그곳을 외려 난해하게 느끼고 있었다. 누구라도 쉽게 드나들 수 있게 문턱을 없애버린 곳이 역설적으로 처음 만나는 문턱처럼 생각되었다. 〈생각다방 산책극장〉을 '생각극장 산책다방'이라고 잘못 불러도 전혀 개의치 않는 모습 또한 글자 하나하나뿐만 아니라 한 획에도 의미를 부여하거나 의미를 찾으려고 집중하고 있던 당시의 내겐 꽤 놀라웠다. 너무 많은 사람이 왕래했던 탓도 있었겠지만 마치 먼 타지에서 만난 외국인들처럼 얼굴이 잘 구분이 되지 않기도 했다. 실제로 〈생각다방 산책극장〉에서 만났던 많은 이들은 한국이라는 국가를, 혹은 부산이라는 도시를 외국인처럼 체류하는 이들이기도 했다.

그야말로 동네 친구들이 모이는 다방 같았고, 때로는 어디에서도 볼 수 없는 독립 영화를 상영하는 극장이 되기도 했고, 곳곳의 여행자들이 머무는 게스트 하우스였다가, 종종 공연장으로 바뀌었던 그 장소의 변화무쌍함은 뭐든 꽉 죄지 않고 느슨하게 풀어두는 여유로부터 비롯되는 것이지 않았을까. 다양한 연령대의 사람들이 머물렀지만 20~30대의 비중이 도드라졌다는 점을 환기해본다면 〈생각다방 산책극장〉의 정서적 BGM이 '여유'였다는 것은 얼핏 '헬조선'이 도래하기 전에 허락된 마지막 풍요의 혜택을 누렸던 현장처럼 보이기도 한다. 그보다 더 중요한 것은 '여유'가 가진 자들의 전유물이 아니라 모두에게 필요한 가치였으며 누구나 가지고 있지만 잊고 있던 '살림의 목록'임을 〈생각다방 산책극장〉이 내내 증명하고 있었다는 점일 것이다. 마치 여유가 일상의 리듬인 듯, 이후에도 줄곧 여유라는 플로우flow를 타면서 살아갈 것 같은 사람들의 모습은 겉으로 드러내는 스웩swag이 아니라 '생활에서 나오는 바이브vibe'의 멋스러움으로 흘러넘치는 듯 보였다. 분명 〈생각다방 산책극장〉에서 흘러나오는 비트beat가 있었고 그 비트를 감응할 수 있는 이들이라면 누구나 그 장소가 만들어내는 비트 위에서 각자의 라임rhyme을 짜며 노래를 부르거나 시를 읊조리곤 했다.

　빈티지vintage 하고 미니멀minimal한 그곳을 누군가는 '힙'한 장소로 경험했겠지만 비어 있어 채우는 기쁨도 컸던 그곳이 누군가에겐 '대피소'이기도 했을 테다. 2013년의 어느 여름날 〈생각다방 산책극장〉이 대연동 시절을 '유쾌하게' 마감하기 위해 한 달간 모두에게 자유롭게 그 공간을 쓸 수 있게 활짝 열었던 문으로 생활예술모임 〈곳간〉의 첫 번째 문도 열었던 그

<생각다방 산책극장>에서 제작한 '우리 맘대로 map' (2014년 6월)

때, 나는 '가장자리', '폐허', '재(능)개발'과 같은 어휘를 손에 쥐
고 있었다. 서로의 손이 늘 마주 보던 그곳에선 뒷짐을 지거나
호주머니에 손을 감추는 사람은 없었다. 생활 속에서 익힌 저
마다의 재주가 손바닥 위에서 춤추었고 각자의 '보따리'를 풀
어놓는 곳은 어디든 환하게 빛났다. 손이라는 등대가, 손이라
는 촛불이 그곳을 비추고 있었기 때문이다. 작은 등불 아래서
서로의 손을 마주하던 시간. 수년간 그곳을 왕래하는 동안 나
도 모르는 사이에 '대피소'라는 글자가 손바닥에 새겨지고 있
었음을 알게 된다.

　생활글을 써서 나누던 어떤 자리에서 언급했던 것처럼 언
제라도, 무엇이라도, 누구라도 무너지고 쓰러질 수 있는 이 세
계에서 절실한 것은 미래나 희망이 아니라 '오늘을 지켜줄 수

'재(능) 개발' 기간 동안 다방을 찾은 전국 각지에서 온 친구들이 벽면을 그림과 글들로 가득 채웠다. (저자 촬영)

있는 대피소'다. 대피소에선 사소하고 별 볼 일 없어 보이는 것
이 사람을 살리고 구한다. 한 잔의 물, 한마디의 말, 몸을 덮어
줄 한 장의 담요, 어느 날 마침내 우연히 하게 되는 각자의 이
야기 한 토막, 소중했던 기억한 자락. 기어이 대피소에 당도한
빈자들은 그제야 마음 놓고 몸을 벌벌 떨 수 있다. 벌벌 떨리
는 몸이 곧 진정되리라는 것에 안심하면서 '회복'이라는 미래
의 시간을 예감하고 예비하게 된다. 회복은 과거를 지우거나
부정하지 않고도 오늘을 마주할 수 있게 하며, 무엇이 올지 알
수 없다 해도 미래를 향해 기꺼이 손을 뻗고 발돋움할 수 있
게 하는 모두가 공평하게 나눠 가지고 있는 힘이다. 대피소의
희미한 불빛은 회복하는 존재들이 서로의 몸flesh을 부대끼고

어울리며 만들어내는 발열에 가깝다. 세상의 모든 대피소는 오늘의 폐허를 뚫고 나아갈 수 있는, 아직 오지 않았지만 이미 도착해 있는 '회복하는 세계'를 비추는 등대 역할을 한다. 어둡기만 했던 시절 동안 〈생각다방 산책극장〉이 내내 비추었던 '길'을 따라 걸었던 걸음과 그 걸음들이 쌓여 만들어갔던 또 다른 길들. 누구도 가지 않아 없는 것으로 생각했던, '없던 길'을 걸을 수 있었던 한 시절에 감사한다. 더불어 더는 함께 걸을 수 없는 그 길의 사라짐을 애도한다.

발견하고 나누고 기록하는 실험의 순간들

생활예술모임 〈곳간〉을 경유하여

2013년 7월 '자립하며 살 수 있는 삶'을 중요한 가치로 내세우며 생활예술모임 〈곳간〉을 열었다. '곳간'이라는 이름은 고안해낸 것이라기보단 자연스럽게 우리에게 도착해 받아 안은 것에 가깝다. 어쩌면 우리가 알아차리기 전에 이미 도착해 있었는지도 모른다. 뒤늦게 알아보았기 때문에 더욱더 반갑고 애틋한 마음이 들었던 것 같다. 그런 이유로 '곳간'이라는 이름은 우리의 정체성을 담지하고 있다거나 '우리의 것'이 아닌 잠시 맡고 있다가 잘 돌려줘야 하는 빌린 이름처럼 생각되었다.

오래전부터 사용되어왔지만 쓰임을 잃어버린 '곳간'이라는 어휘를 되살려 쓰면서 우리는 그곳이 중요한 것들을 보관하기 위한 곳이 아니라 끊임없이 열어 많은 이들이 오갈 수 있을 때 의미를 가지는 장소여야 한다고 생각했다. '자립하며 사는 삶'에 있어 중요한 것 또한 더 많이 '축적'하는 방법을 고안하는 것이 아니라 '나눔의 방식을 발명'하는 일이다. 무엇을 나누는가? 무엇이든 나눌 수 있다. 나눔엔 자격이 필요 없기 때문이다. 우리가 지금 나누고 있지 못한 것은 나눌 만한 것이 없어서가 아니라 나누는 방법을 모르기 때문이다. 남아서 나누는 것이 아니고 풍족하기 때문에 나누는 것도 아니다. 오히려 나누기 때문에 풍족해질 수 있다. 각자의 이력 속에서 자연스레 익힌 삶의 기예를 누군가와 나누기 위해 바깥으로 내어놓을 때, 그리고 내어놓기 위해 매만지고 다듬을 때 소리 없이 쌓이고 있던 '힘'이 무엇인지 뒤늦게 깨닫기도 하고 더 선명해지기도 한다. 나눔은 무엇보다 자기에 대한 배려와 존중 없이는 행할 수 없다. 현명하게 주변을 돕는 일이기도 한 나눔은 무엇보다 자립하는 삶을 위한 운동이다.

〈곳간〉은 그런 운동을 지속할 수 있는 장소를 조형하는 일에 힘쓰고 싶었다. 뿔뿔이 흩어져 있는 사람들을 이곳에 불러 모으는 일보다 이미 사람들이 모여 있는 장소를 찾아가서 만나는 것이 더 시급한 일이라 생각했다. 재개발로 철거를 앞둔 상태이긴 했지만 대연동 〈생각다방 산책극장〉에서 '이 모든 것들의 가장자리'라는 이름으로 〈곳간〉의 첫 모임을 열었던 것은 이런 이유에서였다. '우리와 무엇을 할 수 있을까.'보다 '이 장소는 어떤 시간을 거쳐왔는가.'를 헤아리는 일에서부터 사귐의 걸음을 시작하는 일은 자연스러웠다. 부산의 작은 모임들을 찾아가 사귀면서 기록되지 않는 장소의 역사를 헤아리고 비평을 주고받으며 함께 할 수 있는 작업을 기획해나갔다. 그런 시간을 보내며 만남이 이루어지고 나눔이 발명되는 곳이라면 어디든 '곳간'이라는 것을 알게 되었다. 다양한 모임의 현장들을 부지런히 옮겨 다니면서 모임과 작업에 대한 후기와 비평을 '곳場/간間/들多'이라는 이름으로 기록하고 공유해오고 있다. 지

있다itta 공연 포스터 (2013년 10월 16~17일, 제공 : 생활예술모임 〈곳간〉)

역의 문화 생태계가 연구자나 자격을 가진 이들에 의해서만 기록되어야 할 것이 아니라 새로운 흐름이 만들어지고 있는 현장에 있는 동료들이야말로 기록하고 비평해야 하는 당사자라고 할 수 있다. 다양한 삶의 방식과 실험들을 조용히 시도하는 자생적인 모임의 동력은 그곳에 모인 이들이 기꺼이 서로 서로 목격자가 되고 또 증언자가 되는 것에 있다는 것 또한 알게 되었다.

특정한 제도나 시스템에 기대지 않고 자신의 힘으로 걷는 사람들을 주목하고 그 묵묵한 걸음이 만들어내는 고유한 세계를 조명하는 일이 중요하다는 생각으로 우리는 '하나의 장르 바로 그 한 사람'이라는 작업을 진행했다. 어떤 존재가 지상에 하나밖에 없는 유일한 장르가 될 수 있다는 생각은 '사람'과 '장소'가 언제라도 '곳간'이 될 수 있다는 생각과 이어져 있다. 삶의 양식이 곧 예술의 양식이 될 수 있음을 증명하는 '있다itta는 오랜 시간 동안 어디에도 소속되지 않은 채 자립적으로 자신의 음악 세계를 구축해온 뮤지션이다. 우리는 목소리 그 자체를 하나의 악기로, 고유한 음악으로 조형하는 '있다'와 협업하고 두 번의 공연을 기획했다. 영화관객응원단체 〈모

통이극장〉과 공정여행공간 〈핑크로
더〉에서 그 장소가 가지고 있는 고
유성과 '있다'의 즉흥적 음악을 결합
하여 공연했고 그에 앞서 '있다'의 음
악에 대한 피드백을 '곳간의 친구들'
에게 의뢰하여 텍스트와 그림으로
기록하여 이를 작은 책자로 엮어 더
욱 풍성한 자리를 함께 열었다.

있다 공연은 송도 해변가에 있
는 게스트 하우스 〈핑크로더〉
에서 낮과 밤, 두 차례 열렸다.
(2013년 10년 16일, 제공 : 생활
예술모임 〈곳간〉)

　　1년 후 '있다'는 일본의 뮤지션
'마르키도'와 결성한 프로젝트 밴드
'텐거'Tengger라는 이름으로, 매달 1
회 정기적으로 열고 있는 '문학의 곳

간'에서 다시 협업해 낭독-공연 퍼포먼스를 진행했다. 크고 작
은 모임을 찾아다니며 관계를 조형하는 일과 함께 정기적으로
사람들을 만날 수 있는 작업 또한 필요했다. 지금까지 52회를
진행해오고 있는 '문학의 곳간'은 누군가에게 독점된 문학이
아닌 우리가 모두 나누어 쓸 수 있는 공통적인 것으로서의 문
학을 재발굴 하고 문학 작품 속에 축적된 문장과 어휘들을 각
자의 삶과 접속하여 주고받음으로써 만남과 나눔의 장場을 조
형하는 작업이다. 시나 소설뿐만 아니라 에세이, 독립출판물,
우리 주변의 작가들이 출판하는 책 등 다양한 형식의 텍스트
와 함께 더 많은 것을 나눌 수 있는 장을 만들기 위해 애쓰고
있다. 1년에 두 차례는 우리 주변에서 성실히 삶과 예술을 조

텐거 공연 포스터 (2016년 7월 2일, 제공 : 생활예술모임 〈곳간〉)

형해온 작가들을 초대해 함께 이야기 듣고 나누는 자리를 마련하고 있기도 하다. '문학의 곳간' 또한 〈카페 헤세이티〉를 시작으로 남천동의 〈고양이 다방〉, 지금은 없어진 교대 앞의 〈공간 초록〉, 대신동의 〈산복도로프로젝트〉, 보수동의 〈말란드로〉, 중앙동의 생활예술작업공간 〈히요방〉, 온천동 〈책방숲〉, 중앙동의 자연과학책방 〈동주〉, 광복동의 〈한성1918〉, 수영구 센텀시티의 〈산지니X공간〉, 망미동의 〈비온후책방〉, 남천동의 〈로봇프로이트〉로 이동하며 사람들을 만나고 있다.

2014년엔 여러 장소를 옮겨다니며 익히고 조형한 만남과 사귐의 동력을 〈곳간〉에 국한하지 않고 외부와 연계해 조금 더 확장해보는 활동에 주력해보았다. 상반기엔 그간의 사귐 속에서 차곡차곡 쌓여왔던 '말뭉치'를 풀고 재구성하여 〈민중미술 2014〉라는 전시에 참여했다. '문학의 곳간'과 '하나의 장르 바로 그 한 사람'이라는 작업 속에서 주고받았던 말과 글을 '실패의 사전 A dictionary of Ariadne's string'이라는 형식으로 재구성하여 전시장이라는 낯선 장소로 옮겨와 더 많은 이들과 접속하여 나눌 수 있는 방식을 실험해보았다. 하반기엔 〈LIG 아트홀〉과 협력하여 공연을 매개로 더 많은 만남과 관계들을 생산할 수 있는 방식을 고안하고, 관객들이 각자의 생각과 말을 주고받을 수 있는 자리를 활성화하는 작업을 진행했다. 부산에서 활동하는 인문/예술/문화/생활 모임의 구성원들과 공연을 함께 보고 그에 대한 소감을 나누면서 수동적인 관객이 아니라 능동적이고 참여적인 공연 문화의 형식을 고안해보고자 했다. 각자의 생각과 입장이 스며 있는 리뷰들과 공연 후 나누었던 이야기의 녹취를 재구성하여 『OST』(오스트)라는 '아트북'을 독립출판 디자인그룹과 함께 제작하기도 했다.

생활예술모임 〈곳간〉은 모임을 대표하는 특정한 기획이나 프로그램에 기대어 운영하기보다는 〈곳간〉이 지향하는 '자립적인 삶의 방식'을 실천하는 사람과 장소들을 찾아가 천천히 만나고 사귀는 관계 속에서 함께 할 수 있는 작업을 기획하고 구상해나가고자 했다. 학연이나 지연 그리고 성별이나 나이와 무관하게 만나 이드거니 나누며 조형해간 우정이 삶의 동력으로, 아울러 그 힘이 '지속적으로 자립하며 살 수 있는 생태계'를 구성할 수 있는 조건임을 알게 되었다. 낯선 이들을 가까이에서 만나며 우정의 장소를 일구는 일은 놀이이자 운동이며

〈곳간〉 전시 참여. '문학의 곳간'에서 나누었던 말을 재구성해 '실패의 사전'이라는 전시를 기획해 '민중미술전'에 참여했다. (2014년 6월, 중앙동 〈스페이스 닻〉)

축제이면서 동시에 어떤 투쟁이기도 했다. 이곳과 저곳, 언제라도 있을 수 있고 또 언제라도 사라질 수 있는 '곳간'을 우리들은 때론 보금자리의 형태로, 때론 대피소의 형태로, 때론 축제의 장으로 재구성해가고 있다. 이후의 생활예술모임 〈곳간〉이 어떤 모습일지 묻는다면 누구와 만나고 또 어떤 장소에 가닿는지에 따라 달라질 거라고 응답할 수 있을 것이다. 조금씩, 어쩌면 급격하게 빠른 속도로 '장소'가 사라지고 있음을 선뜩하게 느끼고 있기도 하다. 자본에 의해 초토화되는 젠트리피케이션의 심각성을 말하는 게 아니다. 의도 없이도 기꺼이 돕는 곳(사람과 공간), 욕심 없이 돕는 곳이 사라지고 있다는 것에 대한 우려와 염려를 말하는 것이다. '장소는 누구라도 머물 수 있게 하고 무엇이든 나눌 수 있게 한다. 장소는 그곳에 방문하고 머무는 이들을 의도 없이 도우며 욕심 없이 돕는다. 그런 곳이 사라지고 있다는 것은 이곳에 '곳간'이 점점 줄어들고 있음에 대한 징후이기도 할 것이다. 생활예술모임 〈곳간〉은 모두 무사했으면 하는 바람을 품고 '그곳'으로 가려고 한다. 그렇게 '이곳'을 보살피고 지켜내고 싶다.

2가 아닌 3으로

2는 안정감 있는 숫자다. 두 다리로 서 있는 사람은 단단해 보이고 두 사람은 외롭지 않아 보인다. 2가 소중한 숫자인 것은 분명하지만 동시에 위험한 숫자이기도 하다. 두 사람은 다투기보단 맞장구치기 좋고 그런 이유로 쉽게 하나가 되어버린다. 하나는 그 자체로 완전해서 고착과 고립을 인지할 수 없다. 주변에 팽배해 있는 '우리가 남이가'라는 식의 근친적 관계, 패거리 문화는 2자 관계(나-너)에서 비롯된 것이다. 오랜 사귐의 이력은 '말하지 않아도 아는' 관계, '말이 필요없는' 관계를 조형한다. 문제는 말이 필요없는 관계가 '우리'로 고착될 위험에서 벗어날 수 없다는 데 있다. 두 사람의 관계 속에서 '우리는 결단코 남'임을 매 순간 인지하며 관계를 이어가는 것은 쉬운 일이 아니다.

그러나 가까울수록 말이 필요 없는 관계가 아니라 계속해서 말할 수 있어야 한다. 말하거나 듣지 않아도 훤히 아는 것이 아니라 오늘도 말하고 들음으로써 새롭게 알아가는 관계. 생활예술모임 〈곳간〉의 두 사람은 2라는 숫자를 안정적인 것으로 고착시키지 않고 낯설게 여길 수 있을 때 생산적인 대화를 나눌 수 있다는 것을, 그렇게 서로에게 배울 수 있다는 것을 그간의 작업을 해오면서 알게 되었다. 서로 다른 이력 속에서 다른 작업을 해온 두 사람이 〈곳간〉이라는 모임에서 낯설게 만나려고 하는 것은 서로에게 배우기 위해서만은 아니다. 아직 도착하지 않은 누군가의 자리를 마련하는 것. 우리가 나누는 대화가 지금 '우리'와 함께 있지 않은 제 삼자를 초대하는 일과 연결되어 있다는 것을 매순간 자각하려고 한다.

〈곳간〉의 서로에게 낯설게 묻고 진중하게 응답하는 방식으로 질문지를 공유한 것은 이런 이유에서다. 묻고 답하는 일 속에서 현재 품고 있는 고민과 희망의 모습을 그려보기도 하고 그간 〈곳간〉을 해오면서 느낀 한계와 얻은 지혜 또한 나누어보고 싶었다. 이건 두 사람의 것만이 아니라 〈곳간〉을 함께 열었던 '곳간의 동료들'과 같이 일군 것이고 아직 '곳간'이 만나지 못한 미지의 동료들과 나누고 싶은 것이기도 하다.

〈곳간〉을 인문학 모임이라고 소개하는 사람들도 있고, 정체를 모르겠다는 사람들도 있다. 정확히 범주화되지 않는 활동들이 불안 요소가 되지는 않는지 궁금하다.

굳이 설명하지 않아도 '정체가 분명하게 드러나는 것'은 '곳간'이 추구해야 할 가치가 아니라 애써 피해야 할 위험한 측면이라고 생각한다. '곳간'의 독특함을 강조하기 위해서가 아니라 '우린 이런 일을 한다.'는 것을 분명하게 증명하고 명확한 캐

치프레이즈를 가지는 모임과는 그 결을 달리하고 있기 때문이다. '곳간' 활동 속에서 여러 사람과 단체 및 모임을 알아가다가 생각지도 못한 분류법을 익히게 되었는데 단순화해보면 '곳간'에 대해 끝없이 설명해야만 하는 사람(종내에는 해명으로까지 나아가기도 한다)과 특별한 설명 없이도 각자의 걸음으로 조금씩 다가와 만나게 되는 사람으로 나뉘는 듯하다. 어떤 경우엔 '곳간'에 대해 설명을 해야겠지만 그보다는 저마다의 걸음으로 기꺼이 다가오는 사람들과 부대끼며 더 나은 삶을 위해 애쓰고 싶다.

정확히 범주화 되지 않는 활동은 불가피한 것이 아니라 분명하게 선택하고 판단한 결과라 생각하기에 그로부터 발생하는 불안 요소는 자연스러운 '비용'으로 생각하고 있다. 물론 나 자신도 무엇을 위해 이 일들을 하느냐는 물음에 만족할만한 답변을 하지 못하는 경우도 있어 그때마다 정서적으로 힘에 부치긴 하지만 그간 '곳간'이 해왔던 작업이 목표 지점이나 결과를 예측하지 못한 경우는 있어도 그 작업을 시작해야 할 이유를 의심한 적은 없었다는 '이력'을 더 신뢰해야 한다고 생각한다. 중요한 점은 '곳간' 활동의 불안을 없애는 게 아니라 필연적인 그 불안을 하나의 조건으로 수락하는 일이라고 생각한다. 정식화되지 않았다는 것이 외부에서 볼 때 '곳간'의 약점처럼 보이겠지만 나는 그것이 '곳간'의 '강점'이라 여기고 있다. '곳간'이 앞으로 무엇을 할지 짐작할 수 없다는 건 무엇도 할 수 없다는 게 아니라 무엇이라도 할 수 있다는 가능성의 표지라 생각하기 때문이다.

요즘은 '생활'이라는 것이 자본화된 문화적 향유에 점유되어 마치 새로운 삶의 방식처럼 잘 포장되어 나오는 거 같다. '생활 예술'에 대한 개인적인 생각이 알고 싶다.

'생활예술'이란 말은 '생활'과 '예술'의 결합이 아니라 생활속에 잠재된 예술적 면모를 발굴하고 예술을 지탱하는 생활의 결을 예술의 조건으로 인식하는 일이라고 생각한다. 예술이라는 말은 오랜 시간 동안 전문가들에 의해, 전공자들에 의해, 구성원 모두를 옥죄는 제도에 의해 독점되어왔고 또 그만큼 오염되어 왔다. 생활 또한 '생존'을 위한 수단쯤으로 폄훼되는 실정이다. 생활 속에서 예술적 가치를 발굴하고 예술 속에서 생활이라는 일상적 결기를 길어 올리는 '생활예술'이라는 말은 고립된 '생활'의 자리에서 '예술'을 바라보고, '예술'의 자리에서 '생활'을 바라보는 일종의 트랜스크리틱transcritique이며 외부성을 통해 잠재된 내부의 가능성을 발굴하는 일이라고 생각한다. 조금 비약해보자면 그곳이 국립미술관일지라도 생활의 결을 감지할 수 있고 집 안 청소를 하는 행위 속에도 예술적 번뜩임이 있다는 것이다. 생활예술은 '지금-이곳이 생활의 장이면서 동시에 지금-이곳이 예술의 장'이라는 사실을 매 순간 인지하는 '조용한 문화운동'이라 생각한다. 생활예술은 '지금(언제)-여기(어디)-우리(누구)'가 당면해 있는 조건이며 동시에 그 조건을 변화시키는 운동이다.

처음 모임을 만들 때 모임을 통한 자생적 방식의 실천이 포함되어 있었다고 생각한다. 누구의 밑에서 일하거나, 기존의 질서에 포함되기보다는 자신이 살아가고 있는 생활이라는 현장 속에서 가꾸어 나갈 수 있는 것들을 발견하고 발명해내고 나누는 것이 자생적 실천이라고 볼 수 있다. 그런 과정에 겪게 되는 피로, 고비, 갈등, 위험이 자생적인 모임들 속에 항상 존재한다고 생각한다. 올해로 〈곳간〉도 3년 차가 되어가는데 이러한 과정을 거쳐서 모임을 지속해나가고 있는 〈곳간〉의 '지혜'는 무엇인지 듣고 싶다.

'지혜'란 특출한 개인의 예지능력이나 감식안이 아니라 타인들과 주고-받음과 나눔의 이력 위로 차곡차곡 쌓이는 '공통의 앎'이라고 생각한다. 그러니 그건 '내 것'일 수만도 없고 '네 것'일 수만도 없다. 어떤 사람이 지혜를 가지고 있는 것이 아니라 어떤 장소나 모임에 지혜가 깃드는 것일 테니 '곳간'이라는 모임에 깃든 지혜란 무엇인가, 라는 물음으로 다가온다. 내게 그걸 온전하게 헤아릴 수 있는 깜냥이 있는지 확신할 수 없지만 부족하게나마 3년간의 사귐의 이력 속에서 쌓인 '곳간'의 지혜에 대해 몇 마디 해보고자 한다. 첫째는 시류에 휘둘리지 않고 나름의 걸음으로 작업을 하며 사람들을 만나는 일이고 둘째는 '곳간'의 작업에 '곳간'이라는 이름표를 붙이는 것보다 주변 사람들과 어떻게 나눌 것인지를 더 중요하게 생각한다는 점이다. 그건 이 모임의 이름인 '곳간'의 내력과도 조응하는 부분이다. 커다란 자물쇠를 달고 누군가의 곡식과 재물들을 보관해두는 곳으로서의 '곳간'이 아니라 들고 나는 사람들이 많을수록 더욱 풍성해지는 장소이자, 비록 겉모습이 헛간처럼 보일지라도 그 내부로 들어가 보면 저마다의 눈부신 능력을 발견할 수 있는 경험을 공유하는 곳이 우리가 말하는 '곳간'이다. 길거리 마켓이나 물물교환처럼 자신의 작은 (생활이면서 동시에 예술) 능력을 매개로 사람들을 만나고, 이윤을 위해서가 아니라 다른 것이 되고자 하는 의욕으로 교류와 나눔을 시도하고 실천하는 일. 그것을 하나의 문화로 조형하기 위한 작은 운동을 지속하는 점을 '곳간'의 지혜라 말하고 싶다. 소유권보다 나눔의 방식을 발명하는 데 더 집중해온 그간의 이력이 사람들을 만날 때 관성적으로 행하게 되는 상대에 대한 판단과 규정을 최대한 유보하고 그 사람이 쌓아온 존재의 결에 주목하는 데 애쓰고 있는 것 또한 '곳간'의 지혜라면 지혜일 수도 있겠다.

모임을 열면서 배우는 것이 있다면 어떤 것인가?

사람을 만나고, 말을 건네고, 그 사람의 말을 경청하는 일은 모든 만남 속에서 자연스레 이루어지는 것으로 생각하기 쉽다. 그러나 직책이나 소속, 성별, 나이와 무관하게 만나는 일은 생각만큼 쉬운 일이 아니다. 내가 '하고 싶은 말'을 하는 것과 내가 '해야 할 말'을 하는 것 또한 다르며 지금의 만남을 보살피고 배려하는 말의 결도 다르다. 누군가의 말을 몸을 기울여 듣는 일은 부단한 연습 없이는 행하기 어려운 일이며 그 사람의 성별(과 함께 성적 정체성까지)과 나이가 보편적인 인식 속에서 자리 잡게 될 때 초래되는 판단과 규정, 위계적 가치 판단이 아닌 고유한 존재로 대하는 일 또한 녹록하지 않다. '곳간' 활동을 하면서 매 순간 이런 부분을 몸으로 직접 만나게 되고 또 그만큼 배운다. 아마도 '곳간'엔 무언가를 내세워 짐짓 모른 척 하며 숨을 곳이 없기 때문일 것이다. 기획하거나 글을 쓰면서 그 성과를 '내 이름'으로 가두지 않고 현장에 모여 있는 이들과 어울렸던 이력의 것임을 매번 자각하는 것 또한 오랫동안 의심 없이 붙들고 있었던 '비평가라는 자의식'을 내려놓는 데 좋은 공부가 되어 왔다. 분명하게 말할 수 있을 만큼 선명하진 않지만, 사람들과의 만남이든 크고 작은 기획이든 〈곳간〉 활동을 하면서 '간절함'이라는 정서를 천천히 내려놓을 수 있게 된 것 또한 뜻깊은 배움이었다고 생각한다. 간절함이라는 정서는 진정성이나 애씀이라는 수행성과는 아무런 상관이 없다. 간절함을 서둘러 폄훼하고 부정해서는 안 되겠지만 우리가 간절함을 절대 반성하지 않는다는 점, 그 긴박한 정서를 당위적인 것으로, 정당한 것이라 믿는 데 골몰한다는 점, 또한 간절한 상태에선 매번 어리석은 판단을 하게 된다는 점을 환기해본다면 간절함이라는 긴급한 정서와 거리를 둘 수 있게 되었다는 것은 작지 않은 배움이라 생각한다. 어떤 작업을 하든 '간절하지 않게', '간절하지 않아도 괜찮은' 방식으로 해야 한다는 것을 알게 된 것 또한 〈곳간〉을 열면서 배우게 된 부분이기도 하다.

〈곳간〉은 누구를 기다리고, 누구에게 열린 장소인가?

〈곳간〉에서 나는 무엇보다 먼저 함께 활동하는 지기를 기다린다. 오래 만나왔지만 매번 다르게 만나고 싶은 그 동료가 어떤 정서와 태도로 운신하는지 살피고 감응하는 일이 가장 먼저다. 그다음, 나는 '몫이 없는 이들'을 기다린다. 그들은 단지 가지지 못한 '빈자'가 아니라 언제라도 자신의 힘으로 '몫의 재분배'를 요구하고 발명해낼 수 있는 이들이기도 하다. 더 가지려고 하거나 끝없이 축적하고자 하는 이들과 달리 자신을 존중하면서도 현명하게 나눌 수 있는 이들, 온기를 품고 슬기롭게 만나고, 후유증 없이 헤어질 수 있는 이들을 기다린다. 사려 깊기 때문에 더 많은 상처를 받는 이를 기다린다. 자신의 자리를 가지지 못한 이들을 기다린다. 특정한 계층이나 부류, 취향에 영합하고 싶진 않다. 〈곳간〉은 그 무언가를 애써 기다리고 또 부지런히 찾고 있는 이들에게 열린 장소였으면 한다.

앞으로의 〈곳간〉에 대해서 상상해본다면? (구체적인 현실이 아닌 상상을 제안해본다.)

〈곳간〉이 무언가를 했으면 좋겠다는 바람도 많지만 무엇보다 먼저 나는 〈곳간〉이 필요 없는 세상을 생각해본다. 엉망이 되어버려 가까스로 버티고 있는 이 세상이 정말로 돌이킬 수 없이 침몰해 〈곳간〉이 존립할 수 없게 되어버리는 세상이 올 수도 있겠지만 〈곳간〉이라는 모임이나 장소 없이도 잘 만나고, 잘 나누며 현명하게 어울리는 그런 세상도 언젠가는 가능하지 않을까. '문학의 곳간'을 정기적으로 열면서 느끼는 것 중의 하나가 회차가 거듭되면 될수록 애를 써서 100회라는 상징적인 횟수를 채우는 것보다 '문학의 곳간' 없이도 저마다의 이력으로 말과 언어, 생활과 예술의 경험이 쟁여져 있는 문학을 매개로 잘 만나고 나눌 수 있는 세상을 희망하게 된다는 것이다. 생활에 휘둘리고, 생존에 쫓겨 〈곳간〉이 와해하여버릴 수도 있겠지만 그것이 언제가 되었든 지금-이곳에서 우리가 할수 있고 또 해야 하는 작업을 해나가고 싶다. 나는 〈곳간〉이라는 모임에서 어떤 작업을 하기보다 〈곳간〉이라는 모임의 구성원이라는 정체성으로 글을 쓰고 작업을 해나가고 싶은 바람 또한 가지고 있다. 내가 하는 일과 사는 것 사이에 일관성을 조형해보는 것 말이다. 말하자면 〈곳간〉에서 무언가를 하는 게 아니라 〈곳간〉이라는 장소를 삶터로 삼아 그간 해왔던 읽고 쓰는 일을 사람들과 잘 나눌 수 있는 방식으로 고안하는 것, 그것을 밑천으로 아직 도착하지 않는 사람들을 환대하며 서로가 정성을 다하는 관계를 조형해보고 싶은 바람을 가지고 있다.

곳간의 사전, 대피소의 사전

평범과 비범 : 반복이라는 노동

옮겨두었지만 출처를 잃어버린 한 문장. "기록은 언젠가 문학이 된다." 평범해 보이는 이 문장을 품고 있다가 놀라우리만치 비범한 문장이라는 것을 알게 된다. '삶은 언젠가 문학이 된다.'는 문장을 순식간에 잉태하기 때문이다. 다시 이 문장을 반복해서 읽고 읊조리다 보면 '삶은 언제나 문학이다.'라는 문장으로 변주된다. 평범과 비범을 결정하는 것은 반복이다. 문제는 어떤 반복이냐는 것일 텐데, '이미 다 알고 있는 것'을 반복하는 것과 '알아버렸기에 멈출 수 없음'의 형태로 반복하는 것으로 나눠볼 수 있겠다. 이 두 경우 모두에 '삶'이라는 이름표를 달아줄 수 있다. 전자는 '권태'로 후자는 '생동'이라는 이름으로.

그 누구의 명령에도 따르지 않으면서 그 누구도 명령하지 않는 삶

반복한다는 것은 살아낸다는 것이다. 잘 살기 위해선 좋은 반복이 있어야 한다. 반복의 내용과 형식을 발명하는 것은 삶을 발명하는 것과 다르지 않다. 매일 매일 새로워져야 한다는 강박을 말하는 것이 아니다. 삶은 서바이벌 오디션이 아니기 때문이다. 오늘 우리들의 삶은 서바이벌(생존)과 싸움이라고 해도 좋다. '새로워져라'는 자본의 명령에 충실히 따르는 반복('자기계발'의 의지)이 아닌 '그 누구의 명령에도 따르지 않으면서 그 누구도 명령하지 않는' 삶의 양식을 지속하는 것, 바로 그러한 삶의 양식의 지속을 생활에 내려 앉히는 것이 무엇보다 중요하다. '알아버렸기에 멈출 수 없음'을 '만나버렸기에 돌이킬 수 없음'이라 바꿔 말하고 싶다. '그 누구의 명령에도 따르지 않으면서 그 누구도 명령하지 않는'(사사키 아타루) 삶의 양식이란 홀로 만들어낼 수 있는 것이 아니라 반드시 '그 누군가와의 만남'이, '관계의 양식'에 의해서만 구성될 수 있는 것이기 때문이다.

문화를 만들어가는 집단 노동 : '버티기', '돕기', '빌리기', '응원하기'

그렇다면 자본(세속)의 명령과 흐름을 거스르는 이러한 삶을 어떻게 지속할 수 있는 것일까? 이렇게 말하고 싶다. 서로서로 버텨주기, 서로서로 도와주기, 서로서로 빌려주기, 서로서로 응원해주기…. 이 연쇄를 끝없이 이어가고 싶다. 버티고

(버텨주고), 돕고(도와주고), 빌리고(빌려주고), 응원하는(응원받는) 이 일련의 양식을 반복할 수 있게 하는 것은 무엇보다 '노동'이다. '그 누구의 명령에도 따르지 않으면서 그 누구도 명령하지 않는 삶'을 함께 경작해가는 행위 말이다. 문화^{culture}라는 말의 기원에 '경작하다'는 뜻이 있다는 것을 상기해본다면 이 노동은 새로운 삶의 양식을 지속할 수 있는 문화를 만들어가는 집단 노동이기도 하다.

동시다발적인 운동 : 증여와 답례

생활예술모임 〈곳간〉에서 부산과 다른 지역의 모임과 단체들을 만나고 사귀면서 이러한 문화운동이 동시다발적으로 진행되고 있음을 알게 되었다. '곳간'은 여기저기에, 곳곳에 있다. '관객'은 여기저기에, 곳곳에 있다. '백수'는 여기저기에, 곳곳에 있다. '생활예술가'는 여기저기에, 곳곳에 있다. 이 발견은 평범한 것처럼 보이지만 놀라운 일이기도 하다. 이곳에 놀라운 일이 벌어지고 있다! 여기저기에, 곳곳에 그저 동일한 현상이 일어나고 있다는 것이 아니라 버텨주고, 도와주고, 빌려주고, 응원하는 동시다발적이고 집단적인 노동이 존재한다는 것이다. 간혹 '나(우리)가, 여기 있다'는 것을 증명하기 위해 '나(우리)는 여기에만 있다'라는 배타적이고 독점적인 의지를 피력하게 되는 태도들과 대면할 때면 한편으론 이해되지만 또 한편으론 안타깝게 느껴진다. 생활 속의 작은 실천과 일상의 바꿔 가는 작업을 통해 각자의 고유한 삶, 자본의 명령에 따르지 않는 다른 삶을 지속하고자 한다면 서로 버텨주고, 서로 도와주고, 서로 빌려주고, 서로 응원하는 동시다발적인 연합을 통해서만 함께 행하고, 함께 변하며, 함께 이행할 수 있다고 생각하기 때문이다. 이 말은 새로운 것이 아니다. 오래전 '증여와 답례'라는 이름으로 지속해온 공동체의 원리이기도 하기 때문이다.

생활 보온운동

생활 보온운동이 〈곳간〉의 동료와 친구들의 참여와 도움 없이는 진행될 수 없다는 것은 이 운동이 '증여와 답례'의 양식에 기대어 있음을 가리킨다. 무엇을 증여하고 또 돌려줘야 할까? 어째서 증여와 답례만으로, '축척'이 아닌 '공유와 나눔'만으로 이곳의 곳간들이 풍성해질 수 있는 것일까? 무엇이 각각의 존재와 관계의 활성화를 돕는 것일까? 거두절미하고 '말'이라고 외치고 싶다. '말'에는 '근육'이 있다. '이야기 근육'. 말의 주고받음은 수축과 이완을 통한 근육이 팽창하고 증강하는 것과 다르지 않다. 누군가로부터 전해 들었던 '말'은 또 다른 누군가가 그/녀에게 전한 말이지 않은가? 지금 내가 누군가에게 전하는 말은 또 다른 누군가로부터 받았던 말이지 않은가? 그렇게 말의 주고받음을 통해 '말의 근육'은 탄탄해진다. '든든하다는 것', 그것은 말을 주고받고 있음을 가리키는 증표다. 서로에게 든든한 사람이 되어준다는 것은 말을 잘 듣고 또 잘 돌려준다는 것이 아니고 또 무엇일까.

동료라는 천사

'말'에 생명을 불어넣는 것은 그것을 전하는 사람에 의해서다. 말을 잘 듣고 잘 받아 안아 잘 나누는 사람, 말을 보살피는 사람은 관계 또한 그런 태도를 가지고 대한다고 믿고 있다. 말을 나눌 때, 서로가 서로에게 메신저가 될 때 사람은 지금보다 훨씬 크고 위대해진다. 천상의 이야기를 지상에 전하는 이를 우리는 '천사'라고 불러왔다. 메시지를 전하는 이는 '천사'에 가까워진다. '말을 전하는 사람', '말을 나누는 사람'이 많아지는 곳이 사람을 키운다. 그곳에서 사람이 성숙할 수 있다. 주고받음의 노동이 근기 있게 이루어지는 곳이기 때문이다. 공자와 소크라테스가 위대한 사람일 수 있었던 것은 그들이 쉼 없이 '대화하는 사람'이었기 때문이다. 말을 나누어야 사람이 커질 수 있다. 그 나눔을 더욱 활성화하기 위해 생활 보온운동, 〈우리들의 사전 만들기〉를 시작하게 되었다. 옆에 있는 동료와 친구, 혹은 낯선 사람들과 대화를 할 때, 말을 나눌 때 그들은 지금보다 더 커진다. 마침내 '천사'에 가까워진다.

말의 희망, 말 속의 우주

'문학의 곳간' 10회에선 사전을 만들어나가는 과정을 그린 소설 미우라 시온의 「배를 엮다」를 읽으면서 각자의 사전, 우리의 사전을 만들어보았다. 엠비언트 듀오 〈텐거〉(있다 itta&마르키도)가 현장에서 만들어지는 사전을 즉흥곡으로 연주하고 참석자들이 각자의 사전을 낭독하는 퍼포먼스를 진행했다. (2015년 5월 27일 부산 남천동 〈고양이 다방〉)

　　사전을 편찬한다는 것, 말을 모으고 그렇게 모인 말들을 보살핀다는 것은 보존하고 보온이라는 현상 유지적인 것에 국한되지 않는다. 모은다는 것은, 그리하여 서로서로 버텨내준다는 것은 때론 기왕의 관점과 편견과 맞선다는 것을 의미하는 것이기도 하기 때문이다. 모인다는 것은 가치중립적인 것도 진공상태에 있는 것도 아니다. 그것은 어떤 희망을 담지하는 행위이자 실천이면서 과감한 선택이자 판단이다. 홀로 있겠다는 선택지를 버리고 함께 있겠다는 선택지를 쥔 것이다. 〈우리들의 사전 만들기〉 생활 보온운동에 유별난 의미부여와 거창한 형태로 이야기할 필요는 없겠지만 저 작은 말 속에 한 개인의 삶이, 삶이라는 우주가 응축되어 있다는 것, 바로 그 말을 통해 우리는 또 다른 세계로 넘어갈 수 있다는 것, 삶의 이력 속에서 길어 올린 '말'이란 저 자신도 알지 못할 정도의 힘을 가지고 있다는 것만큼은 거듭 강조되고 공유될 필요가 있겠다. 그 감각을 모두가 공유하고 자기 삶의 이력 속에서 길어 올리고 보살핀 말에 대한 자부심을 가졌으면 좋겠다.

말의 가계부

사전이란 말을 채집하고 정리하고 보살피는 작업이다. 그것은 자신이 만났던 '말'들을 성실히 공대한다는 것이기도 하다. 이는 '말의 가계부'를 쓰는 일과 다르지 않다. 말의 가계부란 우선 대화의 기록을 가리키는 것이다. 대화의 목록을 가진다는 것, 대화의 페이지를 늘려간다는 것에서 쌓아 올려지는 '말의 탑'을 상상하게 된다. '탑'이라고 했지만 그저 위를 향해 뻗어가는 맹목적인 운동이 아니라 쌓으면서 지탱하는 연대의 형식을 떠올려주기 바란다. 몇 차례 '문학의 곳간'을 함께 열었고 얼마 전 '우정의 연합전선'을 만들어 서울로 '곳간'을 초대해 많은 친구와의 만남을 주선한 허나영 작가는 얼마 전 서울에서 할머니의 가계부와 소소한 기록을 모아 〈텍스트의 기념비〉(2014. 5. 15~5. 19_서울 문래동)라는 이름으로 전시회를 가진 바 있다. 할머니가 남긴 말을 손녀가 잘 받아 안고 보살펴 야트막한 탑의 모양으로 세워 기념비를 만든 전시였다. 전시가 끝난 뒤 동료들에게 전시했던 그 기념비들을 나눠주었

허나영 작가의 전시 〈텍스트의 기념비〉 (2014년 5월)

다. 이제서야 도착한 말. 어쩌면 조금은 늦었을지도 모르는 그
말은 오랜 시간 움츠렸다가 지금 도약하는 말인지도 모른다.
늦었지만 그래서 더 멀리 나아가고, 더 힘찬 '말의 근육'을 느낄
수 있기 때문이다.

사전과 세간살이

세간살이에 광이 나는 것은 새것과 좋은 것을 들여놓았기
때문이 아니다. '광'은 쓰지 않고 모셔둘 때 나는 것이 아니라
자주 쓰고 아낄 때 나는 것이기 때문이다. 말의 광채(빛) 또한
그와 다르지 않다. 말이 빛나는 순간이란 세상에 유일한 말을
누군가가 만들었을 때가 아니라 이미 있는 말을 적재적소에

썼을 때(나누었을 때)인데, 그것은 대개 누군가가 언젠가 했던 말을 또 다른 누군가가 적절한 순간에 기억해 내어 적용할 때다. 나의 말이 너의 말로 옮아갈 때 비로소 너와 나 사이에 말이 만들어주는 길이 생겨난다. 말이 내는 그 길은 서로를 밝혀주는 '빛'이 도착하는 길이기도 하다. 그런 이유로 우리는 서로의 말을 조금 더 써야 한다. 조금 더 나누어야 한다. 각자의 삶 속에 쟁여놓은 세간을 나눌 때 빛이 난다. 관계의 빛은 절대적인 힘을 가진 이로부터 오는 것이 아니다. 삶의 이력으로 만든 세간살이, 살림살이를 나눌 때 바로 그곳에 빛이 도착한다. 말의 세간을 나누는 이는 빛나는 사람이 아니라 빛내는 사람이다.

'을'들의 잠재성

〈데모:북〉 1회를 열며

싸움과 투쟁이 일상화된 환경 속에서의 삶. 모든 싸움과 투쟁은 규모와 대의를 통해 규정되곤 하지만 싸우고 있는 이들은 알고 있다. 투쟁의 규모와 대의보다 더 힘이 센 것이 있다는 것을. '현장' 말이다. 모든 싸움과 투쟁은 현장(성)이 증명한다. 그런 이유로 싸움과 투쟁을 하는 이유는 이기기 위해서만이 아니다. 빼앗긴 현장을 탈환하고 지키는 것이 오늘날 모든 싸움과 투쟁의 첫 번째 목표다. 〈로컬데모〉 또한 현장을 다시 찾아 지켜내고자 한다. 우리 주변의 싸움과 투쟁, 대의나 규모에 포착되지 않는 다양한 움직임들을 주목하고 불러내어 각자가 놓여 있는 현장(성)을 공유하는 자리가 필요하다. 개별화되고 차단된 각자의 현장을 만나고 감응하는 일부터가 싸움과 투쟁의 시작이다.

『이창근의 해고일기』(오월의 봄, 2015)를 읽으면 누구나 이런 생각을 하게 될 것이다. 싸움과 투쟁의 현장에서 '글'을 쓴다는 것은 무슨 의미일까? 다급하고 절박한 현장에서 아무짝에도 쓸모없을 것 같은 글을 쓰는 일은 무력감과 절망의 증표가 아니다. 싸움과 투쟁의 현장에서 '쓴다는 것'은 '아직' 절망하지 않았다는 것을 의미한다. 이창근에게 글은 대개 '구조 요청'의 의미로 쓰인다. 이 구조 요청은 위기 상황에 놓여 있는 이가 바깥을 향해 도움을 요청하는 것에 국한되지 않는다. 그가 쓰는 '구조 요청'은 이곳이 위기 상황임을 알리는 일이기도 하다. 『이창근의 해고일기』가 익숙한 투쟁기로 읽힌다면 우리들이 지금-여기-우리 곁의 싸움

『이창근의 해고일기』 표지

또한 상투적인 반복으로 여기고 있다는 것이다. 냉소와 환멸을 반복하는 것은 누구일까. 구조 요청을 두고 '반복'이라고 말해도 되는 것일까.

　냉소와 환멸의 반복을 뚫어내며 이창근은 말한다. 공장으로 돌아가는 것만으로는 충분하지 않다고. "공장으로 돌아가는 것과 동시에 지역과 내 삶에서 새로운 변화를 만들어야"(112) 한다고. '토대를 바꾸고 기반공사를 다시 하는 일'의 필요성을 강조하는 이 목소리는 구조 요청의 반복 속에서 길어 올린 사유다. 싸움과 투쟁의 현장이 노동자로 하여금 글을 쓰게 한다. 이창근은 노동자에게 글쓰기란 경험하지 않았던 생소한 일이 아니라 해야 하고 할 수 있는 일을 해내는 일이라

고 말하는 듯하다. 현장을 지키기 위한 투쟁과 싸움 또한 그런 일일 것이다. '공부와 투쟁을 병행하는 노동자', 그런 노동자가 기어코 말한다. "투쟁하는 노동자는 자본의 치부와 비밀을 가장 많이 아는 학자이며, 니체의 말처럼 철학은 망치로 한다는 것을 경험적으로 아는 철학자다."(114)

노동자는 구조 조정의 시대를 살아가는 잠재적인 학자이자 철학자다. 시스템이 허가하지 않은 싸움과 투쟁 속에서 그들의 잠재성이 드러난다. 힘겹게 증명된 이 진실 앞에서 질문하게 된다. 그렇다면 오늘, 예술가의 잠재성이란 무엇인가? 오늘, 시민의 잠재성이란 무엇인가? 잠재성이라는 공통성을 탐색하기 위해 다시 고쳐 물어보자. 지금-여기-우리의 싸움과 투쟁은 어떤 모습인가? 이창근은 2009년 6월 공장 점거 투쟁 중 누군가가 했던 다음과 같은 말을 또렷하게 기억하고 있다고 했다. "우리가 자동차를 만들어보면 어떨까?"(119) 파업 공장 안에서 노동자가 자동차를 만드는 일을 이창근은 꿈이라고 말하지만 그것은 저 너머에 있는 요원한 일이 아니라 코앞에 있는 잠재성이기도 하다. 기타를 만들던 해고 노동자들이 기타를 연주하는 사람으로 활동하는 사례를 콜트·콜텍 해고 노동자들이 결성한 밴드 '콜밴'을 통해서 확인할 수 있지 않은가. 페이지의 한 귀퉁이에 나는 이런 메모를 남겨두었다. "지역 문화예술인들의 권리 수호를 위한 협의체 구성을 목표로 하는 〈로컬데모〉1는 어떤 꿈을 가지고 있는가. 어떤 방식으로 서로의 잠재성을 깨우고 실현할 것인가."

노동자들은 자신들의 삶을 글로써 기록하며 더 단단해지고 강해진다. 그 힘이 오늘의 세계를 조금 더 넓은 곳으로 만든다. 넓다는 것이 꼭 규모를 가리키는 것만은 아니다. 가능성의 영역을 확장하는 일, 보이지 않던 길을 내는 일을 통해 새로운 영토를 발견할 수 있다. 오늘, 그 일을 하는 이는 누구인가. 이창근은 '해고자의 나이테'에서 그 흔적을 찾는다. "생장 조건과 변화를 나무 스스로 기록하는 나이테는 기후조건이나 환경 변화, 특정한 사건의 압축 기록물이자 블랙박스이다."(214) 해고자의 나이테엔 오욕의 역사만 기록된 것이 아니다. "둥글둥글 어깨 걸고 걸어가는 동심원의 나이테"(215)에 새겨져 있는 기록을 읽어야 하는 이는 우리다. 오늘의 우리는 (해고) 노동자들의 언어를 빌려 쓰고 있다. 억압받고 고통 받는 이들의 이야기에 기대어 침몰한 세계에서 겨우 균형을 잡고 있다. 그러니 그 힘에 기대어만 있을 것이 아니라 그 힘을 밑천으로 기울어진 이 세계를 일으켜 세워야 한다. 힘의 잠재성, 연대의 힘으로 말이다.

끝없이 침몰하는 세계에서 가해자와 피해자라는 단순 구분법은 무용해진 지 오래다. 살아남은 우리는 잠정적 피해자인가, 아직 순번이 돌아오지 않은 피해 대기자인가? 피해자와 다행인 자가 있다. 우리는 아직 다행인 자다. 다행인 자의 유일

1. 〈로컬데모〉에 대해서는 이 책 2부에 수록되어 있는 「한국문학의 '주니어 시스템'을 넘어」 각주 4를 참조.

한 동료는 피해자다. 마찬가지로 피해자의 유일한 동료 또한 다행인 자이다. '갑–을' 관계라는 도식으로 점철된 세계에서 민주주의는 요원해 보인다. '갑'은 점점 더 막강해지고 그만큼 염치도 없어지기 때문이다. 그런 갑을 향해 잘못에 대한 인정과 정당한 몫을 요구하는 것은 필요한 일이지만 해결책이 될 수는 없다. 갑이 바뀌지 않는다면 을이 바뀌어야 한다. 을들의 변화를 통해 '갑–을'이라는 이분법적 도식을 파쇄해야 한다. '을들의 민주주의'를 발명해야 한다. '갑–을 사이의 민주주의' 뿐만 아니라 '을들 사이의 민주주의'도 필요하다. '을들 사이의 민주주의'는 엇갈림과 뒤엉킴, 무수한 갈등의 긴장을 버텨내는 끈을 아귀힘으로 붙들고 있을 때만 지켜낼 수 있다. "노동자 사이를 갈라놓은 건 자본이지만 그 틈을 메우고 살아가는 건 우리들의 의지다."(368) 갈등을 두려워하지 않는 것, 만남을 주저하지 않는 것, 앞질러 절망하거나 피로해지지 않는 것, '을들의 민주주의'는 그것에서부터 시작해야 한다.

어딘가에 있을 또 다른 우리들의 존재

〈데모:북〉 2회를 열며

1. 허락받지 않은 자리

언제나 그렇듯 책을 펼쳐 활자를 읽기 전에 날렵하고 매끄러운 책의 표면을 어루만져본다. 책을 읽는 것만큼이나 그것을 매만지는 감촉을 좋아했던 것은 책의 물성을 내부 깊숙하게 감추어져 있는 비밀스러운 활자의 육체라고 여겼기 때문일 것이다. 대학원에 진학하면서 그 탐닉이 더 강해졌다고 할 수 있으니 크게 틀린 짐작은 아닐 듯하다. 무표정하고 딱딱하면서도 한없이 관능적인 이 이중성이야말로 '책'의 매력인지도 모른다. 그 매력에 대한 탐닉이 책에 대한 페티쉬즘fetishism을 강화하고 때론 책을 신성화하기도 한다. 『출판, 노동, 목소리』(고아영 외 10인, 숨쉬는책공장, 2015)를 습관처럼 매만지다가 책에 대한 탐닉이 나도 모르는 사이에 무언가를 억누르는 데 동참하는 것일 수도 있겠다는 생각을 하게 되었다. 얼핏 디자인이 최소화된 것처럼 보이는 밋밋한 책의 표지를 쓰다듬기만 했는데도 말이다.

이 책은 펼치기 전부터 이미 이야기를 시작하고 있다. 그

이야기는 책을 탐닉해온 오래된 습관 중의 하나인 표지를 어루만지는 행위를 향해 있었다. 별다른 특징이 없는 것처럼 보이는 이 책의 표지엔 내부에 있어야 할 것이 바깥으로 나와 있고 굳이 기재하지 않아도 될 정보가 주인의 이름처럼 새겨져 있다. 대개는 책의 맨 뒷장에 정보 차원으로 기재된 발행인과 펴낸이, 펴낸 곳, 등록번호, ISBN 등이 표지 '디자인'으로 자리하고 있다. 요즘엔 웬만한 책엔 '삭제'된 디자인, 영업, 편집자의 이름뿐만 아니라 종이와 인쇄·제본에 관한 정보까지 표지 디자인에 동참하고 있다. 책의 맨 뒷자리에 있어야 할 이름이 책의 맨 앞자리에 놓여 있다는 것, 조금은 어색한 그 자리바꿈이 책을 탐닉하던 내 손을 멈칫거리게 했다. 멈칫거림의 이유. 그건 책에 대한 관념과 태도만이 아니라 '책'이라는 간명한 이름 속에 얼마나 많은 이름이 기재되는지, 아니 얼마나 많은 이름이 '책'이라는 이름을 들어 올리고 있었는지를 담담한 표정으로 말하고 있음을 인지했기 때문만은 아니다. 감춰야 하는 것이 드러나 있을 때 쉽게 공격받는다. 어떤 세계에선 '권리' 또한 허락받지 않은 자리에 나왔을 때만 겨우 이야기할 수 있는 것이 되기도 한다. 이런 생각을 해보게 된다. 그동안 우리가 말해왔던 '권리'가 실은 누군가에게 허락받거나 승인받은 뒤에만 이야기되어 온 것은 아닐까. 허락받지 않은 자리에서 권리를 말한다는 것은 얼마나 위험하고 어려운 일인지 뒤늦게 체감하는 시절. 감춰져 있어야 할 이름들이 바깥에 나와 있는 『출판, 노동, 목소리』의 표지 앞에서 자꾸만 멈칫거리게

되었던 이유가 선명하게 다가
오는 것이다.

2. 전류를 흐르게 하는 운동

11인의 출판노동자들의
목소리를 담고 있는 『출판,
노동, 목소리』를 함께 읽는
자리를 준비하며 책의 표제
이기도 한 '목소리'를 '수신한
다는 것'에 대해 생각했다. 출

『출판, 노동, 목소리』 표지

판 노동자들의 목소리를 담은 이 책을 어떻게 수신할 것인가,
라는 물음은 〈데모:북〉의 작업 또한 결국 어떤 목소리를 수
신하는 일과 다르지 않다는 생각으로 나를 이끌었다. 누군가
의 목소리를 듣는 일은 귀를 여는 것으로 충분하지 않다. 듣
기란 건네는 이야기를 넘겨받는 것이기 때문이다. 그러기 위
해서 이야기를 들어야 하고 동시에 또 다른 누군가에게 건네
야 한다. 그것은 들어listen 올리는lift up 일이다. '들어-올리기'를
통해 다른 곳으로 이을 수 있는 자리를 마련하는 것, 그것이
수신受信이 품고 있는 뜻이라 생각한다. 목소리의 자리를 바꾸
는 것만으로는 수신할 수 없다. '갑'과 '을'의 자리를 일시적으
로 바꾸는 것이 아니라 '다른 자리를 내어주는 일'을 통해서만
'목소리의 수신'이 가능하다. '자리 내어주기'는 몫을 재분배함

으로써 박탈되었던 권리를 찾는 일이며 '목소리의 사각지대^{死角地帶}'를 수신이 가능한 영토로 바꾸는 일이기도 하다.

목소리에 자리를 내어주는 일, 목소리를 수신하는 일, 다시 말해 목소리를 들어-올릴 때 진동이 발생한다. 다른 곳에 영향을 주는 파장이 되고 전류가 된다. 목소리를 전류로 흐르게 하는 일이 바로 수신하는 일이다. 잠깐 전신주가 되어 그 목소리-전류를 흐르게 하여 다른 장소로 전하는 일. 그렇게 목소리가 사라지지 않고 계속 진동할 수 있게 이어주는 일은 〈로컬데모〉가 지향점으로 삼고 있는 것이기도 하다. 출판노동자들의 이야기를 수신하는 것이란 책과 관련된 수많은 이들의 '보이지 않는 노동'(들리지 않던 목소리)을 수행해온 이들이 교류할 수 있는 전선^{電線}을 만드는 일이기도 하다. 그것은 누군가의 목소리를 중심에 놓아두거나 돋보이게 하는 것이 아니라 더 많은 목소리가 흐를 수 있는 경로를 구축하는 것이기도 하다. 구축이라고 했지만 그것은 바닥 공사부터 시작해야 하는 지난한 건축적 과정과는 다르다. 이미 있는 것을 '발견'하거나 방향을 바꾸는 것만으로도 기왕의 것과는 다른 동력을 생성해낼 수 있다고 생각한다. '목소리를 수신하는 것'만으로도 각자의 고유한 전류가 흐를 수 있다. '수신하는 것'은 '자리를 내어주는 것'과 다르지 않다고 했다. 그것은 각자의 목소리가 흐를 수 있도록, 그 흐름을 지속할 수 있도록 길을 터주는 일이다. 목소리가 다른 곳에 닿을 때, 다른 것과 만날 때 그것은 전류가 된다. 동작을 멈추었던 장치가 가동하고 꺼졌던 등불이

다시 불을 밝힌다. 목소리를 수신하는 일이 발전기를 돌리는 운동과 다르지 않음을 새삼 새기게 된다.

3. 빈곤한 목소리들의 교차

이 책을 읽으며 얼마 동안의 〈로컬데모〉 활동을 돌이켜보니 생각지도 못했던 '수사'修辭들을 빈번하게 만나게 된다. 모른 척해야 할 것이 아니고 서둘러 버려야 할 것도 아니지만 돌부리처럼 자꾸만 그 앞에서 멈춰 서게 되는 장애물과 같은 수사들. 그건 글로 많은 걸 표현해왔던 그간의 이력 속에 감춰져 있던 어떤 빈곤, 혹은 편향됨과 마주하는 것이기도 하다. 지역 문화예술인들의 권리 수호를 위한 협의체. 〈로컬데모〉라는 이름 앞에 내세워두었던 그 말과 자주 마주하게 된다. 문화예술인들의 '권리'란 무엇인가? 그 실체를 구체화할 수 있어야 협의할 수 있지 않을까. 그래야 협의協議가 허울뿐인 협의狹義가 되지 않을 수 있지 않을까. 침해당하는 권리를 지키고, 빼앗겼던 권리를 되찾는 일을 함께하자고 요청할 때 건넬 수 있는 말의 목록이 빈곤하다는 것을 매번 느낀다. 다급할수록 수사에 기대고 있음을 알게 된다. 그런 상태를 마냥 부정할 수만도 없으니 그런 상태에서 시작할 수밖에 없다. 그럼에도 요청하고 타전해야 한다.

그래서 매번 처음부터 다시 시작하는 것만 같다. 자주 무기력해지고 응답 없음에 서운함을 느끼게 된다. 지역에서 살아

지역의 인적재계발에 대해 문제제기를 하기 위해 발족된 모임인 〈로컬데모〉에서 기획한 '데모:북' 포스터 (2015년 10월, 제공 : 로컬데모)

가고 있는 우리들이 지금 이 순간에도 권리를 침탈당하고 있지만 개인의 문제이거나 불행하고 안 된 일로만 여겨지고 있는 일들을 명징한 사태로 마주하자는 그 말 건넴의 빈곤함에 대해 자꾸 생각하게 된다. 말이 전해지지 않는 상태 속에서 이곳의 감춰진 빈곤함과 마주하게 된다. 당사자가 아니면 말할 수 없고 들을 수 없는 상태란 '관계의 빈곤'을 가리킨다. 뭔가가 잘 못되었다는 것을 알고 있지만 어디에서부터 시작해야 할지, 누구와 함께 그 일을 해야 할지, 무엇부터 바로 잡아야 할지, 어디에 이런 사태를 알리고 도움을 요청해야 할지 알 수 없는 환경의 빈곤. 오랜 시간 동안 이런 빈곤을 당연하다 내면화해온 상태의 빈곤, 달리 말해 생태의 빈곤.

내 언어의 빈곤함과 반복적으로 마주하면서 주변의 빈곤과 만나게 된다. '목소리를 낸다는 것'은 '빈곤한 말'을 폄훼하거나 포기하지 않고 그걸 밑천으로 내어놓는 것이지 않을까. 『출판, 노동, 목소리』에서 들을 수 있는 목소리들처럼 그곳에 존재하고 있기 때문에 목소리를 낸다는 행위야말로 가장 중요한 힘이라는 것을 알게 된다. 기꺼이 '고백'이라는 목소리를 발신하는 데 주저하지 않는 외침 하나를 여기에 옮겨둔다.

그러니까, 나는 고백하고 싶었다. 자판기 뒤에 사람이 있고, 책 뒤에 사람이 있다고. 그 사람들이 '일'을 하고 있다고.[1]

여기서 말하는 '고백'이란 솔직한 심정을 타인에게 (일방적으로) 전달하는 방식이 아니라 '편집자적 자의식'을 내려놓은 '자기 목소리'를 가리키는 것에 가깝다. '책'이라는 '숭고한 대상'을 만드는 특별한 존재가 아니라, 자신을 감추고 지움으로써만 책을 더욱더 신비롭고 가치 있게 만드는 이가 아닌 바로 그 책을 만들고 있는 '노동하는 사람'의 목소리를 내고 싶다는 뜻일 것이다. 정치적으로 올바른 '책이라는 상품'을 만들어서 가

---

1. 정유민, 「자판기 뒤에 사람 있어요」, 『출판, 노동, 목소리』, 132쪽.

치 있는 것이 아니라 무언가를 만들기 위해 정성을 다하는 그 행위 자체가 가치 있는 것임을, 그것이 '노동'이라는 낮은 자리의 말임을 발언하는 것이다. 정치적인 올바름이라는 가치는 '책'에 미리 주어져 있는 것이 아니라 그 책을 만드는 일련의 공정, 다시 말해 책을 둘러싸고 있는 '생태'로부터 연유한다. 이 책을 읽고 있으면 빈곤하고 미약한 목소리가 '책의 생태'를 지키고 있다는 사실도 알게 된다. "책 만드는 사람의 자의식에 빠져 눈을 질끈 감고 그것들이 마치 존재하지 않은 것처럼 애써 외면하고", "주변을 돌아보는 건 마냥 사치스러운 일"(130)이었음을 고백하는 일은 자신이 책의 그림자가 아니라 책과 함께 있음을 분명하게 드러내는 것이기도 하다.

출판노동자들이 '편집자적 자의식'을 내려놓고 그동안 방치했던 '노동자의 권리'를 찾아가는 이야기를 접하며 '글 쓰는 사람으로서의 자의식'에 대해 생각해보지 않을 수 없었다. 편집자적 자의식을 내려놓았다는 것은 책이라는 숭고한 대상을 만드는 사람으로서가 아니라 각자의 가치 있는 노동으로 책이라는 공유재를 만드는 사람으로 자신을 재서술하는 일과 다르지 않다. 각자의 직무적 사명감을 서둘러 내려놓는 것만이 능사인 것은 아닐 테지만 그 사명감이라는 게 근본적인 무언가를 가리고 있었다면 뒤늦게라도 마주하고 또 응시해야 한다. 그래서 자문해본다. 내게 '글 쓰는 사람으로서의 자의식'이란 무엇일까. 그건 '응답의 의무' 같은 게 아니었을까. 어쩌면 '응답으로서의 말하기'에 맹목적이었던 것이 아닐까. 모든 요청에 대해 응답할 수 있어야 한다는 자의식이 얼핏 모든 것에 대해 말할 수 있다는 과잉을 낳은 것은 아닌지 홀로 되묻게 된다. '글 쓰는 사람으로서의 무기력'이라는 고질적인 정서 또한 어쩌면 모르는 사이에 커져 버린 자의식을 출처로 하는 것일 수도 있겠다. '글을 쓰는 사람'이란 위치는 '원고를 청탁받는 사람'을 가리키는 것이기도 할 텐데 그건 어떤 조직과 체제로부터의 호명에 응답함으로써 만들어진다. 글 쓰는 사람의 무기력은 '응답(능력)의 빈곤'에만 있는 게 아니라 누구로부터도 호명되지 않은 조건, 누군가로부터 호명을 기다려야만 응답할 수 있다는 체화된 수동성에 대한 영향이기도 할 것이다. 거듭 자문하게 된다. 그간 애써 써왔던 글들은 어디서, 누구로부터의 응답이었을까. '글 쓰는 사람으로서의 자의식' 때문에 잃어버린 것은 없을까. 무엇을 묵살했고 무엇을 외면했던 것일까. 〈로컬데모〉라는 '지는 싸움'을 하며 글쓰기를 통해 행했던 그간의 싸움에 대해 생각하게 된다. 무응답과 묵살, 회피와 소문, 비아냥과 힐난이 번성하는 지역이라는 현장에서 더욱더 명징해지는 것은 '패배의 감각'이다. 그런데 묵살이 명징해질수록, 소문이 번성할수록, 비아냥과 힐난이 거셀수록 분명해지는 것이 있다. 싸워야 할 대상이 추상적인 개념이 아니라 지금-여기의 구체적이고 명징한 실체라는 것. 그보다 더 힘써야 할 것이 〈로컬데모〉가 만나야 할 이들이라는 것을 말이다. 곳곳에서 저마다의 방식으로 행하는 구조 요청에 응답하는 것이야말로 오늘의 장소를, 오늘의 자리를 마련할 수 있다는 것을 말이다. 패배가 작은 매듭이 되고 또 매개될 수 있다면, '글 쓰는 사람의 자의식'을 서둘러 철회하기 전에 '응답해야하는 의무'에 '지는 싸움을 거듭하는 것'이라는 패배의 이력을 덧대어 새겨두고 싶다.

이곳으로 도착하는 말이자 누군가에게 다시 건네야 하는 출판노동자(들)의 말을 인용해둔다. "그리하여 우리들의 이야기를 하기로 했다. '출판이란 무엇인지 늬들이 알랑가 모르겠지만 내 말을 잘 들어' 화법에 익숙한 세대의 이야기가 아닌, 지금 곁에 있는 동료들의 이야기를 해 보기로 했다."(131) 이 낮은 목소리를 따라 다른 목소리가 흘러든다. "우리는 서로를 확인했다. 어딘가에 있을 또 다른 '우리들'의 존재를."(132)

4. 도움을 구하는 목소리

『출판, 노동, 목소리』를 읽으면서 잊고 있던 한 권의 책을 떠올리게 되었다. 프로파간다에서 펴내고 있는 『GRAPHIC』 #28 BOOK DESIGN ISSUE VOL.2(2014). 책 디자이너들의 인터뷰와 디자인 화보가 실려 있는 이 독립잡지를 작년 이맘때쯤 독립출판디자인그룹 '그린그림'의 박성진 씨로부터 선물받았었다. 『출판, 노동, 목소리』와 달리 이 책에 수록된 북디자이너들의 글엔 '노동'에 관한 내용은 전무하다. 그 이유를 각자가 놓여 있는 위치(처지)의 다름에서 비롯되는 것으로 생각하지 않는다. 없어도 상관없는 것이 아니라 그건 분명 '부재'하는 것이다. 노동에 대한 이야기를 기재하지 못하는 이유는 무엇일까. 맵시 있고 매끄러운 책의 디자인에 관한 곳에 '노동'이 들어가는 게 어색하기 때문일 것이다. 마찬가지로 『출판, 노동, 목소리』엔 자신의 작업물에 대한 가치와 성취, 그리고 미학적인 부분에 대한 언급은

잡지 『그래픽』 표지

없다. 여기에도 부재가 도드라진다. 이 두 권의 책에서 내는 목소리를 교차시키면 보이지 않았던 부재의 자리가 드러난다.

부재의 원인은 '결락'이나 '부족함'이 아니라 어떤 목소리의 진입을 막고 있는 보이지 않는 '바리케이드'의 존재에 있다. 『출판, 노동, 목소리』가 자신이 하는 작업의 디테일하고 미적인 부분에 관한 목소리까지 낼 수 있는 환경이 마련되어야 한다. 이 두 책이 서로를 교차하며 드러내고 있는 '부재의 자리'가 바로 이곳의 출판 생태를 가리키는 표지기도 하다. 교차하는 일, 매개하는 일의 가장 중요한 점이 '체력'임을 알게 된다. 「체력론: 글, 체력, 출판에 대한 소고」(김신식)에서 내가 읽게 되는 것은 한 편집자의 사적인 회고가 아니라 우리 모두가 어떤 면에서는 편집자가 될 수 있어야 한다는 제안이다. 필자의 원고에 대해 의견을 요청하는 것처럼 시스템의 개고(改稿)를 부단히 요청

할 수 있는 체력이 있어야 한다. 필자의 글을 빌려 의견을 전하는 '2차 진술자'처럼 감춰진 문제를 드러내고 억압되었던 목소리가 뻗어 나갈 수 있게 매개하고 교차할 수 있어야 한다. 매개와 교차는 기술이 아니라 노동이다. 이때 무기력해지지 않는 체력이 필수적으로 요청되는 것이다. 그러니 '부재하다'라는 빈곤의 표지는 매번 어떤 깃발을 흔들며 이곳으로 신호를 보낸다. 그 부재의 신호를 발견하고 응답할 수 있는 이는 누구인가. 어딘가에서 또 다른 부재의 신호를 보내고 있는 사람, 누군가의 응답을 기다리고 있는 사람이 먼저 발견할 수 있다. 도움을 구하는 목소리가 결국 누군가를 먼저 돕는다.

대피소 : 떠나온 이들의 주소지

　전날 밤 태풍이 왔다고 했다. 마을 사람들은 염려스러운 목소리로 타지에서 온 우리들에게 간밤에 별일 없었냐고 물었지만 우린 괜찮았다. 비바람이 세차게 몰아친다는 것은 알았지만 그게 태풍이라고 생각하진 못했다. 유난히 거칠었던 그날의 비바람을 4인용 텐트가 막아주고 있었고, 그 아래에서 우리는 깊은 잠을 잤다. 아침에 일어나 함께 해변을 걸었다. 해

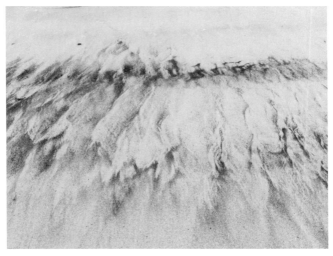

일본 대마도의 어느 해변 (2015년 5월, 저자 촬영)

변에 남겨진 거대한 무늬 위를 걷고 있음을 알게 되었다. 그건 간밤에 휘몰아친 태풍이 남긴 무늬일 것이다. 그리고 휩쓸려 갔다가 다시 휩쓸려오기를 반복하며 끝내 휩쓸려가지 않고 해변에 모여 있는 미미하고 연약한 모래들의 무늬일 것이다. 어딘가로부터 떠밀려온 작은 자갈이 남긴 무늬이기도 할 것이다. 눈으로 볼 수는 없지만 흔적을 남기는 바람의 무늬이면서 저 멀리 달의 중력이 남긴 무늬이기도 하다.

해변은 육지의 끝이면서 바다의 시작이다. 끝과 시작이 교차하는 곳, 어쩌면 오직 그런 곳만이 만남이 이루어질 수 있는 장소인지도 모른다. 언제라도 휩쓸려 가버릴지 모르는 이 위태로운 경계에서 누군가가 만났(었)다. 해변에 남아 있는 저 무늬는 태풍의 흔적이 아니라 저마다가 남기고 간 만남의 증표다. 참지 못하고 던져버린 모난 말로 남겨진 상처 자국이기도 할 것이고 다시 만날 것을 기약하는 약속의 부표이기도 할 것이다. 그 무엇도 온전하게 지켜지지 않는 가장자리에 만남의 증표가, 끝내 남겨진 상처와 약속의 부표가, 새겨지면서 지워지고, 지워지면서 새겨지고 있다. 세상의 모든 결엔 만남에 관한 이야기가 새겨져 있다.

누구라도 만남에 대해 이야기하며 또 헤어짐에 대해 이야기할 수 있다. 그러나 해변에 버려진 텅 빈 소라껍질을 주워 귀 기울여 바다에서 겪은 부대낌의 이력을 들어보려고 하는 이는 드물다. 해변에 남겨진 저 무늬는 오직 그 해변을 걸었던 이만이 볼 수 있다. 해변을 걷고 있는 이, 상처 받았기에 걸어야만 했던 이는 해변에 남겨진 연약한 무늬가 파도의 것만이 아님을 안다. 밀려왔다가 밀려가는, 밀려올 수밖에 없고 그렇게 밀려갈 수밖에 없는 숱한 이들이 남긴 관계의 부대낌이 남긴 이력임을 한다. 자국, 물듦, 상흔이 처음 보는 지도처럼 펼쳐져 있는 해변의 무늬. 고작 무늬로만 남았으며, 기어코 무늬로 남았다. 그것은 각자의 옆에 누군가가 있(었)다는 곁의 역사이기도 하다.

모임은 기꺼이 '손해'를 감내하고자 하는 사람들의 만남이다. 우리는 무언가로부터 멀어지기 위해, 가능하다면 '돌이킬 수 없이' 헤어지기 위해 손해를 감내하고, 또 무릅쓰며 만난다. 모든 만남은 결별이라는 비용 없이는 성사되지 않는다. 모든 만남엔 결별의 역사가 자리하고 있다. '바깥'으로 나가는 일이 '추방'과 구분되지 않는 경우가 잦다. 제도 바깥으로 나가고자 했기에 기꺼이 나갔으나 떠났던 자리를 돌아보게 되는 경우도 적지 않았다. 의지와 삶의 조건이 충돌할 경우 초조와 불안에 갇히기도 했다. 몸을 움직여 제도 바깥으로 나가는 일은 새로운 욕망을 연습하는 훈련이었으며 낯선 이를 동료로 만나고 사람들과의 어울림 속에서 생성되는 리듬을 글쓰기로 옮겨오는 실험이기도 했다. 기쁨의 순간도 적지 않았지만 좌표를 상실한 것 같은 느낌에 사로잡혀 세계가 좁아지는 건 아닌지, 홀로 고립되고 있는 건 아닌지 노심초사 하게 되는 경우도 많았다. 많은 모임을 통해서, 모임에 기대어 배우고 익히며 한 시절을 건너왔다.

속박과 핍박 받는 이들의 회복을 돕는 장소, 결별과 추방 사이에서 갈팡질팡하는 이들이 흘러드는 곳, 가야할 곳이 어디인지 알려주지는 않지만 지금 머물 수 있는 곳이 어디인지를 알려주는 곳. 지금까지 옭아매왔던 사회적 구속이나 제한에서 일시적으로나마 해방될 수 있는 곳에 대한 염원이 만들어낸 장소가 '대피소'다. 대피소는 잠시 머물 수 있는 곳이기에 '정주'의 공간이 될 수 없다. 어딘가에 정착하고자 하는 정주민을 통해서가 아니라 옮겨다녀야만 하는 유동민을 통해서만 대피소는 의미를 가질 수 있다. 그런 이유로 대피소에서 축적이 아닌 나눔이 활성화된다. '대피'는 '도피'가 아니라 다른 세계를 염원하고 욕망하는 이들의 의지와 다른 삶을 살고자 하는 이들의 행위이자 실천이다. 숨어들어가는 것이 아니라 찾아들어가는 것이다.

현장에서 마주했던 대피소는 아직 오지 않은 누군가에게 자리를 내어주기 위해 장소화를 도모하는 노동이거나 고립과 우울의 정동에 갇히지 않고 회복이라는 이행의 역량을 표출할 수 있는 실천과 실험의 경험장이었다. 납작하게 엎드릴 때만 마주할 수 있는 현장이 있다. 패배나 실패처럼 보이지만 영도零度의 상태 속에서 개창하는 가능성의 영역이 있다. 안정적인 재생산 체계가 없기에 제도화되지 않는 영역, 그곳에선 매번 처음인 것처럼 결정하고 선택해야 하는 탓에 긴급하고 긴요한 실천의 힘이 최고도로 발현된다. '대피'라는 수행성엔 이런 역량이 잠재되어 있다. 대피소는 국지적인 영역이지만 제도화되지 않은 현장의 이력이 쟁여져 있는 실천의 역사가 흐르는 곳이기도 하다. '이곳'이 대피소고 '이 순간'이 대피소다. 대피소에 흘러들어온 이들은 정처 없었던 것이 아니라 모두가 떠나온 것이었다. 다시는 '그곳'으로 돌아가지 않겠다는 의지로 이곳에 도착한 것이다. 대피소는 떠나온 이들의 주소지다.

그곳에서 만나 어울리며 부대꼈던 사람들과 순간을 기리며.

이곳에서 어울리고 부대끼는 사람들과 순간을 위하여.

제 생각에 문학은 구원입니다.

김대성 씨의 문[門]학을 통해서 이것을 느낍니다. 맞습니다.

수차례의 망치질로 깨부수어야 할 재개발의 '관'이 아니라

손잡이를 돌리고 / 열어서 / 드나들어야 할 '문'의 학문으로서의 '문[門]학' 말입니다.

~~'신생[1]'이 '주니어'들에게 '선생'으로 보여준 그 문[炆][2]학 말고요.~~

먼저 떠들려고 안달난 '종언'보다 "아직 알려지지 않은 더 많은 문학'들'의 역량"을 글로 써서 알리는 것이 이 시대 이 땅 위 호흡하는 자로서 진정 필요한 일이고 용기있는 일이고 가치있는 일이라는 것은 굳이 말하지 않아도 여러분들께서 잘 아실 것입니다.

하지만 여기서 제가 좀 장황하게 설명하고 말았네요.

저도 요즘은 책을 내기 위해서 글을 쓰고 있는데 눈에 보이지 않는 독자를 대상으로 글을 쓴다는 것이 얼마나 용기있는 행동인지요. 이제서야 저도 그 사실을 실감하고 있답니다.

---

1. 부산의 시 전문 계간지. 김대성씨가 편집위원으로 있다가 알 수 없는 이유로 퇴출당했다.

2. 炆 : 자를 문

> *"우연히 만났던*
>
> *그 대 는*
>
> *안개속에 보았던*
>
> *불빛인가요?"*

'아마츄어증폭기를 위한 아마츄어증폭기'의 노래 가사입니다.

노래 부른 이는 과연 누굴 우연히 만났던지요?

제가 갑자기 아마츄어증폭기의 노래를 꺼낸 것은 대성 씨가 말한

"아직 알려지지 않은 더 많은 문학'들'의 역량"을 대성 씨가 어떻게 이 잔악한 세계로 이끌어내어 구원의 문을 통과하여 저항의 문들로 만들어 내고 있는지를 언급하기 위함입니다.

10년전 발표했던 '아마츄어증폭기'의 마지막 앨범 〈수성랜드〉 음반에 대해서 음악평론가가 아닌 문학평론가 김대성 씨가 부산일보에 '숟가락 하나로 만든 샘'이라는 제목의 글로 써서 올렸을 때 그 글을 우연히 읽고 저는 안개속에 보았던 불빛으로 구원받았습니다. 엄마가 차려준 도시락 반찬에서 가난한 자의 반복과 변주, 그리고 희망의 환각을 그려낸 위대한 은유에 구원받았습니다. 대성 씨가 이끌어내준 문(鬥)학의 '역량'으로 인하여 어쩌면 저는 9년 전 추운 겨울의 날, 두리반의 철'문'을 열고 들어갔고 어쩌면 지금까지 문을 드나들며 활동해 오고 있는지도 모릅니다. 제 안에서 그렇게 문은 열렸습니다.

늘 있어 왔지만 잊고 있었던

늘 보이지 않게 기도드리던 손길과 마음,

그 구원의 문(門)학의 장, Irregular Rhythm Asylum[3],

그곳으로 감히 말하건대 문(門)을 열고 어서 들어오소서.

(미래의 건너편에서 이렇게 속삭였습니다.)

경제지상주의의 반대방향으로 나아갈

'등'아시아[4] 리어카 동맹을 꿈꾸며

한 밭 드림

---

3. 일본 도쿄 신주쿠 소재의 아나키즘과 DIY 테마로 한 저항운동 문화공간
   의 이름을 차용
4. 아시아 각국의 저항하는 민중이 서로의 등을 맞대고 기대어 서서 함께 저
   항하는 모습

들어가는 글 : 도움을 구하는 이가 먼저 돕는다 (미발표, 2017)

1부 대피소의 건축술 : 구조 요청의 동역학

바스러져 가는 이야기를 듣는 것, 구조 요청에 응답하는 것 (『문학
들』 44호, 2016년 여름호)

익사하는 세계, 구조하는 소설 (『자음과모음』 24호, 2014년 여름
호)

불구의 마디, 텅 빈 장소의 문학 (『문학동네』 79호, 2014년 여름호)

아무도 아닌 단 한 사람 (『21세기 문학』 82호, 2018년 가을호)

거인의 이름을 부른다는 것 (미발표, 2016)

'두 번'의 이야기 : 발포하는 국가, 장전하는 시민 (미발표, 2012)

"괴물이 나타났다, 사람이 변해라" (『실천문학』 109호, 2013년 봄
호)

2부 대피소 너머 : 추방과 생존

한국문학의 '주니어 시스템'을 넘어 (『창작과비평』 169호, 2015년
가을호)

'쪽글'의 생태학 : 비평가의 시민권 (『크리티카』 6호, 2013)

생존의 비용, 글쓰기의 비용 : 우리 시대의 '작가'에 관하여 (『작가와
비평』 13호, 2011년 6월)

잡다한 우애의 생태학 (『자율평론』 38호, 2013년 9월)

아직 소화되지 않은 피사체를 향해 쏘아라 : 1인칭 Shot, 리얼리티
　　쇼와 전장의 스펙터클 (『작가세계』 86호, 2010년 가을호)
박카스와 핫식스 (미발표, 2013)

3부 대피소의 별자리 : 이 모든 곳의 곳간
세상의 모든 곳의 곳간(들) (『신생』 56호, 2013년 가을호)
Hello stranger? Hello stranger! (『내일을 여는 작가』 64호, 2013년
　　하반기)
이야기한다는 것, 함께 살아가는 힘을 기른다는 것 (성매매 성산업
　　스토리 공모전 작품모음집 『비밀은 이야기 속에 숨어 있다』, 살
　　림, 2014)
고장 난 기계 (『젊은 시각 새로운 시선 신문』 vol. 2, 부산시립미술
　　관, 2017)
텃밭과 마당 (LIG문화재단×생활예술모임 '곳간' 공연비평아트북
　　『OST』, 2014)
모두가 마음을 놓고 빛/빚을 내던 곳에서 (이현정 엮음, 『생각다방
　　산책극장』, 소요-You, 2018)
발견하고 나누고 기록하는 실험의 순간들 (『b-clip』 9호, 비온후,
　　2016)
2가 아닌 3으로 (『b-clip』 9호, 비온후, 2016)
곳간의 사전, 대피소의 사전 (미발표, 2014)
'을'들의 잠재성 (미발표, 2015)
어딘가에 있을 또 다른 우리들의 존재 (미발표, 2015)